Sélia

Du même auteur

Je voulais te dire…, Florent Massot, 2010 ; Livre de Poche, 2010.

On se retrouvera, Fayard, 2013 ; Livre de Poche, 2014.

Le bébé, c'est pour quand ?, Michel Lafon, 2016 ; Livre de Poche, 2017.

Liés pour la vie, Plon, 2017 ; J'ai lu, 2019.

Ma clé du bonheur, First, 2018.

Laëtitia Milot

Sélia

roman

PLON
www.plon.fr

Ouvrage réalisé
avec la collaboration de Julien Dufresne-Lamy

92, avenue de France
75013 Paris
Tél. : 01 44 16 09 00
Fax : 01 44 16 09 01
www.plon.fr
www.lisez.com

Mise en pages : Graphic Hainaut
Dépôt légal : septembre 2021
ISBN : 978-2-259-25336-9

« Tout sadisme semble la volonté délirante d'une impossible possession. »

André Malraux, *Le Triangle noir.*

« Dans la vengeance comme dans l'amour, la femme est plus barbare que l'homme. »

Nietzsche, *Par-delà le bien et le mal.*

ACTE 1

Coulisses et repérages

— Entrez mademoiselle.

Derrière un somptueux comptoir en faux marbre, un jeune homme m'accueille, le sourire aux lèvres. Il demande mon nom, ma carte d'identité et je vois bien qu'il ne me reconnaît pas. Mon visage ne lui revient pas. Durant une seconde, il scrute mes papiers, vérifie mon nom par rapport à celui inscrit quelque part sur ses listes. Toujours rien. Je ne suis personne. Seulement « mademoiselle ». Mais je n'insiste pas. Pour quoi faire de toute façon ? Je ne suis pas l'une de ces starlettes qui piquent des crises quand on ne leur dit plus qu'elles sont indispensables. Moi, je suis humble. Terre à terre. J'accepte les coups de mou, les coups de la vie, les coups du sort. Je ne compte que sur moi et moi seule pour me remettre à briller sur scène.

Docile comme une petite fille, j'offre des sourires polis à l'assistant et j'exécute ce qu'il me dit. D'un geste, j'attrape cette feuille jaune qu'il me tend, ainsi que ce matricule qui correspondra au numéro de mon passage et, d'un air presque timide, je pousse la porte de la grande salle, un petit pincement en moi. Plus l'habitude des salles d'attente de casting. Une dizaine de filles me fait face. Certaines me dévisagent, d'autres pas. Toutes sont assises en rang, en silence, sur un banc interminable qui fait le tour de la salle. J'ai déjà vécu ça mille fois. Sur le banc, des copies conformes de moi ou moi d'elles. Peu importe. Je les regarde, ces belles filles. Des jeunes femmes brunes, quelques silhouettes aux reflets châtains, ainsi qu'une sublime rousse et quelques blondes qui elles aussi, avec la magie du théâtre, peuvent se faire passer pour une héroïne persane. Un peu de maquillage, une longue perruque ondulée, et hop. Le show-biz, c'est l'art du trucage.

Devant moi, les jeunes femmes paraissent concentrées, presque monacales, respectueuses du silence des unes, de la lecture des répliques des autres et, comme depuis mes débuts, je distingue ces mains nerveuses et moites que chacune planque tant bien que mal derrière un petit sac à main. D'un regard discret, je les lorgne. Je mentirais si je disais que je ne jauge pas la concurrence. Evidemment. Tout le monde le fait, ça fonctionne ainsi dans le milieu. Mais dans la foule, je ne reconnais personne. Pas de nom, comme on dit dans le métier. A vue de nez, ces filles-là ont mon âge. Peut-être un peu plus jeunes que moi, quelques années de moins, pas grand-chose, mais souvent, dans le show-biz, ça peut faire la différence. En face de moi, il y a cette jeune fille splendide, au regard mutin, calme comme celui d'un animal au milieu d'une forêt. Comment je pourrais être retenue face à pareille beauté ?

Non, Sélia. Pas de doute, pas de pensée négative. A l'entrée de la salle aux moulures vernies, je me ressaisis. Si je suis là, c'est que j'ai aussi du talent. Je dois y croire. Comme avant.

A pas de loup, je m'avance parmi les femmes, je m'assois près de la fenêtre à l'italienne, à droite de cette grande rousse au visage truffé de jolies taches de rousseur qui inscrit ses coordonnées sur le feuillet jaune. A mon tour, je l'imite et je cherche dans mon sac. Bien sûr, pas de stylo en vue. Faut dire que je n'ai pas rempli de feuille comme ça depuis des années.

Prénom : Sélia… avec un S.

C'est Nikos qui m'appelait comme ça. « Sélia… avec un S. » C'était son petit sobriquet. Son expression affectueuse qu'il me donnait face aux caméras, le public adorait ça.

« Sélia avec un S », quelle voix !

« Sélia avec un S », la grande gagnante de la Star Academy, notre nouvelle émission de chant.

« Sélia avec un S », promise à une grande carrière.

C'était il y a dix ans maintenant. J'avais seulement vingt-quatre ans.

— Excuse-moi, tu n'aurais pas un stylo pour moi ? Je suis venue sans rien, c'est n'importe quoi.

La jeune femme aux taches de rousseur me regarde d'un air méfiant. Elle hésite puis finalement me tend un vieux stylo du fond de son sac à main Prada. Vert, le stylo. C'est pas le plus heureux pour la scène, tiens. Mais polie, je lui réponds :

— Merci, tu me sauves.

— C'est normal, faut bien se serrer les coudes…

— Tu as bien raison, faut être solidaires, c'est vrai.

Mais la rousse précise sa pensée et, sans que je m'y attende, elle me sort une pique de but en blanc.

— Faut s'entraider entre aspirantes chanteuses.

Aspirante ? Après dix ans de carrière, ça fait mal. La jeune femme face à moi sourit et c'est tout sauf un sourire. Elle sait qu'elle a visé juste. Elle m'a reconnue. Mon visage se crispe même si je ne veux rien montrer de mon désarroi. A sa mimique, je comprends vite que ma concurrente a voulu s'assurer d'une vacherie pour me saper le moral avant l'audition. Et si j'étais cette fille-là, je lui dirais d'une pulsion :

— T'as bien raison, faut se serrer les coudes sauf si t'es là pour le rôle principal auquel cas je vais tout faire pour te piquer la place.

La rousse ravalerait sa fierté mais je ne suis pas cette fille impulsive qui blesse les gens. Alors sans rien dire, je la laisse dans son coin, en pensant à cette réplique qui aurait pu être celle de ma mère il y a vingt ans.

Deux types en veste chic et pantalon chino débarquent dans la salle. Ils se ressemblent comme deux gouttes d'eau, même regard charismatique, mêmes bottes parisiennes, comme un tandem de flics d'une comédie. L'un d'eux annonce d'une voix blanche :

— Numéro 6B-23 Ophélie A., numéro 21-A Pénélope V., numéro 400-Z Laetitia M., veuillez nous suivre.

La rousse près de moi attrape son sac, ce gilet en cachemire nonchalamment posé sur le dossier de sa chaise, et se lève. Avant de la voir rejoindre les autres candidates, je lui dis sans pouvoir m'en empêcher :

— Merde, en tout cas.

Sans me répondre, la rousse disparaît de mon paysage.

Seule, je me concentre sur le formulaire et remplis les cases. Nom. Prénom. Pseudo artistique (optionnel). Téléphone. Nom et téléphone du manager. Adresse. Mail. Numéro de sécurité sociale. Une liste infinie de détails, à croire qu'ils pourraient aussi nous demander notre groupe sanguin et le nom de notre chien/chat/poisson rouge. Avant c'était autre chose. Les auditions paraissaient plus faciles, plus authentiques. On se présentait, discutait, liait des amitiés… mais faut que j'arrête de penser à des trucs pareils, je vais finir aigrie comme une chanteuse has been.

Alors que je termine le formulaire, mon téléphone se met à vibrer. Message de Diane, ma manager en or qui m'encourage.

Allez ma belle, on y croit, donne tout. ♡ 🔥 🎤 ♡

Après le message, je lis celui de Hugo, mon meilleur pote depuis dix ans. Hugo est en voyage à L.A. pour la rédaction d'un papier sur un hôtel de luxe. Hugo et la belle vie. Hugo et les bons plans. Mais même à Los Angeles avec le décalage horaire, mon capitaine pense à moi.

Force et honneur mon petit bateau, tu vas cartonner ! ♥ ♥ ♥

Hugo, c'est mon capitaine et je suis son bateau, c'est comme ça, on assume à mort d'être cul-cul tant qu'on est cul et chemise, lui et moi.

Devant moi, les deux types de la production rappliquent escortés d'une jeune femme. Elle se présente, Luce, la boucle châtaine, le nez retroussé, de grands yeux vert agave. Luce se met à appeler des numéros comme l'ont fait ses collègues. Les filles se lèvent, se préparent, vont et viennent dans une démarche de lionnes prêtes à chasser. Tout autour de moi, il y a du mouvement, de l'excitation. Tout est électrique. A croire qu'on est dans un supermarché en période de fêtes de fin d'année.

Il faut dire qu'on espère toutes intégrer la grande comédie musicale de Giuliano Mulat, *Les Mille et Une Nuits*. Qui n'a pas rêvé d'interpréter sur scène la belle Shéhérazade? Un rôle comme ça, y en a pas deux dans une carrière. Et tout le monde le sait. Moi la première. Moi qui, après ma carrière solo, ai toujours rêvé d'une carrière sur les planches façon Broadway.

Dans la salle électrique, je garde mon focus. Je veux faire les choses comme il faut. Etre parfaite pour l'audition. D'un doigt studieux, je réponds à Hugo et Diane un petit message, et évidemment aucun texto de la part Yann, trop occupé à errer sur Tinder. Lui et moi sommes sexfriends. Rien de plus. C'était le contrat depuis le début et je croyais que ça me convenait. Je croyais, voilà.

Nous ne sommes plus que quatre filles dans cette salle baroque aux moulures murales. L'attente est interminable. On se croirait dans une pièce secrète de Mogador qui déboucherait sur de vastes décors en trompe-l'œil, des escaliers en forme de fer à cheval et des vestiaires remplis de costumes à fraise ou collerette, alors qu'on est juste chez une boîte de prod quelconque pas loin de Bastille et des embouteillages. Mais il faut y croire, sinon à quoi bon aimer le théâtre ?

Pour passer le temps, je jette un œil à mes réseaux. En fait non. Pas envie d'errer sur les applis innombrables. Je vais quand même rapidement sur Instagram, là où personne n'injurie personne et où tout le monde prétend vivre la meilleure des vies.

Je regarde mes MP rapidement. Les messages attendrissants de mes fans qui me suivent année après année. Je me promets d'y répondre après le casting, et puis je tombe sur deux messages privés signés L. Un compte anonyme qui depuis des semaines me laisse des mots étranges : « Sélia, t'es magnifique », « T'es belle comme une déesse », « T'es radieuse comme une lumière ». Par gêne, je ne réponds pas à ces déclarations et j'éteins le téléphone. Je ferme les yeux. Je récite mes répliques comme quand, petite, je répétais toutes mes partitions de piano à ma mère.

La porte s'ouvre.

Numéro 72-HA, Sélia.

D'un bond dramatique, je me lève sans rouvrir les yeux. Je les ferme encore un peu pour visualiser la scène, les projecteurs, l'amour de la foule qui m'appelle et qui attend impatiemment que le spectacle commence. Les gens applaudissent. Ils piétinent, chauffent la salle de leur fureur joyeuse, crient mon nom de plus en plus fort pour que je me présente devant eux. J'y vais. J'arrive. Attendez-moi.

Me voilà.

Dans l'appartement de L., rien. Ou presque rien. Si ce n'est un grand lit dans le fond de la pièce. Une vieille télévision qui semble ne pas avoir été allumée depuis des années. Une petite table et une chaise pliante de jardin ainsi qu'une radio puisque L. aime écouter des émissions en contemplant la soupente.

L'appartement est une petite pièce sous les toits. Une chambre de bonne encombrée de poussière et d'acariens, de cartons au sol, munie d'un vieux velux qui donne accès au ciel et aux toits de Paris. Il y a aussi un coin cuisine avec deux plaques aux taches de rouille incrustées entre le bouton ON et celui des degrés. Deux casseroles. Quelques couverts et autant de verres à moutarde. Sur le lino, au bord de la kitchenette, se tient droit, comme planté dans le sol, un tableau blanc, immense. Immensément blanc.

L. vit dans une chambre d'étudiant mais L. n'est pas étudiant. On dirait une chambre de marginal, ou de personne en difficulté. Sur les murs qui ont un jour été blancs, il y a des traces sombres, des traces de tabac et des auréoles jaunies par le temps. Tout autour du velux, sur la soupente, des photos scotchées, comme des affiches d'art ou des posters d'idole. Il y en a des dizaines. Une petite centaine.

Des articles de journaux découpés méticuleusement aux ciseaux et pour tous les goûts. *Télé Star*, *Closer*, *Télé 7 Jours*, *L'Obs*, *Voici*, *Femme Actuelle*. Beaucoup de programmes télé comme de sérieux quotidiens nationaux. Tous parlent de la même personne.

Sélia Bourgeois.

Sur la soupente, il y a aussi des captures d'écran de photos, des images scannées, des clichés de mauvaise qualité et des gros titres recomposés sur les murs jaunis de cette étrange studette au cinquième étage de cet immeuble ordinaire.

Sur les murs, Sélia est là. Sa présence à chaque recoin de la tanière, son visage punaisé des dizaines de fois comme autant de drôles de miroirs. Sélia est omniprésente. Un souffle, une transpiration, une ambiance d'un bizarre appartement.

L. se poste devant le mur des photos. Le mur de l'Amour, L. se met à le baptiser. L. aime tellement Sélia. Personne n'est plus digne de son amour que L. ici présent. C'est un amour plus fort que n'importe quelle romance. Un amour plus fort qu'un lien du sang. Plus fort que celui d'un parent.

Pendant des heures, inlassablement, L. scrute le mur de l'Amour. L. se sent proche de Sélia. L. a l'impression d'être près et de passer sa vie entière à œuvrer pour elle. Avant de s'endormir, L. regarde encore sa composition parfaite de visages, de regards, de chevelures lisses ou ondulées, de belles robes collectionnées l'une après l'autre, avec obsession, L. dirait : précision. Parce que L. en est fier, c'est une belle création.

Maintenant que tout est prêt, L. peut avancer son premier pion. Mais pour ça, il faut s'armer encore d'un peu de patience. Pour agir, il lui faut saisir le bon moment. Se lancer enfin. D'un coup.

Et ne plus jamais faire machine arrière.

— Alors ma belle, cette audition ?

Diane me passe un coup de fil à peine le premier pas posé sur le trottoir. Exactement comme ma mère, petite, lorsque je passais les concours du conservatoire.

— Je ne sais pas bien, je viens de finir…

— Et ?

— Et ça s'est bien passé. Je crois. Je sais pas…

— Mais attends Sélia, raconte, tu dis rien ! Je veux tous les détails !

Diane est enthousiaste, sa voix chaleureuse, son ton pimpant, comme d'habitude. Elle est une manager idéale. Toujours là, toujours à l'écoute. Diane n'a rien à voir avec ces types en costard toujours pressés qui regardent cent fois leur portable quand ils invitent leurs artistes à déjeuner. Diane, c'est la girl next door sans histoires. La bonne copine compréhensive, qui te prépare au débotté des pâtes chez elle pour te remonter le moral quand ta nouvelle chanson a fait seulement 25 000 vues sur YouTube le jour de sa sortie.

— Non mais ça s'est juste bien passé, voilà. J'ai pas plus d'info. Mais j'ai une bonne intuition.

— T'as chanté la chanson de Lady Gaga comme on a dit ?

Diane insiste pour tout savoir, comment lui en vouloir ? Elle est toujours là, en manager, en amie, et c'est la seule, je crois. Aucune fille ne veut être amie avec une star. En tout cas pas avec moi. Mais Diane est différente. Elle aime les âmes artistiques, c'est son expression. Et sans rivalité, elle me pousse et m'encourage sans cesse, croit en moi.

— Oui, j'ai fait comme on s'est dit. J'ai fait la chanteuse qui subitement devenait actrice. J'imaginais le joli Bradley Cooper à mon bras, moi devant le piano, à chanter pour la salle des oscars !

— *Oh my god, you rock babe.*

Diane est sincère et quand elle parle en anglais comme ça, c'est qu'elle est au bord de l'hystérie émotionnelle.

Sauf que j'ai peur.

Je ne veux pas déclarer hâtivement la victoire.

— Et c'est tout ? me dit Diane d'un ton rieur.

— Quoi, c'est tout ?

— Ils t'ont pas fait jouer un petit bout de scène ?

— Si, si, l'extrait qu'ils t'avaient envoyé.

— La scène où Shéhérazade arrive au palais et qu'elle découvre le roi Shahryar ?

— Exact.

— Et alors, ça a été ? Tu étais à l'aise ?

— Mais oui, je te l'ai dit, tout s'est bien passé…

Ma voix trahit aussitôt mon manque de patience et je m'en veux. Je n'ai pas envie de tout détailler, tout commenter et passer au crible. Ça va me porter la poisse. Diane insiste sans méchanceté mais j'ai l'impression que c'est ma mère, encore une fois, qui me harcèle des soirs et des soirs avant de me dire qu'elle n'y croit pas, que je n'ai pas le niveau pour réussir.

Gentiment j'enchaîne, histoire de passer à autre chose.

— T'as eu des nouvelles du label, toi ? Ils vont le faire ce best of ou quoi ?

— Je suis dessus ma belle, fais-moi confiance. Les choses avancent mais ça prend du temps. Surtout que la période est pas la plus propice. Mais on va y arriver. Ils t'ont dit quand ils allaient te rappeler pour *Les Mille et Une Nuits* ?

— Dans la semaine. Il leur restait deux demi-journées d'audition.

— Je le sens bien, je te jure. Et Jeanne Azoulay qui chapeaute le casting est une meuf extra, on bosse souvent avec elle.

— Espérons qu'ils soient extra avec moi aussi, dis-je en plaisantant.

— Doute pas ma belle. Personne n'a une voix comme la tienne… Au fait !

Diane prend sa petite voix de conteuse et dit :

— On a encore reçu un courrier pour toi. Le même mec chelou que la semaine dernière.

— T'es sûre ?

— On s'est mis à six pour regarder l'écriture, c'est le même gars.

— Il disait quoi cette fois ?

— Toujours la même rengaine, tu es la plus belle, la plus incroyable, la plus authentique. Il adore le mot authentique, je te jure, il en fait bouffer à chaque ligne.

— Bah attends, il a raison, je suis tout ça, non ?

Diane rit et je sens bien qu'elle se force un peu. Mais entre un manager et une chanteuse, c'est de bonne guerre.

— J'ai pas envie qu'on se coltine un harceleur. On a trop de choses sur le feu, là.

— T'inquiète, répliqué-je sans m'y faire, c'est sûrement juste un mec un peu perdu...

— Tu as raison. Tu passes ou je passe, en fin d'aprèm ?

— Je vois Yann, normalement. Après si tu veux ?

— Yann toujours dans les parages, cachottière, va. Mais je suis à l'appart jusqu'à 19 heures ensuite j'accompagne Louise à un nouveau vernissage. Je déteste ça mais qu'est-ce qu'on ferait pas en amour, hein ?

— Je te le fais pas dire. A ce soir.

— A toute, ma Shéhérazade.

Le code de l'immeuble, l'entrée, les tapis rouges qui me font penser aux vrais tapis rouges. Et puis un coup d'œil à la loge d'Irène. L'ascenseur aux grilles en fer forgé et deux tours de clé. Me voilà chez moi. A l'abri du monde et de la concurrence. En retirant la clé de la serrure, mon corps manque violemment de lâcher tandis que ma main se rattrape in extremis au joli meuble chiné de l'entrée que m'a offert Hugo pour ma crémaillère.

Depuis six ans, mon chez-moi est mon repaire. Mon abri antiatomique. Ma caverne. Par principe, je n'invite personne ici, à part Diane et Hugo, et tous ceux qui partagent un temps un bout de mon lit en croyant à l'amour. Je ne fais jamais venir les journalistes. C'est mon contrat avec moi-même. Peu importe les demandes de « reportage chez la star » et tous ces portraits intimistes, je décline poliment. Parfois Hugo imagine ce qu'on pourrait dire de mon lieu et ça me fait bien marrer.

« En toute simplicité, on a rencontré la chanteuse chez elle, Sélia nous a reçus dans un châle en alpaga du Pérou tricoté par des nonnes polyglottes et unijambistes, du café vietnamien Kopi Luwak à disposition sur sa table indienne, et Sélia s'est livrée comme jamais... »

Cela dit, Hugo a raison : j'ai bien un châle en alpaga.

Plus que tout, j'aime garder cet endroit mien. Pour résister aux tempêtes médiatiques, à la pression, aux tensions artistiques, et Dieu sait qu'elles sont nombreuses, c'est précieux. Je vois ma maison comme un temple d'une religion que personne ne connaît. Un musée clandestin affichant mes gloires comme des objets précieux. Mon disque d'or pour *Tu dois me croire*, mon dernier album sorti il y a trois ans et demi. Mon double disque de platine pour le deuxième, *Sélia et les amours impossibles*; et puis, bien sûr, *Tous les lundis et les matins du monde dans tes bras*, mon premier album dont le single «Juste Sélia» s'est vendu il y a neuf ans à plus de 800000 exemplaires. Ce disque de diamant accroché dans le salon, je le regarde tous les soirs. Je le regarde parce qu'il me rappelle pourquoi je m'évertue dans ce métier. Pourquoi je dois à tout prix continuer.

Dans un grand coffre en bois rapporté d'Indonésie, sont entreposés quelques cadeaux de fans. Certaines lettres émouvantes, quelques collages, des peluches ou des dessins d'enfants. Quand j'ai un coup de mou ou quand je pense trop à avant, à cette enfance brisée dans cette bâtisse derrière la forêt, j'ouvre le coffre et je regarde les présents, je relis les lettres et ça me guérit. Ça me cicatrise.

Parfois, je me dis que si les gens voyaient mon espace, ils seraient bien déçus. A l'exception des disques, mon appartement est spartiate. Disons minimal. Sans fioritures, ni bibelots, ni gadgets ni porcelaines. A part une photo de famille que je garde précieusement sous le matelas, cachée du monde. Pour me donner de la force.

Ici, je vis avec simplicité pour rester moi-même, c'est important. Entourée de bois et autres matières organiques. Juste le nécessaire et, je le reconnais, beaucoup d'habits rangés à la japonaise.

Je médite tous les jours. J'adore ça. Je pratique le Miracle Morning pour une vie saine, zen, vide d'énergie destructrice. J'en respecte à la lettre les quatre principes :

Vivre la vie de ses rêves, ce n'est pas impossible.

Se fixer les bons objectifs.

Prendre conscience des obstacles qui nous empêchent de les atteindre.

Prendre un moment, chaque jour, pour se préparer et créer son parcours vers la réussite.

De ces quatre principes, j'en fais un mantra, un programme qui vaut feuille de route.

L'auteur de ce concept s'appelle Hal. Alors qu'il avait à peine vingt ans, Hal s'est fait heurter par un conducteur ivre à plus de 100 km/h. Son cœur s'est arrêté de battre quelques minutes. A sa famille et ses proches, tous les médecins annonçaient que c'était fini. Et que si Hal sortait par miracle du coma, il souffrirait de dommages cérébraux permanents et qu'il ne pourrait plus jamais marcher.

Aujourd'hui, Hal marche. Il court, se lance dans des marathons. Il est un coach à succès qui à distance et sans l'avoir jamais rencontré m'accompagne au quotidien.

Alors, pour appliquer les préceptes de sa religion, je me réveille tous les matins à 5 h 30. Je commence par profiter du temps, le silence pour respirer, regagner en clarté, en gratitude, en conscience de soi, et je médite comme ça trente minutes en position lotus, puis je me dis bonjour, je commence un dialogue avec moi-même. Je formule ce qui sera ma future journée idéale. Cette étape est cruciale. Elle permet de passer à l'action, se fixer un but. Ensuite j'enchaîne par une séance de sport ou de yoga sur mon tapis de sol en regardant le soleil se lever depuis ma baie vitrée. Puis je lis un livre, trente pages par jour, pour apprendre des meilleurs comme Hal le dit. Enfin, à mon tour, j'écris. Je tiens mon journal comme à l'adolescence. Je note mes pensées, mes tracas, mes rêveries. Je date la moindre de mes activités.

Dans cette vie simple, les seuls bijoux que je m'autorise sont des photos en noir et blanc de mes plus beaux concerts. Ces photos décorent mon couloir. L'Olympia, évidemment, mon prénom en lettres rouges, grandioses sur la façade sous le mythique Bruno Coquatrix. Le Stade des Lumières à Lyon, chez moi, comme un retour à mes racines. Et puis la série de concerts aux Francofolies en 2016 avec Nolwenn, Shy'm, Indila, et Louane qui faisait ses premiers pas sur scène et que j'appelais ma petite sœur.

Un peu d'eau à mes piléas et mes calathéas, je décide de me faire couler un bain pour décompresser. J'y crois dur à ce spectacle mais je ne veux pas en parler. Pas même à Diane. A peine un orteil dans la mousse que la sonnette se met à retentir. Je regarde l'heure sur mon iPhone. 16 h 42. Diane ne pourrait pas débarquer aussi tôt. Ou elle m'aurait prévenue. Sinon Hugo, de retour surprise de voyage? Ou alors Yann. Non, impossible, il bosse jusqu'à pas d'heure, alors qui peut donc sonner chez moi en plein après-midi?

Dans un mouvement brusque, je me rhabille d'un peignoir offert par une chaîne d'hôtel et, sans un bruit, je tends l'œil au judas. La personne semble dos à moi, comme si elle ne voulait pas être distinguée.

Faire la morte ou ouvrir la porte?

Sans réfléchir, je déverrouille la clé d'un tour, puis d'un autre. La personne se retourne et je vois son visage de plein fouet dans l'encadrement.

— Bonjour madame Sélia, je voulais pas vous déranger…

Un petit rictus aux lèvres, la concierge de mon immeuble me dévisage en peignoir, embarrassée.

— Y a pas de mal, Irène. Qu'est-ce qui vous amène ?

— On a déposé un colis à la loge ce midi et comme il est trop lourd, je voulais vous avertir. Je peux demander à mon mari de vous l'apporter ce soir, vous avez les mêmes petits poignets que moi.

Irène se met à me montrer ses bras graciles en souriant de toutes ses dents.

— Vous avez raison, mais faut pas vous fier à mes petits poignets, Irène, je suis une robuste, vous savez…

La concierge rit gentiment en continuant à inspecter l'air de rien mon corps emmailloté dans son peignoir. Elle pourrait se dire que la chanteuse ne fait rien de ses journées, à part se prélasser dans des bains trop chauds et se tartiner de crèmes Q10. Mais Irène n'est pas une mauvaise langue. Elle et moi, on s'apprécie depuis de longues années. Irène me dépanne toujours, me rend service comme j'ai aussi aidé sa fille à réviser pour le baccalauréat avant qu'elle déménage aux Etats-Unis. Irène est une belle âme, une femme qui sourit du matin au soir, elle qui ouvre sa loge à 6 h 30 du matin, toujours à notre service, depuis bientôt trente ans. Elle mériterait une médaille.

— Mais dites, Irène, pourquoi le facteur n'a pas livré le colis sur le paillasson comme d'habitude ?

— Votre paquet est arrivé il y a quelques minutes.

— En plein après-midi ? Mais comment c'est...

— On a sonné chez moi, j'ai ouvert le rideau mais y avait plus personne. Je n'ai même pas entendu la porte de l'immeuble claquer. Je me suis dit que j'avais rêvé mais en ouvrant la porte, j'ai trouvé votre colis sur le seuil. J'ai jeté un coup d'œil dans la rue mais sans y voir âme qui vive. C'était quelqu'un de très pressé et de très discret.

— Très étrange. Et vous dites que c'est un gros colis ?

— Ça pèse bien trois packs d'eau. Vous attendiez quelque chose d'important ?

— Non, rien du tout...

— En tout cas, il est là !

La concierge m'interrompt. Elle a d'autres choses à gérer que les activités postales d'une des habitantes de l'immeuble.

— J'imagine que vous avez d'autres chats à fouetter, pardonnez-moi, je veux pas vous retenir. Je viendrai demain récupérer le colis.

— A mon avis, c'est un cadre.

— Un cadre ?

— Ou quelque chose du genre. C'est large, aux dimensions d'un cadre.

La concierge semble sûre d'elle, ses mains balaient l'air devant elle.

— Peut-être que vous avez reçu un nouveau disque de cuivre ou de bronze.

Je me fends d'un sourire sans vouloir corriger Irène.

— C’est possible, non ? Peut-être que votre producteur vous fait la surprise.

— Peut-être oui, une belle surprise alors, vous avez raison.

Tout à coup, en pensant aux leçons du Miracle Morning, je me ravise.

— Vous savez quoi ? Donnez-moi deux secondes, je viens récupérer le colis. Après tout, pourquoi remettre au lendemain ce que l’on peut faire aujourd’hui ?

Posé le long de la kitchenette, le tableau blanc reste blanc pendant des jours. L. ne sait pas quoi en faire. L. a d'abord pensé à peindre, remplir le blanc de couleurs, d'ambrés, d'horizons nébuleux qui rappelleraient tant de choses à celle qui va découvrir la toile.

Mais L. est un piètre peintre, c'est à peine si L. sait dessiner une fleur ou une maison carrée. Mais pris de résolution, L. part acheter du matériel de peinture. L. se rend dans un magasin bondé d'artistes, d'étudiants en salopette et de jeunes femmes qui ressemblent à des poétesses. L. est discret, il se procure en deux-deux de la gouache, des sets, des pinceaux, plein de choses comme ça, au hasard, ainsi qu'un manuel pour apprendre les techniques de la peinture réaliste.

L. voudrait quelque chose de vrai, de fort, d'immanquable. L. a pensé à des natures mortes, des scènes de genre, des portraits saisissants, façon Millet ou Courbet. L. veut quelque chose de fou. Quelque chose que l'on accroche aussitôt.

Rentré dans son appartement jamais chauffé par le radiateur d'appoint, L. se met à peindre. Quelques touches hésitantes d'un bleu acrylique. Un début de ciel. Un début de nature. Pas prometteur du tout. On dirait un dessin de gosse. Un gribouillis prodigieux. L. délaisse le bleu pour créer des ombres. Ensuite il suffira d'égrener les indices.

Dans le manuel, L. lit que les ombres ne sont jamais noires. Évitez d'utiliser un tube de peinture noire, dit-on. Ne peignez pas non plus les ombres avec une couleur plus foncée. Alors comment faire ? L. n'a pas que ça à gérer. Il lui faut suivre son plan à la lettre.

L. apprend que les ombres sont composées de différentes couleurs selon la source lumineuse, selon la couleur propre du sujet et selon les couleurs des zones avoisinantes qui viendront s'y réfléchir. C'est ça, la peinture réaliste. On l'ignore mais les ombres sont des éléments importants dans l'ensemble de la composition du tableau. Ce sont elles qui apporteront le plus de vie à la peinture. Il est nécessaire d'y consacrer du temps et de l'attention en observant leurs changements subtils de couleurs et de valeurs. Alors tant pis pour l'urgence, L. met deux heures pour accoucher d'une peinture.

L. y est.

Une teinte de satisfaction se crée sur son visage.

L. prend un léger recul, comme un peintre à la Cour, sa chemise blanche toute souillée par le mélange des couleurs. Le tableau est une immense déception. Brouillon, scolaire, avec des motifs de vases à fleurs, des notes de musique, de forêts qui ressemblent plus à des tunnels d'autoroute. L. se prend d'une rage folle, voudrait bousiller le tableau à coups de cutter et balafrer tout le reste, y compris le visage de Sélia punaisé sur les murs qui semble elle aussi regarder le désastre.

L. dévisage le portrait figé de la belle chanteuse. Puis scrute le tableau. Ses yeux sont révulsés, ses tempes battent d'un pouls énervé, furieux. L. n'y arrivera jamais.

Pourtant il ne reste que quelques jours, quelques heures pour accomplir ce qu'il faut accomplir.

Pour que la peinture arrive à destination, L. n'a plus le choix. Un clic plus tard, L. se connecte à Internet. L. utilise un VPN pour ne pas être localisé et masquer son identité, et déniche le site peinture-sur-mesure.com. Des apprentis artistes, des étudiants aux Beaux-Arts et autres peintres du dimanche proposent leurs services pour réaliser toutes les toiles possibles et imaginables. Il suffit de déposer une nouvelle demande, indiquer la nature du projet, décrire le désir de perspective, de technique, d'objet peint, joindre une photo s'il s'agit d'un portrait ou d'un paysage à imiter. Le devis de L. est peut-être le plus précis jamais envoyé sur le site. Une quarantaine de lignes où L. explique qu'il s'agirait d'une fresque entremêlant plusieurs techniques, plusieurs couleurs, avec des notes de musique, des clins d'œil à la nature et à la ville, des forêts comme des lattes de parquet façon *Raboteurs* de Caillebotte, un grand château cossu, des péniches et puis des morceaux infimes de feuilles d'or disséminés çà et là comme des indices silencieux.

Temps de réalisation pour cette énigme grandeur nature : quatre jours en moyenne. Trois inscrits proposent leurs services et envoient un message sur le serveur du site, L. a préféré ne laisser aucun mail personnel. Les messages se valent mais le temps de réalisation est jugé trop long par L. Il lui faut agir vite et bien. Pas le temps pour les interférences. Quelques minutes après la publication de sa demande, une jeune femme inscrite sous le pseudo AdaAda propose de réaliser la toile en une journée. Tout ça coûterait 600 euros.

L. accepte sans hésiter.

L. crée rapidement un compte sur PayPal pour continuer sa mission incognito. L. remplit les cases d'information en écrivant n'importe quoi et renseigne les numéros de la carte. L. envoie 600 euros à Ada Quetglas et renseigne l'adresse du point relais le plus proche de son appartement. Le vieux pressing tenu par le Chinois.

L. recevra le tableau mardi.

Jour de l'audition de Sélia.

Je rentre chez moi, essoufflée d'avoir monté les cinq étapes avec le paquet. Malgré les combinaisons Tetris, il ne passait pas dans l'ascenseur. Irène m'a jeté un regard d'un air désolé, j'ai mon ménage à faire, bonne chance pour la suite. Alors je m'y suis mise avec les deux bras, en pensant qu'il faudrait que je travaille mon endurance sinon je ne serai pas de taille pour les chorégraphies d'une comédie musicale.

Dans l'entrée, couteau de cuisine en main, je déballe le colis plus vite que n'importe quel enfant excité au lendemain de Noël. Par morceaux sortis de l'emballage, je découvre des pièces d'un grand puzzle géant, dessiné à la main. C'est un tableau peint à la gouache. Un tableau avec des volutes de couleurs, des couches abstraites turquoise, rose poudre, vert d'eau, jaune pâle, quelques fragments plus réalistes aussi. Je reconnais même une péniche. Et puis une façade d'un appartement haussmannien. Probablement parisien vu la pierre de taille et les encorbellements en fer forgé. Il y a aussi quelques bouts de paysage. De l'eau, peut-être un lac, une forêt de sapins, le trottoir d'une ruelle sans histoires, quelques tournesols sur lesquels l'artiste a superposé des fleurs de cerisier, des boutons de mercerie, des notes de musique et des éclats de feuilles d'or. Tout autour, des effets de marbre, des couleurs projetées en graffitis, des illusions d'aquarelles, comme une grande énigme sur toile de dimension 150 sur 100 dont, il faut le dire, je ne saisis pas grand-chose.

Sans mentir, c'est un joli tableau. Dans son coin gauche, je remarque trois chevelures sombres de dos, assises côte à côte sur un banc ou peut-être un canapé. C'est à ce point confus que toutes ces images se chevauchent sur les autres, comme des vignettes à rassembler. Dans le coin droit du tableau, rien. La toile est blanche, vierge. Comme si le peintre n'avait pas achevé son travail.

Dans le fond de l'emballage, je cherche un mot, une adresse, le nom peut-être de l'expéditeur, sans rien trouver. Seul le tableau m'a été livré et ça m'intrigue. Qui à part mes plus proches alliés connaît mon adresse? Personne. J'ai toujours été prudente. Un ex éconduit? Ou bien un admirateur? Quelqu'un qui un jour m'aurait reconnue dans la rue et aurait décidé de me suivre?

Pour ne pas m'inventer d'histoires, je laisse le tableau adossé au mur de l'entrée et pars réchauffer mon bain à l'eau chaude. Une bonne heure, je disparais dans la mousse. J'oublie ces questions triviales. C'est seulement un tableau.

Alors que la nuit commence à tomber, on sonne à nouveau. Je franchis les couches de kraft encore étalées sur le parquet et j'ouvre sans regarder par le judas.

— Mais t'es en peignoir, ma belle?

Diane me découvre, les cheveux trempés, le visage fripé de celle qui a passé la fin de sa journée à réfléchir dans son bain.

Elle me dit d'une voix chantante :

— Je peux entrer ? Regarde ce que je t'ai ramené !

Ma manager me tend une boîte de pâtisserie signée Cédric Grolet avec une Noisette et une Pomme granny en trompe-l'œil. Un chef-d'œuvre de minutie.

— Mais tu es fabuleuse, toi.

— Je prends soin de mes artistes, que veux-tu.

— T'as fait la queue des heures pour moi ?

Diane entre, enjambe les couches de papier et passe aux aveux :

— Tu penses bien que j'ai fait envoyer un stagiaire mais le cœur y est tout autant. C'est quoi ce foutoir ?

Mon regard se tourne sur ce tableau immense. Je crois que je le trouve encore plus énigmatique avec la lumière basse du soir.

— J'ai reçu ça cet après-midi. Pas de facteur ni de coursier, pas de mot non plus. Le tableau mystère.

— Mais qu'est-ce que c'est que cette croûte géante ?

Diane jette un œil de pseudo-experte, elle qui partage sa vie avec une sculptrice.

— T'es dure, attends. C'est pas si laid.

— C'est un sacré bordel, tu rigoles ! La personne qu'a fait ça est pas bien claire dans sa tête, regarde toutes ces couleurs, tous ces reliefs, y a à boire et à manger là-dedans.

— C'est peut-être l'idée, non ? T'es cruelle. J'y connais rien en peinture, mais je trouve l'ensemble harmonieux.

Brusquement, j'ignore pourquoi je me mets à défendre ce tableau que je n'ai pas choisi. Et Diane renchérit :

— Tu crois que c'est un fan ?

— Je vois pas d'autre piste.

— Un fan timbré, si tu veux mon avis.

— Arrête de dire ça ! Ce qui m'étonne, c'est que je me suis toujours arrangée pour que personne ne connaisse mon lieu de résidence.

— Pas faux.

— Ou alors on m'a suivie.

Diane se met à rire, un rire très sonore qui retentit en écho dans mon appartement minimaliste.

— Stop la parano.

— Je dis ça comme ça, je suis pas non plus complètement flippée…

— Sur Internet, peut-être que t'as fait une story pas loin de chez toi et qu'un de tes followers a reconnu ton quartier. En deux trois tentatives, le tour était joué.

— Mais la personne a quand même déposé le tableau devant la loge de la gardienne. Elle a forcément entré le code de l'immeuble.

— Ou alors elle a attendu qu'un de tes voisins entre ou sorte. On a dit quoi, pas de parano, surtout en ce moment ! Reste focus.

Diane disparaît aussitôt dans la cuisine, je l'entends qui ouvre le tiroir des couverts, brasse du côté des cuillères, récupère du placard deux petites assiettes, comme si elle vivait là depuis toujours.

— On mange ces délices, alors ?

— T'as vu l'heure, Diane ?

— Y a pas d'heure pour ces merveilles.

— Oui mais je suis encore complètement nouée par le stress. Faut que je retrouve mon zen.

— Tu vas surtout aller te faire masser par ce Jim qui fait des merveilles et dont je te rebats les oreilles, c'est le label qui paye et je ne veux pas de non. En attendant, prends cette cuillère et mange cette noisette.

Sans me faire prier, je déguste la pâtisserie en pensant à l'audition et à l'appel qui peut survenir à tout moment. Un oui. Un non. A chaque seconde, trois lettres qui pour moi peuvent tout faire basculer.

— Tu viens voir Louise ce soir à l'expo ? Ça lui ferait plaisir !

— Franchement Diane, j'ai pas la force. Je préfère me coucher tôt, j'ai envie d'écrire un peu.

— Tu écris, toi ?

— J'écris pas, je gribouille des idées, des petites pensées pour des textes de chanson ou pour me faire du bien. Peut-être pour un ou deux titres bonus du prochain best of, ce serait bien.

Diane sourit sans renchérir alors que je n'attends qu'une chose, c'est qu'elle me rassure sur cet album de fin d'année. Mais évitant le sujet, la blonde botte en touche :

— Je comprends, repose-toi. En tout cas j'espère que les producteurs des *Mille* vont vite nous contacter. On va pas faire les épouses de guerre rivées à leur téléphone pendant mille ans non plus.

Sans terminer son dessert en trompe-l'œil, Diane se lève, m'embrasse, et ma main aussitôt se crispe en un poing figé sur ma cuisse.

— Désolée ma belle, je zappe toujours que t'es pas tactile, et moi je le suis trop. Tu m'appelles ce week-end ?

— Ce week-end ? Je...

Mon poing se relâche, par automatisme, et je finis par hocher la tête pour laisser Diane partir. Ni une ni deux, la voilà qui reprend son trench. Diane se regarde trois secondes dans le miroir au-dessus des vases de fleurs, se remet la frange, se tapote les joues et regarde une dernière fois la toile.

— Tu vas en faire quoi de ce truc ?

— Je pense que je vais l'accrocher là, au-dessus du guéridon.

— T'es folle, tu sais même pas qui te l'envoie, imagine que c'est un malade.

— C'est seulement un tableau, non ?

— Tu avoueras que c'est chelou ton histoire.

— Peu importe, j'aime bien ce qu'il me fait ressentir, ce tableau. Je le virerai peut-être demain ou dans un mois. Pour le moment je vais l'accrocher.

— On te changera pas, toi.

— Jamais. C'est bien le problème.

Diane Mayer 19 h 48 (il y a 23 minutes)
A seliablue87@yahoo.fr

Ma belle,
Désolée pour l'étreinte. Je ferai plus attention la fois prochaine.
Je t'embrasse... de loin,
Ta Diane

Yann LeBreton 20 h 01 (il y a 4 minutes)
A seliablue87@yahoo.fr

Hello ma douce,
Grosses journées de taf en ce moment. Je suis sous l'eau mais j'espère que tout roule pour toi. On se voit ce vendredi, le week-end, je suis pris ?! Je suis dispo, on passe la nuit ensemble ? Je serai chez moi vers 23 heures, passe, ça me ferait plaisir. Je pourrai pas venir jusqu'à toi, ça va me faire trop loin mais t'es la bienvenue.
Tu prends une bouteille ? Tu me confirmes ?
Je t'embrasse
Y

Je relis le gentil message de Diane puis le mail hautain de Yann. Je clique sur Supprimer et passe ma soirée seule, devant la télé, télécommande sur le coussin, carnet d'écriture sous le coude, verre de vin sur la table. Pas besoin de plus. Ni de personne. Et surtout pas d'un type qui veut me faire traverser tout Paris à 23 heures en lui apportant sa bibine.

Alors que la télé ronronne jusqu'à pas d'heure, je m'endors, le visage rivé sur l'écran et sur le tableau accroché au-dessus, prête à rêver toute la nuit de tournesols et de forêts de sapin, sans voir le dernier message de ma manager.

> T'es prise, t'es dans la sélection des trois finalistes pour Les Mille et Une Nuits !!!!

Je me réveille, la tête lourde, les jambes criblées de crampes. Il est déjà 10 heures et je n'ai rien vu des heures qui passaient sans mon accord. A cette heure indigne, inutile de faire mon Miracle Morning. Le miracle est déjà de parvenir à me mettre debout et d'aller me préparer le café.

Devant la cafetière qui fait ses borborygmes, je branche mon téléphone et repense à Hugo qui se moque constamment de ma cafetière de grand-mère quand lui ne jure que par ses capsules de café. Mon téléphone se rallume. En parlant du loup, Hugo me prévient qu'il rentrera dans une semaine.

> Trop excité mon petit bateau, on va danser chez les Cubains, dis ?

Je prévois de lui répondre plus tard tandis qu'une pluie de notifications se met à inonder mon écran.

Treize appels manqués.

Neuf messages vocaux et encore plus de textos.

Diane m'annonce en grande pompe l'incroyable nouvelle. Dans mes oreilles, sa voix résonne façon haut-parleur.

T'as vu mon texto, t'es dans la sélection !!!!

Ma belle, t'y es, t'as réussi, j'ai envie de pleurer, rappelle-moi stp.

Sélia, décroche bordel, qu'est-ce que tu fous, il est même pas 22 h là, me dis pas que tu te couches avec les poules !

Je tiens plus en place, rappelle ASAP. J'y crois pas enfin si j'y croyais depuis le début.

Bon allez, je trépigne là ! T'es dans la sélection finale ! Il y a toi et deux autres filles et franchement, ça va être du gâteau. Je t'ai envoyé leurs CV par mail, leurs têtes me reviennent pas, je les imagine pas du tout en Shéhérazade. Shéhérazade, c'est toi. Rappelle-moi.

Tous ces messages exaltés me rendent heureuse et inquiète. Rien n'est fait. Il faut encore carburer de plus belle. Sur mes mails, je découvre le visage de mes deux supposées « concurrentes », et tout de suite je reconnais celui de la grande rousse près de qui j'étais assise le jour de l'audition. Ses taches de rousseur, son nez aquilin, sa belle chevelure qui mousse jusqu'à la nuque.

Je rappelle aussitôt Diane qui me crie dans les oreilles comme une gamine hyperactive :

— Mais t'es enfin sortie de ta tanière, qu'est-ce que tu foutais ?

— Je dormais !

— Tu hivernais, là ! Tu t'es prise pour une ourse des Pyrénées ?

— Très drôle.

— Me fais pas croire que tu dormais depuis hier 22 heures. T'as vu Yann, c'est ça ? C'est pour ça que tu ne voulais pas venir voir Louise à son vernissage ?

— Pas du tout, je dormais, je te jure.

— Je vais te croire, c'est ça. Bref, t'es heureuse ? Je t'avais dit que tu allais cartonner.

Diane est enjouée. Plus enjouée et heureuse pour moi, ça n'existe pas.

— J'ai pas l'impression que ce soit vrai. Les producteurs t'ont appelée ?

— Bien sûr que c'est vrai. Vrai de vrai. Le directeur du casting m'a passé un coup de fil dans la soirée et je…

— Dans la soirée ? Carrément !

— Tu as cru qu'on bossait à la préfecture ? Tu sais bien qu'il y a pas d'heure dans le milieu, tout se fait et se défait très vite, à 8 heures du mat', tu es in, à minuit, tu peux être out.

— T'as une belle façon de me motiver, toi.

— Pardon ma belle. Mais toi tu es in, Jeanne me l'a confirmé et tu le seras toujours.

Je ne réponds pas, pas tout de suite, parce que je pense aux derniers mois de galère, à ces deux années de traversée du désert, aux salles de concert que mon nom seul ne suffisait plus à remplir. J'ai été out. Diane le sait mais refuse d'en parler. J'ai été out, oui. Un temps. Je l'ai vu sur le visage de tous les gens qui m'accompagnaient. Les patrons du label qui t'appellent de moins en moins, ta manager qui te fait croire que tout va bien, les journalistes qui ne te proposent plus autant d'interviews qu'avant. Et puis aussi la mine contrite des musiciens, des équipes techniques qui du jour au lendemain rentrent chez eux, à défaut de pouvoir honorer la date de Toulouse au Bijou. Et bien sûr aussi, je l'ai vu sur les réseaux et chez les fans. Tous les jours, tous les mois, comme une contamination lente. Dans l'allure des passants qui te regardent dans la rue, de moins en moins admiratifs et qui maintenant demandent un selfie comme un service à rendre. Parce que tu fais partie de leurs meubles, de leurs vieilles habitudes. Ils te connaissent depuis dix ans. Faut les comprendre. Tu es l'amie éloignée qu'ils rencontrent par hasard. Ils te saluent, capturent les traits de ton visage inquiet et repartent en se disant, elle a changé, non ? Elle n'a plus le même succès, ça doit l'abîmer.

— T'es là ?

— Oui, oui, pardon j'étais dans mes pensées.

Diane se rappelle à mon souvenir.

— Les producteurs veulent te rencontrer. C'est génial, non ?

— Quand ça ?

— Lundi.

— C'est bientôt, ça.

— Apparemment ils sont pressés de caster leur premier rôle.

— Ils nous voient toutes les trois ce jour-là ?

— Apparemment. Une petite semaine de répétitions, ou peut-être moins. Mais t'as aucun souci à te faire, je le sens.

— Dis pas ça, t'en sais rien. Et Pénélope Valmar a l'air incroyable !

— Tu la connais ?

— Non, je l'ai rencontrée rapidement le jour de l'audition. Elle est d'une beauté !

— Elle est belle mais n'a rien d'une Shéhérazade !

— Bref, je dois faire quoi pour lundi ?

Diane parle à toute vitesse, et dans le flot, je distingue :

— Ce sont comme des répètes ou des meet-ups, vous vous voyez, vous échangez, vous commencez à travailler et à partir de là ils voient ce que chacune est capable de faire.

— Dans mon langage, j'appelle ça une audition.

Diane rit, elle sait que j'ai raison.

— Il te faut simplement préparer une nouvelle chanson, celle sur laquelle ils misent pas mal pour leur show.

— Tu vois... Si je chante devant eux, c'est un casting, Diane ! Et en plus, ce week-end ça tombe mal, je suis pas là, j'aurai peu de temps pour répéter.

— Quoi ? Mais tu vas où ?

Diane me pose la question de but en blanc, et comme toujours pour ces week-ends cachés du monde, je dois déguiser la vérité. Pour la bonne cause.

— En week-end. A la mer...

— Avec Yann ?

— C'est ça !

— Laisse-moi deviner, Deauville ou La Baule ?

— Ni l'un ni l'autre.

Et dans la précipitation, je sors un bobard.

— La Rochelle.

— Ah c'est super ! Un beau souvenir de tes passages aux Francofolies, tiens. Et Yann donc ?

— Quoi Yann ?

— En fait, c'est le grand amour avec lui, pourquoi tu me le caches ? Je veux le rencontrer moi.

— J'irais pas jusqu'à parler d'amour.

— *J'irais pas jusqu'à parler d'amour.* J'adore. T'as de ces sorties, ma belle. On dirait un titre de chanson. Ecris-le quelque part. En tout cas, je serais toi, j'annulerais ce WE. Faut vraiment que tu te prépares pour cette matinée avec les producteurs. Tu batifoleras plus tard.

Diane a raison, sauf que ce week-end, impossible de le reporter. Il est mon fardeau, ma malédiction, ma responsabilité. Et sans transition, je lance à ma manager :

— Tu les connais ces producteurs ?

— Un peu. C'est Broadway All Stars. Des types bien. L'équipe de Dove Pira, le mec qui a fait *Les Trois Mousquetaires* et *La Belle et la Bête*.

— Je sais qui est Dove Pira, Diane…

— Je sais pas, je te briefe, quoi.

— Et la Belle tiens, elle est devenue quoi ?

Diane marque une pause. Je crois qu'elle sait où je veux en venir. Hélène Fiamma jouait Belle dans *La Belle et la Bête*. Elle était partout, dans les magazines et sur les plateaux, elle sortait avec le jeune prodige révélé dans *Roméo et Juliette*. Elle avait placé plusieurs singles numéro 1 dans les charts. Et pof. Tour de magie noire. Plus rien. La belle a disparu des écrans, des ondes de radio, des conversations des gens.

Voilà le milieu impitoyable dans lequel je me bats.

— *Anyway*… il faut que tu passes à l'agence, OK ? Je dois te briefer pour la fameuse chanson et d'autres détails à la con.

Diane me redit, la voix serrée.

— Apparemment c'est l'un des morceaux clés de la comédie musicale. Faut pas se louper. Tu passes après le déj ?

— On peut pas déjeuner ensemble ?

— Pas ce midi malheureusement, me répond-elle.

— Un autre client ?
— J'aime pas quand tu parles de client.
— Une autre « aaaaart-iste » si tu préfères ?
— On peut dire ça.
— Tu veux pas me dire qui c'est ?
Devant ma curiosité, Diane semble mal à l'aise, même si ça m'amuse de la faire tourner en bourrique.
— Si tu ne dis rien, c'est que tu déj avec une grosse pointure.
— Elle marche pas mal, oui, me concède Diane.
— C'est Louane ?
— Non, je suis pas la manager de Louane, tu as cru que j'étais la manager de Louane ?
— J'en sais rien, je dis ça comme ça. Et puis ces choses-là bougent tout le temps.
— T'as raison.
— C'est un mec ou une fille ? C'est Amir ? Je suis certaine que c'est Amir !
— Raté, c'est une fille. Une Belge.
— Une Belge, hum…
Je me mets à réfléchir comme si nos vies d'artiste n'étaient qu'un drôle de jeu.
— Mais bien sûr, une Belge ! Elle *balance ton quoi*, c'est ça ?
— Peut-être bien….
— Belle prise. J'applaudis. Bravo !
Diane se met à émettre un son poli, entre le rire et le passons à autre chose veux-tu, avec un soupçon de fierté dans le timbre.
Pour conclure, je lui dis :
— A tout à l'heure, 14 heures. Je serai là. Et bravo pour Angèle, faut dire qu'elle, elle est in. Plus in que nous toutes réunies !

Messages non lus
De L. à SeliaavecunS

19 h 14
Vous êtes sortie du bain ?

09 h 16
Alors, ce bain ? 🛁 Pas trop chaud ? Attention à l'hydratation, jolie déesse. 👑 Votre peau mérite les plus beaux soins.

10 h 57
Tu es si belle que même la beauté ne t'arrive pas à la cheville. Je pense à toi, tous les matins et tous les soirs.

12 h 03
Je te chanterai à la vie à la mort, comme un refrain entêtant. Un poison dans mes veines, tu le mérites ma jolie déesse.

Je passe la matinée à écrire quelques gribouillis à une rédactrice de webzine musical qui souhaitait m'interviewer depuis plusieurs mois. Je ne vois pas le temps passer. Sans la curiosité des gens qui écoutent les artistes, je n'existerais plus. Je ne serais plus qu'un nom autrefois prononcé.

— Comment allez-vous Sélia? Merci de prendre le temps de nous répondre.

Merci de votre temps, surtout. Cela compte tant.

— On vous connaît depuis dix ans, on connaît vos trois albums, vos tubes, «Juste Sélia», *Tous les lundis et les matins du monde dans tes bras, Prends le temps et Tous les gens sont des amants*. Comment gérez-vous votre célébrité?

Dans le calme et le silence, je médite. Je prends soin de moi. J'écris aussi beaucoup. Et surtout je lis les messages d'encouragement de tous ceux qui me soutiennent. Sans eux, je ne serais rien. Ils sont ma cheville. Mon indispensable béquille.

— Vos projets... On peut en savoir plus?

Quoi répondre? Si j'en dis trop, je vais avoir peur de me porter la poisse. Si j'en dis peu, je vais passer pour avare.

Je les garde secrets, encore un peu, parce que je dois avouer être un peu superstitieuse. Mais je vous promets de belles choses. Juste un peu de patience.

Rien qu'à écrire ça, j'ai des frissons qui me parcourent le dos. Je déteste les effets d'annonce. Après les gens t'attendent au tournant, impatients, et il ne faut pas les décevoir.

— Vous venez de la télé et d'une émission dite de télé-réalité. Que pensez-vous de ces nouvelles émissions de chant qui pullulent sur nos écrans ? Auriez-vous fait The Voice ou Incroyable Talent ?

J'aurais fait The Voice sans hésiter. Et je n'ai pas vraiment l'impression d'avoir fait de la télé-réalité. Avec la Star Ac, j'ai fait une émission de télé où j'étais filmée tous les jours certes, mais pour chanter, apprendre le théâtre, la danse…

Après une dizaine de questions, j'envoie le questionnaire à la rédactrice du webzine, la remercie pour cette attention et me prépare devant mon miroir Hollywood offert par Hugo. Je suis en retard, il est déjà 13 heures. Je dévalise mes armoires, choisis une tenue au hasard, me fait une queue-de-cheval devant la glace. Comme celles que ma mère me faisait, en tirant fort, avant les répétitions.

Je ressors de la salle de bains en tremblant. Pourquoi ces pensées maternelles depuis plusieurs jours ? Je n'ai pas vu ma mère depuis des années. Pourquoi me revient-elle ? Là, maintenant ? En attrapant mon sac à main, je refuse d'y penser une seconde de plus. Je refuse que ma mère revienne contaminer mon existence. Manteau sur le dos, j'écris d'une main un texto à Diane pour lui dire que j'aurai quelques minutes de retard et j'ouvre la porte.

Sur le paillasson, un bouquet de fleurs. Un grand et massif bouquet garni de chrysanthèmes, quelques symphorines, des gerberas et des baies violettes de callicarpa.

Cette fois sur l'emballage, il y a un mot.

Une écriture fine, presque illisible, qui dit :

« Bravo pour le casting, vous êtes sur la bonne voie. »

La composition de fleurs dans la main, je descends les escaliers et passe devant Irène en pleine discussion avec la voisine malpolie du 3e et ses deux enfants qui ne bougent pas d'un cil. Je préfère ne pas m'attarder, la voisine étant du genre à vous accaparer des heures pour parler ravalement de façade, entretien de la chaudière et réunions syndicales.

Mais à peine ai-je fait un pas l'entrée qu'Irène m'apostrophe :

— Bonjour Sélia, comment allez-vous? Elles sont ravissantes ces fleurs, dites-moi.

— Bonjour Irène, bonjour Guillemette, tout va bien?

Dans son grand pantalon de velours, Guillemette Lacroix se retourne d'un air vague, ses deux enfants peignés aussi. Irène et la voisine me répondent d'un hochement de tête cordial et je m'entends leur dire :

— Très jolies, vous n'avez pas vu le facteur par hasard?

— Pas encore passé.

— Ah, alors ce doit être un livreur fleuriste...

— Je ne vois que ça.

Irène me sourit, elle sait à quoi je fais référence et, devant les deux femmes, je ne m'attarde pas plus, je ne veux surtout pas faire croire à ma concierge que chaque jour est un étrange complot pour la chanteuse du 4e.

Avant d'appuyer sur le bouton de la porte, Guillemette m'interpelle :

— Pressée, Sélia ? Je voulais justement…

— Affreusement. Navrée.

Le visage de Guillemette se met à grimacer.

— Je voulais vous parler de quelque chose mais ça peut attendre, enfin j'imagine.

— Qu'est-ce qui se passe ? dis-je poliment.

— Rien de grave. Vous serez chez vous ce soir ?

— Vers 17 heures.

— Venez sonner chez moi, alors, je vous attendrai.

— Parfait.

D'un geste, je prends congé et passe dare-dare l'encadrement en bois massif de la porte, comme une petite fille fautive se disant mais qu'est-ce qu'elle me veut, celle-là, qu'est-ce que j'ai fait de mal ?

Vingt minutes plus tard et en retard, j'arrive à l'agence essoufflée, les cheveux en bataille comme s'ils venaient de faire un Paris-Athènes en express. Dans une grande écharpe en pashmina, Louise m'ouvre la porte. Je ne m'attendais pas à la voir apparaître dans mon champ de vision.

— Tiens, la chanteuse.

Louise m'appelle comme ça depuis les trois ans où elle fréquente Diane. Elle sait que je déteste ça. Mais je reste de marbre, aussi polie que possible.

— Tu vas bien, Louise ? Comment s'est déroulé le vernissage ?

Louise évite ma question sournoisement et se dégage du passage pour me laisser entrer. Aussitôt, la jeune femme sous ses grands colliers d'ambre m'agrippe l'épaule pour m'embrasser en pleine joue. Diane arrive au même moment et témoigne de la scène.

— Louise ! Tu sais bien que…

— Ça va Diane, t'inquiète, dis-je en dédramatisant.

Louise fait mine de ne pas comprendre. Avec un regard de maîtresse d'école, Diane jauge sa compagne :

— Tu sais bien que Sélia n'aime pas quand on…

— Quand on quoi, love ?

— Arrêtez, vous engueulez pas pour moi, c'est rien…

— Bah non ! répond Diane.

Dans son écharpe de tragédienne, Louise cherche la provocation, et c'est tout elle. Ses yeux pétillent, tout émoustillés. Elle me regarde comme une curiosité, une bête exotique, un animal un peu fou. Et son regard mesquin me désarme plus que n'importe quelle main posée sur moi.

— Quand on la touche…, termine Diane, un peu gênée d'une telle formulation. Tu le sais, fais pas semblant de l'ignorer.

Sans daigner répondre, Louise détache ses longs cheveux bruns de façon dramatique et se met à rire. Un rire sonore, qui vient de la gorge, comme d'une caverne perdue. Elle s'assoit au fond du canapé qui longe l'entrée de l'agence, face à la fontaine à eau, et d'une voix sans timbre, je reprends la main :

— Haptophobie, on appelle ça. Comme ça, vous saurez, dis-je d'une voix presque désolée…

— Comment tu dis, ma belle ?

Toujours entre son bureau et l'entrée, Diane pose sur moi un regard indulgent, sincère. Je sais que cette femme me veut du bien.

— Haptophobie. La peur de toucher ou d'être touché.

— Ah ben tiens, on aura tout inventé.

Sans me désarçonner, mes yeux fouillent ceux de Louise et ma bouche se défend :

— Il faut des mots pour les maux des gens, tu sais.

— C'est pratique, n'empêche. Pour éviter quelqu'un, tu joues la carte de la phobique sociale. J'aurais dû faire ça, tiens, pendant mon vernissage. En plus, ça te rend encore plus intéressante, c'est bien joué.

Diane fusille Louise des yeux, des mains, de tout son corps indigné, et quelque part, ça me fait plaisir de voir que ma manager me témoigne une vraie solidarité.

— N'importe quoi, tu déconnes, Louise ! Excuse-la, Sélia, elle vient de sortir d'un mois très compliqué…

Sans éprouver la moindre gêne, Louise s'enfonce dans ce large canapé en forme de bouche et se tait. Son silence devient plus pesant que la moindre de ses invasions verbales. Mais pourtant, pour une fois, j'ai envie de lever le voile sur ma phobie.

— C'est une phobie rare. Et elle touche les gens à différents degrés. C'est comme l'agoraphobie, certains ne peuvent absolument pas affronter la moindre foule quand d'autres parviennent à accepter quelques groupes, quelques individus dans leur espace. Pour l'haptophobie, c'est pareil. Parfois la moindre embrassade me tétanise, le moindre frôlement, la moindre intrusion. C'est le visage surtout. Je serre la main facilement, ça me paraît à ma portée, j'ai l'impression d'être dans la distance. Mais le visage, j'ai l'impression que c'est mon territoire à moi, comme si était là, entre mes yeux et mes lèvres, toute ma vie privée. Mais je sais prendre sur moi. Parfois il arrive même que la phobie se volatilise complètement. Quand je suis sur scène, par exemple. C'est bête hein, je sors d'un plateau, d'un concert et je me sens invincible. Je peux affronter les câlins collectifs, les étreintes, les embrassades, les gestes doux. Je peux m'entourer de fans pour faire des selfies sans problème, sentir leurs mains se poser sur mes épaules, c'est pour ça que je chante, d'ailleurs, ça me donne de la force.

Louise et Diane m'écoutent sans un mot, concentrées, attentives, comme si le monde autour n'existait plus. Louise n'a plus de sournoiserie dans les yeux, elle entend mon histoire. Et lancée dans ma propre confidence, je ne m'arrête plus, je veux expliquer, me montrer telle que je suis vraiment.

— Je sais que tout ça peut paraître idiot. Et pourtant, c'est moi, ma peau, mon monde, ma peur des autres et de moi-même. Le psy qui me suivait quand j'ai commencé ma carrière m'avait beaucoup rassurée. Il m'avait dit qu'on était tous plus ou moins phobiques de l'autre. Qu'on était tous haptophobiques. Parce qu'on a tous besoin d'un espace vital, d'une bulle autour de soi quand on marche, quand on prend le métro, quand on s'assoit sur la plage ou au cinéma. Personne ne veut se faire envahir. Personne ne veut voir crever sa bulle. Et la mienne est un peu plus proche de moi que celle des autres, c'est vrai, je crois que ça remonte à l'enfance, à ma mère, à tous ces moments où elle…

Dans ma confidence, je marche, je marche et me voilà arrivée au bord de la falaise. Si je raconte tout, je tombe. Je ne peux pas tomber. Alors je me reprends. Mon pied fait machine arrière. Puis l'autre. Et je retourne sur mes pas, saine et sauve.

— Bref, assez parlé de moi. On a du travail n'est-ce pas ?

Diane me regarde, ses yeux brillent d'émotion, et elle me dit d'un chuchotement :

— Viens dans mon bureau, j'ai ta chanson.

Louise partie de l'agence, Diane et moi entrons dans son grand bureau fleuri de cadres, de disques d'or, de trophées en bronze, en argent, ou en or plaqué de Victoires de la musique, de MTV ou de NRJ Music Awards. Au milieu, une table en verre volumineuse, presque nue, à part quelques stylos, un iPad, quelques contrats.

Diane me fait m'asseoir parmi ces fauteuils en cuir signés du designer Anderson et s'excuse. Pire, elle s'en repent.

— Je suis vraiment désolée, tu sais. Louise est vachement à cran en ce moment et elle me tuerait que je dise ça mais son vernissage n'a pas été un franc succès. On attendait pas mal de monde, et du beau. Des journalistes de *Beaux-Arts*, du *Quotidien de l'Art*, du *Monde* mais un seul s'est pointé. Un type gênant comme tout, qui a passé son temps à faire du gringue à cette pauvre Louise qui ne disait rien, à part fulminer en silence. C'est pour ça qu'elle t'a dit que c'était pratique ta phob…

— Je comprends, t'inquiète. C'est pas grave et puis ça m'a fait du bien d'en parler. Je suis désolée pour sa soirée.

Diane m'envisage avec tendresse, comme si elle et moi étions à distance en plein câlin.

— On passe aux choses sérieuses?

Carrément, me répond ma manager, qui aussitôt me donne des précisions pour le casting de lundi et :

— Voilà la chanson. « Si j'étais elle ».

Diane me tend le papier fièrement.

— Je trouve les paroles hyper efficaces, regarde le début du refrain : « Si j'étais elle, je voudrais mourir, si j'étais elle, je voudrais tenir, dire non à tous les hommes et rendre fière mon père le vizir. » Hyper féministe, tu trouves pas?

— Ouais, c'est pas mal. Mais comment je fais sans l'instru? Je vais être à côté.

— T'en fais pas pour ça, ils attendent de faire des essais voix avec vous trois.

Diane se lève, part se chercher deux petites bouteilles d'eau dans son frigo high-tech et rajoute :

— Au fait! Les producteurs m'ont dit que ce serait bien que tu lises Les *Mille et Une Nuits* pour le spectacle. Que tu t'empares de l'univers du recueil.

— Mais attends, je croyais que c'était inutile. Ça fait pas dans les 1 000 pages ce truc?

— Ils ont changé d'avis. Je t'envoie un coursier cet après-midi avec les tomes.

— Les tomes, parce qu'il y en a combien?

— Pas mal, je te le cache pas. C'est plein de contes orientaux emmêlés les uns aux autres. On en étudiait certains au collège, j'ai jamais réussi à accrocher, mais bon te tracasse pas. Passe sur Ali Baba ou Aladin, et concentre-toi sur l'histoire de Shéhérazade, c'est ce qui nous intéresse. Pour tout te dire, je sais même pas ce qui lui arrive, moi, à cette pauvre Shéhérazade.

Diane se met à rire nerveusement, tout en jetant un coup d'œil aux dernières notifications de son portable.

Et la bonne élève que je suis ne peut s'en empêcher :

— Pour dire vrai, je connais vaguement. C'est l'histoire d'un sultan qui s'est fait tromper par sa femme et la condamne à mort. Pour être certain de ne plus être trompé, il décide de faire exécuter chaque matin la femme qu'il aura épousée la veille. Afin de sauver toutes ces femmes, Shéhérazade se propose d'épouser le sultan. Chaque nuit, elle va lui raconter une histoire dont la suite est reportée au lendemain. Le sultan ne peut se résoudre à tuer la jeune femme et reporte l'exécution de jour en jour afin de connaître la suite du récit. Peu à peu, Shéhérazade gagne la confiance de son mari et finalement, au bout de mille et une nuits, il renonce à la faire exécuter.

Diane m'écoute distraitement et répond :

— Ah mais tu connais le dossier, ça me rassure ! Dit comme tu le dis, ça a l'air génial cette histoire.

— Espérons que ça le soit sur la scène du Mogador, surtout.

Diane sourit et alors que le téléphone se met à vibrer sur sa table basse, elle me chuchote un *deux secondes j'arrive* d'un doigt levé, et s'éclipse de son bureau. Pendant son absence, j'en profite pour regarder les alentours. Les affiches de concerts, les photos dédicacées par les plus grands, il y a même une photo de Johnny au Stade de France signée de sa main. Je jette un œil à mon téléphone aussi. Plus d'une centaine de notifications sur Instagram. Faut dire que je n'y suis pas allée depuis deux jours.

Avant de pouvoir cliquer sur les notifications, Diane revient et reprend sans transition :

— J'étais au téléphone avec Jeanne Azoulay, la directrice du casting. Elle m'en a dit un peu plus sur le déroulé de l'audition. Vous serez toutes les trois conviées au même moment et vous allez bosser ensemble.

— Ensemble, mais pourquoi ?

— Ils veulent voir votre synergie. A la fin des répétitions. Ils décideront. L'une sera la titulaire, l'autre sera sa doublure, *a priori*... Et la troisième...

— Oh je sais bien. Pour la troisième, c'est retour aux castings.

— Pas besoin de te faire un dessin, voilà. Bon, il faut que je te dise, je me suis un peu plus renseignée sur Pénélope Valmar et Elisabeth Belmontet.

— Qui est Elisabeth Belmontet ?

— Une jeune femme très douée, apparemment. Une sérieuse concurrente. Elle est très appréciée d'Elliot Biram, l'un des deux producteurs en place pour Les *Mille et Une Nuits*. Figure-toi que sur YouTube, elle cartonne. Elle fait des covers et ses vues frôlent parfois les 500 000 vues. C'est du délire. Faut vraiment qu'on se méfie d'elle.

— Qu'est-ce que tu veux dire, se méfier ? C'est comme ça, chacun ses atouts, non ? Moi j'ai quand même une carrière derrière moi. Je ne suis pas du genre à crever les pneus de mes rivales pour arriver à mes fins !

— Haha toi non, mais moi je peux le faire !

En relevant les épaules, Diane se met à rire très fort, si bien que les deux jeunes femmes qui passent au même moment dans le couloir avec des dossiers plein les bras sursautent de stupeur.

— Non mais t'as raison, ma belle. Tu as un nom. Tu es Sélia, bordel. Et on va capitaliser dessus à mort. Je sais que Dove, l'autre producteur sur la pièce, est cul et chemise avec Jeanne et elle t'a adorée ! Elle m'a dit en off qu'elle te voyait en Shéhérazade depuis le moment où tu t'es avancée sur scène, le jour de l'audition. Je vais œuvrer auprès d'elle.

Diane sourit étrangement, une grimace, plutôt un air de conquête dans les yeux. Ses mains sont liées l'une à l'autre comme un boulet de canon. Je sais que dans le jeu des rivalités, j'ai dégoté la meilleure des alliées.

— Théophile ? Tu peux venir s'il te plaît ?

A peine son nom prononcé qu'un jeune stagiaire de vingt ans vêtu d'un polo de golfeur déboule dans le bureau de Diane. Ses joues sont un peu rougies, ses mains hésitantes, Théophile me dévisage brièvement avant d'étaler sa timidité au sol.

— Tu peux faire photocopier ce texte s'il te plaît ? Fais-nous quelques copies. Au fait, tu n'as jamais rencontré Sélia. Sélia, je te présente notre nouveau stagiaire génial qu'on adore tous ici. Théophile, je te présente celle que tu connais déjà.

Le jeune homme bredouille un *enchanté de faire votre connaissance* et je lui réponds par la même formule. Tête basse, Théophile part accomplir sa tâche.

— Au fait, tu m'as pas dit, c'est quoi ces fleurs que t'as laissées dans l'entrée ? Elles viennent de Yann ?

Moi qui comptais évoquer à Diane cette bizarrerie, je me ravise. Je dois rester focus sur l'audition, rien d'autre, et ma manager a mieux à faire que de gérer mes lubies quotidiennes.

— Oui, je les ai reçues juste avant de te retrouver. Le type me fait la cour comme jamais.

— Vous partez demain alors ?

— Comment ça, demain ?

Diane fronce des sourcils, comme toujours lorsque quelque chose lui échappe, et je réalise avoir oublié mon propre mensonge.

Théophile réapparaît dans l'encadrement de la porte, les copies de la chanson à la main. Tout en pas silencieux, comme s'il cherchait à marcher sur des œufs, il les dépose sur le bureau en verre de Diane et repart. Sans un bref merci, mon agent les récupère et m'en tend trois exemplaires.

— Votre week-end en amoureux, c'est bien ce week-end, non ?

Diane insiste.

Et je me retrouve à mentir une nouvelle fois :

— Oui, oui, c'est ce week-end. Mais on part samedi matin.

— Un week-end express.

— J'ai raccourci, je voulais bosser ma chanson.

— Tu as bien raison. Si jamais t'as besoin, tu as le numéro de notre prof de chant et du pianiste. Ils sont dispos, je les ai prévenus.

— Merci Diane, qu'est-ce que je ferais sans toi ?

Je remercie Diane pour son soutien inestimable et avant de partir, en guise de confiance aveugle, je la serre dans mes bras.

C'est la première fois.

Dans la rue, les fleurs en main, je marche sans rythme et sans but, comme une âme qui erre dans la ville. Besoin de respirer, de sentir le monde, de voir l'allure des passants, avant de rentrer chez moi et d'apprendre mon texte pour l'audition.

Alors que je déambule le long du boulevard Saint-Germain, je m'imagine en Shéhérazade. Je suis elle, trait pour trait, ses yeux maquillés de khôl, ses mains graciles, sa peau ambrée, son teint caramel. Je suis la fille du vizir et je suis forte, je ne peux compter que sur moi-même. Je suis celle qui veut défier le mal par le bien. Je suis celle qui va faire cesser le carnage. Je vais mettre hors d'état de nuire cet homme qui tue les femmes par orgueil. Cet homme, je vais l'amadouer, je vais le dompter, je vais lui raconter une histoire. Une histoire tellement démente, tellement incroyable, tellement folle qu'il ne pourra plus s'en passer. Il devra me croire. Je ne dis que la vérité.

Un bus passe devant moi. Prise dans mes pensées orientales, j'ai failli ne pas le voir et finir renversée. Une femme âgée me regarde depuis l'abribus. Elle me demande si ça va et je lui souris, tout va bien, madame. Il se met à pleuvoir tout à coup. La pluie tombe doucement, d'abord sur le tissu de mon caban feutré puis doucement sur mon visage, le dessus de ma tête et le bout de mes doigts. Pour autant, je ne m'abrite pas. Je reste sous la pluie et ça me fait du bien, ça me lave de tous mes tracas. Je suis comme Shéhérazade. Je suis forte, je marche dans le monde, je suis capable de mener mon histoire.

Tandis que je continue d'avancer jusque chez moi, je me munis de mon téléphone pour ne pas finir perdue. J'aiguille mon itinéraire, trouve mon chemin tandis que la pluie s'arrête. Sur l'écran, je vois le nombre de notifications en rouge sur chacune de mes applis. Je n'ai rien ouvert depuis des jours. Pas raisonnable. Je ne peux disparaître comme ça. Je dois ma présence aux gens, à ceux qui m'aiment, ceux qui attendent que je revienne.

Tandis que le feu passe au vert, je clique sur Instagram. Des dizaines de messages dont celui de la rédactrice du webzine musical qui me remercie pour mon interview. Parmi les messages, je like d'un cœur ceux qui me soutiennent, ceux qui me disent que je manque à leur vie, ceux qui m'envoient leur *cover* de mes anciens titres ou ceux qui attendent avec impatience un nouveau single. A certains, je réponds, *bientôt promis*, et je signe d'un S, ma marque de fabrique.

Et puis je les découvre.

Ces messages.

Une vingtaine, peut-être plus.

Le profil est signé L. Ce même compte anonyme qui m'écrivait de temps à autre des messages, « t'es magnifique », « t'es belle comme une déesse », « t'es radieuse comme une lumière ».

Mais depuis deux jours, L. m'écrit de plus en plus. Il est passé au vouvoiement. Il m'écrit toutes les deux heures. De façon régulière, comme un métronome. Comme un homme pris d'une obsession soudaine.

Vous allez bien ? Vous faites quoi ? Vous préférez lire ou regarder la télé ? Vous avez réussi votre audition ? Racontez-moi. Je pense à vous quand je m'endors, quand je me réveille, même la nuit je rêve de vous et c'est tendre, vous devriez le savoir. Vous faites quoi ce soir ? Ecrivez-moi ici. Parlez-moi de vous. Je veux tout savoir.

Et ce message reçu hier, qui pénètre en moi comme une seringue sordide.

Vous êtes sortie du bain ?

Comment peut-il savoir que j'ai pris un bain hier soir ? Comment peut-il savoir que j'ai passé une audition ? Seuls Diane, Hugo et Yann sont au courant. Par superstition, je n'ai rien dit, rien posté sur les réseaux. J'ai été discrète, absente depuis des jours. Personne ne peut savoir ce qui se passe dans ma vie, surtout pas un fan.

Dans la rue, je manque de m'évanouir. Tout se brouille à ma vue, les flaques d'eau sur l'asphalte, les façades, les devantures, les vitrines de chaussures, la silhouette fantôme des passants. Un froid me prend au ventre. Mes jambes s'alourdissent comme si elles étaient enrubannées de plomb. Dans ma tête, c'est le vacarme. Un bruit total, comme un assourdissement, une machine qui se détraque, un séisme échelle 10. Qui est ce L. ? Est-ce l'homme du tableau ? Celui des fleurs ? D'une main tremblante, je scrolle ses messages. Son dernier message date de… 12 h 06. Aujourd'hui. Ce midi. Une suite de quatre emojis.

C'est donc lui. Il est venu à ma porte alors que je me préparais à sortir. Il m'a écrit son mot, a déposé son bouquet et il est reparti. Ou alors il m'a guettée, caché dans un coin de l'immeuble. Aussitôt épouvantée, je jette les fleurs à la poubelle.

Un homme me regarde faire.

— Mademoiselle, pourquoi vous jetez ces belles fleurs ? Vous êtes belle, vous méritez de belles fleurs.

Je ne réponds pas au dragueur et poursuis ma route, titubant presque sur la voie. Sur la carte, il était écrit *vous êtes sur la bonne voie* et ça me rappelle tant de souvenirs affreux de cette autre vie.

Sur Instagram, je lis les messages de l'inconnu, je les relis et les relis. Ses énigmes. Ses petites phrases si douces qu'elles paraissent tranchantes comme des lames. Je clique sur son profil. Rien. Juste une lettre. Un L. Aucune photo. Aucune publication dans son feed. Aucune bio inscrite. Aucun follower. Aucun followé si ce n'est : Sélia-avec-un-S.

Moi.

Rien que moi.

Une cible. Une proie.

Une nouvelle Shéhérazade.

Dans l'appartement de L., tout est plongé dans le noir. Comme une maison abandonnée depuis des générations. Pas de lumière au plafond, seulement une vieille lampe près de la fenêtre à l'abat-jour poussiéreux et, dans le tiroir de la table de chevet, une lampe torche. Plutôt une vieille loupiote à piles, qui éclaire autant qu'un téléphone en fin de batterie dans la pénombre.

Pour passer le temps, L. lit les magazines qui traînent dans les parages. Avec, L. confectionne ses premières lettres anonymes. Des grands A rouges, des petits e bleus, verts et noirs. Pour ça, L. met des gants. Pas question de laisser la moindre empreinte. Mais à qui envoyer le premier courrier ? A sa première ou à sa seconde proie ? Peu importe, les deux devront payer.

Pour l'heure, L. préfère envoyer d'autres messages privés à Sélia et d'autres lettres à l'agence qui la représente. L. y met du cœur et toute son âme. Toujours plus de messages. Les rapprocher toujours plus. Heure après heure. Disparaître ainsi dans les sables mouvants de l'Internet à l'aide d'un VPN suédois ou indonésien, s'exiler loin de cette chambre de bonne saturée d'humidité et créer de nouvelles adresses email. Plusieurs serveurs gmail, gmx, yahoo, laposte, lui permettent de s'inventer des dizaines et des dizaines d'identités.

L. est intraçable. L. le sait. L. a l'impression de détenir le plus exquis des pouvoirs.

Dans ses messages, L. se lâche. L. passe au tutoiement, à la question directe. L. est intrusif, impoli. L. s'en veut de céder à ses pulsions. L. ne voudrait surtout pas que tout ça lui échappe entre les doigts. L. y est presque.

Heureusement, avec son téléphone prépayé à carte sim vierge, L. se calme et réemploie un vouvoiement distingué. L. a même laissé une jolie petite carte dictée au fleuriste pour l'envoi des fleurs. Mais dans ses messages, L. a de plus en plus de mal à se contrôler, le ton est plus direct. Il semble que L. perde un peu patience. Il lui faut garder son calme, ne pas alarmer sa proie, la laisser approcher comme une bête encore si peu apprivoisée.

> Tu es où, Sélia ?
> Je pense à toi. Tu es à moi.
> Connais-tu « Amours des feintes », la chanson de
> Gainsbourg et Birkin ? Elle me fait penser à toi.
> A nous.

Les messages de L. sont envoyés depuis des serveurs cryptés. Impossible de retrouver sa trace. L. programme chaque envoi pour être au mieux cadencé.

Alors que L. prépare un nouveau message prévu pour après l'audition, L. se rend compte que ces trois derniers messages envoyés sur Instagram viennent à l'instant d'être lus par Sélia.

Le point de connexion est passé au vert.

Sélia est là. Sur sa page.

Elle lit les mots doux, les mots d'amour, les mots de L.

L. est à deux doigts de lui écrire une nouvelle fois mais, contre toute attente, se retient. L. savoure la présence en ligne de Sélia. L. la voit comme un réconfort chaleureux, comme près d'un feu de bois brûlant, à faire fondre la peau jusqu'à l'os.

Je rentre sans un coup d'œil à Irène, sans un bonjour poli à monsieur Thevenet qui descend les marches, ce veuf de soixante ans qui vit seul au sixième étage et qui ne reçoit la visite de son homme d'affaires de fils qu'une fois tous les six mois.

Je trace.

J'insère la clé dans la serrure, nerveusement. Comme si quelqu'un était derrière moi, prêt à me saisir, à m'agripper par la nuque. Etrangement, je me sens sale tout à coup. Je me sens épiée, traquée, mes cauchemars refont surface, ma phobie, mes traumatismes d'adolescence. D'un bond, je me rue sur mon journal intime pour noter toutes ces afflictions.

Sur Instagram, j'hésite à suspendre mon compte, disparaître dans la nature, jouer la morte. Mais le doigt sur l'option SUPPRIMER VOTRE COMPTE, je me ravise. Par égard pour mes fans bienveillants, je ne veux pas faire dans l'impulsif. Il me faut réfléchir. D'abord, écrire sur une feuille tout ce qui se passe dans ma tête. Que se passe-t-il en ce moment ? Que me veut ce type ? Il ne le dit pas. Pas une fois, dans ses drôles de messages, je n'arrive à déchiffrer ses intentions. Il me pose des questions comme un ami, un amant, ou une connaissance, c'est poli, court, succinct, presque inoffensif, mais c'est aussi terrifiant que s'il me disait, je vous veux, je vous attends, je ne partirai jamais.

J'ai peur et je l'écris. Je note la moindre idée noire, la moindre pensée, le moindre état. Ce frisson de froid. Cette chair de poule qui me parcourt le dos depuis que je marche à vive allure dans la rue. Je veux qu'elle parte. Alors je l'écris pour prendre le dessus. Je dois prendre le dessus.

Surtout, lundi est mon jour J. Mon grand jour. Mon audition finale. Je ne peux pas la rater. Je l'écris à l'exclamatif sur mon journal.

Ne pas te rater !

Non, je ne peux pas.

Tu ne peux pas Sélia.

Tu ne peux pas laisser cette histoire te dévorer les entrailles et te faire passer à côté de la chance de ta vie.

C'est maintenant ou jamais.

D'un coup sec, je referme la couverture en cuir rouge et tout mon corps tremble de froid. Je repousse la chaise qui grince d'un son strident sur le parquet du salon et pars chercher le conte oriental.

J'ai du travail qui m'attend.

Sur le canapé, assise en tailleur, les oreilles sur le qui-vive et les mains moites, je commence à lire *Les Mille et Une Nuits*. Je repense à ce que m'a dit Diane. Je dois m'imprégner de l'histoire. Mettre toutes les chances de mon côté. Ne penser qu'à ça.

Je débute ma lecture :

« Le grand vizir avait deux filles, dont l'aînée s'appelait Shéhérazade, et la cadette Dinarzade. Cette dernière ne manquait pas de mérite ; mais l'autre avait un courage au-dessus de son sexe, de l'esprit infiniment avec une pénétration admirable. Elle avait beaucoup de lecture et une mémoire si prodigieuse que rien ne lui était échappé de tout ce qu'elle avait lu. Elle s'était heureusement appliquée à la philosophie, à la médecine, à l'histoire et aux arts; elle faisait des vers mieux que les poètes les plus célèbres de son temps. Outre cela, elle était pourvue d'une beauté extraordinaire, et une vertu très solide couronnait toutes ces belles qualités.»

Pas le moment idéal pour faire un brin de lecture. Je ne suis pas concentrée. Incapable de m'investir. Les messages de L. tournent en boucle dans ma tête et la beauté extraordinaire de Shéhérazade n'arrivera pas si facilement à les en déloger.

Mais tant bien que mal, j'essaie.

«Mon père, j'ai une grâce à vous demander; je vous supplie très humblement de me l'accorder.

— Je ne vous la refuserai pas, répondit-il, pourvu qu'elle soit juste et raisonnable.

— Pour juste, répliqua Shéhérazade, elle ne peut l'être davantage, et vous en pouvez juger par le motif qui m'oblige à vous la demander. J'ai dessein d'arrêter le cours de cette barbarie que le sultan exerce sur les femmes de cette ville. Je veux dissiper la juste crainte que tant de mères ont de perdre leurs filles d'une manière si funeste.»

Un bruit résonne dans le couloir. Juste de l'autre côté de ma porte. Je lâche le livre qui tombe aussitôt à plat sur la couverture dans laquelle je me suis réfugiée. D'un pas de chat, je sors du plaid et bondis au judas sans rien y voir d'autre que le mur blanc dessiné de moulures. Avec le verrou mis sur son rail, j'ouvre la porte doucement. Personne. Pas de paquet sur le paillasson. Pas de fleurs. Pas de tableau. Pas de traque. Juste un voisin qui montait sans doute les étages.

Détends-toi, bordel. Qu'est-ce que tu es en train de faire, Sélia ? Continue à faire ta parano et tu verras. L'échec assuré.

J'essaie de me raisonner. Je me parle à moi-même, refusant de céder aux alarmes. Je dois respirer, faire le vide, m'extraire de mes angoisses, comme mes séances de méditation me l'indiquent. Sauf qu'un type m'écrit pour me dire qu'il sait que je prends des bains. Est-ce qu'il me regarde ? Je reprends mon journal.

Est-ce qu'il te regarde ?

Ma tête se tourne vers la fenêtre. Est-ce qu'il me regarde, là ? En ce moment ? Discrète, la tête penchée derrière mon voilage comme une grand-mère intrusive, je me mets à scruter le vis-à-vis. Est-ce que L. fait partie de ces fenêtres que je vois ? Qui vit là dans cet immeuble en face, ce bâtiment sans grand cachet aux briques lisses et ternies par la pluie ? Je jette un œil, je veux savoir. Qui sont mes voisins ? Est-ce que l'un d'eux m'a vue hier en peignoir ? Est-ce que l'un d'eux parmi toutes ces fenêtres m'épie ? Je n'en sais rien. Il y a bien une dizaine de fenêtres face aux miennes. Les deux grandes en face de chez moi sont le lieu d'une famille, un père de deux gamines et sa femme, lui est constamment en train de jardiner au balcon. Dans ma tête, je l'ai rebaptisé Léo, le grand et maigre Léo, père de famille modèle, vénéré par ses deux fillettes. Parfois, il me salue d'une main et je lui réponds par la même. Je crois que j'aime bien la famille de Léo.

Au-dessous de Léo, des étudiants vont et viennent dans d'immenses colocations, ils ne restent jamais plus de trois mois. A gauche, il y a une femme. Une femme qui vit avec sa mère malade, et j'ai beaucoup de peine pour elle, pour leurs vies, pour ce qu'elles traversent l'une et l'autre, j'ai connu ça aussi. Le reste autour, je ne sais pas. Des gens, d'autres gens. Des vies, d'autres vies. Des horizons lointains et peut-être, parmi eux, un homme rongé par l'obsession.

En scrutant l'immeuble, je prends conscience de cette petite fenêtre au cinquième étage. Cette lampe au premier plan avec un abat-jour ancien, en dentelle fine, torsadée, à la laine crochetée. L'appartement paraît sale, décoré de vieux meubles de famille lourds, massifs, comme des vaisseliers et des buffets en merisier. Mais j'imagine.

Dans cet appart, je n'ai jamais vu personne. Pas une silhouette lointaine, rien. Pas même une ombre projetée sur un mur. Mais en me couchant, je le vois toujours allumé. Je trouve ça étrange. Un appartement toujours éclairé. Toutes les nuits. Parfois au milieu de la nuit en me relevant pour boire un verre d'eau, je jette un œil par la fenêtre. Le damier en face de moi est plongé dans le noir. Sauf cette fenêtre en haut, éclairée par la lampe ancienne à la dentelle crochetée. Qui peut bien vivre dans cet endroit ?

Pour cesser les scénarios du n'importe quoi, je reprends ma lecture. Je dois rester concentrée.

« Votre intention est fort louable, ma fille, dit le vizir ; mais le mal auquel vous voulez remédier me paraît sans remède. Comment prétendez-vous en venir à bout.

— Mon père, repartit Shéhérazade, puisque, par votre entremise, le sultan célèbre chaque jour un nouveau mariage, je vous conjure par la tendre affection que vous avez pour moi, de me procurer l'honneur de sa couche.

— Ô Dieu ! interrompit-il avec transport, avez-vous perdu l'esprit, ma fille ? Pouvez-vous me faire une prière si dangereuse ? Vous savez que le sultan a fait serment sur son âme de ne coucher qu'une seule nuit avec la même femme et de lui faire ôter la vie le lendemain, et vous voulez que je lui propose de vous épouser? Songez-vous bien à quoi vous expose votre zèle indiscret?

— Oui, mon père, répondit cette vertueuse fille, je connais tout le danger que je cours, et il ne saurait m'épouvanter. »

Moi aussi, je prends conscience du danger qui arrive. Comme une tempête qui s'annonce. Et Shérérazade finit par dire :

« Si je péris, ma mort sera glorieuse; et si je réussis dans mon entreprise, je rendrai à ma patrie un service important. »

D'un geste, je prends mon téléphone et me résous à lui écrire. Impossible de passer la nuit seule, et surtout pas ici.

J'arrive à 22 heures tapantes comme son message l'indiquait. Au fin fond du 12e arrondissement où je ne mets jamais les pieds. Je sonne à l'interphone, balance un suave *C'est moi* en face des petits points métalliques qui forment une constellation sur le boîtier et, pour toute réponse, j'entends un gros broooooom.

La porte s'ouvre.

L'ascenseur encore en panne, je grimpe les douze étages, la sueur aux tempes. J'essaie de ralentir la cadence sur les dernières marches pour ne pas apparaître la frange molle, les yeux embués de la marathonienne, sur le paillasson de Yann. Je me mouche un petit coup, me tamponne le visage pour avoir un joli rose aux joues et j'arrive devant sa porte. Celle-ci est déjà entrouverte et que faire, attendre là comme une idiote ou entrer comme une intruse sans-gêne ?

Sans daigner m'accueillir alors que je viens de traverser Paris pour le voir, Yann me salue depuis le fond du couloir, un torchon à la main, et ma mauvaise humeur disparaît. Yann semble en pleine préparation d'un petit repas en tête à tête. D'une pensée mièvre, je me prends à imaginer les chandelles, la jolie table, la musique romantique qui enveloppe la scène. Tout pour ne pas ressasser l'existence de L.

En moins de temps qu'il n'en faut pour le dire, mon fantasme se prend les pieds dans le tapis. Yann s'approche, récupère mon manteau qu'il met en vrac par-dessus les siens et me tend un baiser sec, du bout des lèvres.

— Ça va? T'as pris un Uber ou le métro?

Je réponds à peine et lui tends la bouteille de vin qu'il avait commandée dans son mail ainsi qu'un service de verres à pied, Yann se plaignant toujours de ne pas avoir le temps pour en acheter.

Yann attrape le tout sans y jeter un œil, sans un merci, et s'en va dans la cuisine ranger les verres dans le placard.

— Je pense que tu devrais les laver avant… Enfin tu fais comme tu veux. En tout cas, je me disais que de nouveaux verres pouvaient te servir pour…

— Ouais c'est cool, ça me dépannera bien, me répond-il d'un ton sobre.

Dans la cuisine, je découvre que rien ne cuit. Pas de casserole sur le feu, pas de légumes découpés en julienne sur une planche de bois, pas de cocote Le Creuset qui roupille tranquillement sur une plaque, abritant une souris d'agneau ou une joue de quelque chose.

En fait, Yann est en pleine réparation.

— Ce fichu évier arrête pas de fuir, ça me rend dingue et je te dis pas la facture d'eau à la fin du mois.

Voyant ma déception, Yann se rattrape comme il peut.

— Tu as faim? T'inquiète, j'ai prévu de commander un petit plat.

— Super, dis-je sans grande conviction.

— Tu aimes la bouffe jap'?

— Comme beaucoup de gens.

— Celui d'en bas livre jusqu'à pas d'heure, c'est pas le meilleur mais ça fera le job.

Yann me sourit d'un air nonchalant et j'ignore comment je fais pour rester plantée devant lui sans exprimer la moindre remarque ou prendre mes jambes à mon cou. Mais je reste figée, imbécile, en plein milieu de la cuisine, sans agir. Il faut dire que j'ai besoin de compagnie ce soir.

D'un regard vide, comme celui d'un enfant déboussolé, je contemple Yann en pleine manipulation. Il ne lui manquerait plus que le jean du plombier descendu jusqu'en bas des fesses.

— Tu veux un coup de main?

Au point où j'en suis, pourquoi pas.

Et Yann accepte mon aide sans déplaisir.

— Je veux bien que tu ouvres le robinet quand je te le demande. Pas avant. Mets-toi là et tourne le robinet côté froid.

En assistante de plombier, je fais le job et, une demi-heure plus tard, Yann passe commande par téléphone de nos sushis du soir. Plus détendu, il me retrouve sur le canapé du salon. En bonne résolution, il éteint la télé, tamise un peu la lumière de son plafonnier et passe un bras derrière ma nuque.

— T'as passé une bonne semaine? Tu m'as manqué.

Yann s'étale sur moi comme un mari fatigué sur sa vieille épouse. Je me retrouve là, avec un type de quatre-vingt-dix kilos sur la poitrine, et je m'entends chuchoter d'un air docile :

— Stressante mais ça va.

— Stressante? Ah oui, t'avais un truc, c'était quoi?

Yann se relève péniblement et me frôle l'avant-bras d'une main rêche.

— Une audition.

— Pour une émission de chant? Me dis pas que tu vas faire The Voice, t'es trop connue, non?

— Non, une audition pour une comédie musicale. *Les Mille et Une Nuits*. Je t'en avais parlé, non?

— Oui, je me souviens. Je t'avais dit à quel point je détestais les comédies musicales...

Il y a un mois, Yann avait passé la soirée à me dire que, pour lui, les comédies musicales n'étaient pas de l'art, seulement du business. Il m'avait expliqué d'un ton professoral que les chansons lui paraissaient toujours insupportables, que les acteurs surjouaient à mort et que ceux-là devaient sûrement crever de faim pour apparaître dans de tels shows hystériques.

J'avais pris sur moi, bien sûr. Je lui avais expliqué la grande histoire de Broadway, des Tony Awards, de ces spectacles à grande échelle chantés sur scène tous les soirs, impressionnants de technique et adorés du monde entier. Et puis je lui avais évoqué la compétition sévère qui régnait entre les comédiens et les comédiennes, à New York ou à West End, dans le quartier londonien consacré au théâtre, et de plus en plus à Paris. Je lui avais confié mes spectacles fétiches, *Wicked*, *Les Misérables*, *Cats*, *42nd Street*, *Nine*, *Le Fantôme de l'Opéra*. Toutes ces émotions incroyables que j'ai ressenties, quand, à la sortie de mon adolescence, pour oublier mon enfance difficile, j'étais partie en vacances à New York et que j'y avais découvert Broadway. C'est de là qu'était venue ma passion pour la scène, la musique, le chant, le déguisement en un mélange parfait. Ces maquillages hors du commun, ces chorégraphies préparées au millimètre près, ces visages incroyables qui chantaient, dansaient, exprimaient la vie.

Celui de Kathy Bates dans *'night, Mother*, celui de Glenn Close, Willem Defoe et tant d'autres…

Vaguement, Yann m'avait écoutée. Vaguement convaincu aussi. Je n'avais pas insisté et il m'avait répondu avec une politesse de banquier qu'on devrait se tenter une comédie musicale un soir, tous les deux. Pourquoi pas le mois prochain, avait-il ajouté, quand il aura moins de boulot dans sa tour de verre.

Le mois prochain, nous y sommes. Mais visiblement Yann a oublié. Comme il a oublié mon audition.

Les sushis arrivés à la porte, Yann met fin avec plaisir à cette conversation de sourds. Il part gratifier le livreur de quelques euros de pourboire et revient avec deux sacs kraft qui sentent l'amidon et le poisson cru. Yann dresse la table à la va-comme-je-te-pousse et me tend un Tupperware plastique de sashimis.

— Tu dis rien? Qu'est-ce que t'as?

Alors que je mange tranquillement mes morceaux de saumon, lui prend l'envie de me sonder.

— Rien, je dîne, comme toi.

— Je te sens préoccupée, la tête ailleurs. Je me trompe?

— Je pense à l'audition.

— Mais t'inquiète, ça va bien se passer, et puis si c'est pas celle-ci, ce sera une autre.

Yann se trompe. Des comédies de l'envergure des *Mille et Une Nuits*, y en a une tous les cinq ans. Mais inutile de revenir sur le sujet.

Prise en étau, je m'entends à demi-mot lui avouer la vérité.

— Y a un truc pas net qui se trame depuis quelque temps.

— Comment ça, entre toi et moi?

— Non non. Un type sur Internet. Il m'écrit des choses bizarres.

— Comme quoi par exemple ?

— Que je suis une déesse, une beauté, qu'il pense à moi…

— C'est un fan, t'as l'habitude, non ? Et ça devrait te flatter…

Yann ne comprend rien à rien et j'ignore pourquoi je m'entête à tout lui expliquer.

— C'est plus que ça. Récemment, il m'a demandé comment s'était passée mon audition… Et si le bain que j'avais pris chez moi avait été bon. J'ai carrément flippé en lisant ça. Qui peut savoir des trucs pareils ? C'est hyper terrifiant.

Yann pose ses baguettes japonaises sur son set matelassé, un air soucieux dans le regard.

— Comment ça, ton bain ?

— J'ai pris un bain un soir et le lendemain, ce type-là qui se fait appeler L. m'a demandé comment ça s'était passé. Avoue que c'est glauque.

— T'as fait une story, un truc ?

— Non, rien. Je suis seule, je bosse à fond sur mes auditions, j'ai pas le temps pour les stories.

— Personne ne t'a rendu visite ?

— Quand j'étais en peignoir, Diane est passée. Mais c'est sûrement pas Diane qui va me jouer le coup du harcèlement.

— Un pervers ?

— C'est ce qui m'inquiète.

— Il va peut-être se lasser. T'as sûrement un voisin chelou qui passe son temps à te mater par la fenêtre.

Yann pense à la même piste que moi et cela me rassure. On est pareils lui et moi, aussi pragmatiques que terre à terre.

— C'est ce que je me disais aussi…

— T'en fais pas, achète des rideaux opaques et tu seras tranquille. Au pire, tu appelles le syndic. Ça va se calmer, faut pas t'inquiéter.

Yann me prend la main avant de reprendre quelques bouchées de riz trempées de soja et de wasabi sans être démesurément préoccupé. Peut-être que j'aurais aimé plus d'inquiétude. Plus de sollicitude de sa part. Alors, en finissant mes yakitoris, je lorgne Yann l'air de rien, partagée toujours entre l'attendrissement et l'agacement. A la minute, Yann est capable de souffler le chaud et le froid, de dire une gentillesse et de répliquer une vacherie, et je ne sais pas combien de temps pourra vraiment durer notre histoire.

Le lendemain, même impression mitigée.

Yann se réveille, s'étire bruyamment des bras et, sans un regard pour moi, sort du lit et me laisse en plan, dans sa chambre.

J'ouvre les yeux doucement. Je regarde ses draps en coton d'Egypte qui lui ont coûté un bras, sa table de chevet achetée dans une boutique de designer, et puis le reste tout autour qui jure. Cette chambre d'ado attardé, avec ses vieux trophées de foot, ses fringues de marque en vrac sur sa table de bureau, ses Stan Smith sales devant la porte, ses parfums qui sentent le musc et l'oud qui reposent près de sa grosse enceinte Bluetooth.

En enfilant un de ses T-shirts, je le rejoins à la cuisine. Une main tendre aux fesses, Yann me désigne l'endroit des tasses si je me prends à vouloir un café. Mon impression se confirme : la nuit n'a rien arrangé aux choses. Le même sentiment d'être coincée avec un type égoïste qui se fout de tout sauf de lui mais du reste lucide sur les choses, pas bien gentleman mais disponible, fiable, toujours là.

— Tu pars vers quelle heure? On peut aller déjeuner quelque part ensemble si tu veux, mais à 14 heures, j'ai entraînement de foot avec les potes.

— Non, je peux pas rester. Je suis prise tout le week-end.

— C'est un de ces fameux week-ends, c'est ça ?

Je hoche du menton. Yann le sait. Depuis cette petite année où l'on se fréquente, Yann sait que tous les mois, je disparais. Une absence de quarante-huit heures Rien de grave. Pas d'explication à donner, contrairement à celles que je donne laborieusement à Diane. Pas de récit à raconter. Je disparais parce que je n'ai pas le choix. Des obligations m'incombent, des obligations qui me regardent, qui ne regardent que moi et mon jardin secret. Depuis le début, Yann l'a parfaitement compris. Malgré ses défauts, il est du genre compréhensif et c'est ce qui rend notre relation plus solide qu'on ne le croit.

— Tu reviens quand ? me demande-t-il.

— Demain en fin d'après-midi, il faut que j'apprenne mon texte pour l'audition, j'ai besoin de rester concentrée.

— Alors appelle-moi quand tu seras dispo.

Yann ne trouve pas à redire encore une fois. Tout lui va. Alors qu'il m'embrasse dans le cou et s'échappe dans la salle de bains, j'en profite pour regarder ma messagerie Instagram. Pas de nouveaux messages de L. Je m'en sens soulagée. Comme hors de danger. Et telle une pensée un peu magique, je me dis qu'aujourd'hui est une nouvelle journée. Je vais partir d'ici, à une centaine de kilomètres de Paris, passer l'un de ces fameux week-ends et accomplir mon devoir comme depuis des années, et puis revenir chez moi ressourcée, oxygénée, vide d'angoisse, prête à tout déchirer pour l'audition.

Dans l'appartement de L,. les choses n'ont pas bougé d'un iota. Le même état délabré. La même poussière au sol et sur les objets. Sur le bureau toutefois, deux dossiers viennent d'être déposés. Le premier s'appelle P.V. Le second, E.B. Et L. est la seule personne à savoir ce qu'ils comportent.

D'abord, L. ouvre le dossier P.V.

L. lit quelques informations. Regarde quelques clichés choisis au hasard, ou presque. L. allume la radio et tombe sur une émission politique. L. coupe aussi sec. L. déteste la politique. Tout ce qui est et fait autorité.

P.V.

L. note deux fois cet acronyme sur la feuille.

L. relit une dernière fois l'agenda. Chaque activité. Chaque sortie. Chaque loisir. L. les apprend par cœur. Comme si c'était sa vie.

L. ne doit laisser aucune trace de ses passages. Il lui faut tout mémoriser, tout garder, savoir, ne rien laisser derrière soi.

Chaque premier samedi du mois, Pénélope Valmar se rend chez son esthéticienne de quartier. Elle fait le nécessaire, épilation, gommage, onglerie, lumière pulsée, hydradermie, soins du visage, masque collagène à la Perle de la mer morte, ce genre de choses-là. Cette fois, Pénélope jettera son dévolu sur la cabine. Pénélope fera une douche autobronzante pour se donner bonne mine. Pour avoir la gagne, se dira-elle, et L. sait tout ce que se dit Pénélope Valmar.

A son tour, L. jouera les clients du centre. L. choisira un soin, n'importe lequel. L. n'y connaît rien aux instituts de beauté et L. demandera à l'esthéticienne d'aller lui chercher une crème pour le visage que L. voudrait offrir à sa voisine, sa collègue, son amie. Quelqu'un qui n'existe pas. L'esthéticienne s'exécutera, laissant L. libre de ses mouvements.

L. s'approchera alors de la cabine UV.

L. regardera gentiment Pénélope se prélasser sous la chaleur cuisante et L. passera à l'acte.

Mais Pénélope ne mourra pas.

Pas encore.

Je suis rentrée à Paris après mon séjour passé incognito avec elle. Comme toujours, ça m'a fait un bien fou de la voir, de l'entendre, d'être simplement près d'elle. La regarder manger ou juste zapper à ses côtés de chaîne en chaîne sur son petit fauteuil en velours martelé. Elle n'a pas été très bavarde durant ces quelques heures ensemble. Le docteur Viard m'a dit qu'elle me réclamait depuis plusieurs jours, qu'elle dormait un peu agitée, qu'elle avait des jours de cafard, des moments nostalgiques où elle ressassait le passé avec le premier venu, infirmière, docteur, visiteur et que ça se terminait toujours dans les cris et le fracas.

Sur place, j'ai essayé autant que j'ai pu de lui changer les idées et de lui redonner le sourire. Mais trop préoccupée par l'audition, le texte à préparer, la scène fatidique, je n'ai pas assez réussi à la faire parler. Elle est restée près de moi, comme un animal prostré, murée dans un silence d'or.

Le lendemain matin, après la promenade au parc sur le gravier blanc, je l'ai embrassée tendrement. Comme avant, deux bises sur les deux joues, une sur le front. Quand je me suis relevée, elle m'a lancé un regard foudroyant, vertigineux, et je lui ai promis que je reviendrais la voir dès que j'aurais plus de temps.

— Dès que le casting sera enfin fini, je te le promets.

Pour éviter le trafic du dimanche soir, j'ai pris congé après le thé et le goûter distribué dans la salle commune. Je suis arrivée à bon port en fin d'après-midi. Le soleil déclinait à peine depuis mes fenêtres. Irène m'a regardée rentrer, j'ai aperçu son regard curieux derrière son voilage ivoire. Chez moi, j'ai déposé mon petit sac et, comme toujours après ces visites, j'ai poussé un long et interminable soupir. Soulagement intense de l'avoir vue et d'être rentrée. Satisfaction infinie d'avoir rempli mon devoir. Un mélange indémêlable.

Dans mon salon, je retombe nez à nez avec cet immense tableau. Je n'avais pas pensé à cette toile depuis ma nuit chez Yann. Sans avoir la force de le déloger du mur, je le laisse là alors que je me prépare un petit repas frugal. En repensant aux propos de Yann, je jette un coup d'œil dehors aux appartements d'en face. L'appartement situé au cinquième est encore éclairé par cette vieille lampe et aussitôt je ferme les rideaux. Pas le temps pour la parano.

Alors que mes nouilles chinoises réchauffent sur le feu, je reprends quelques exercices de chant et de diction. Je mange et révise le texte, chaque ligne, chaque *chorus*, chaque *hook*, chaque silence et, vannée comme toujours quand je me rends à son chevet, je me couche avec les poules. Pour le bien-être de mes cordes vocales, c'est vital.

— Sélia, chanter, c'est cinq, dix, trente minutes. C'est aussi dormir neuf heures. Alors hiverne maintenant !

En m'endormant, je réentends la voix du professeur Jeanssain. Et tout le reste me revient.

Au petit matin, je me réveille, le corps électrique, comme avant un grand voyage, un départ matinal à l'autre bout du monde. Mon bout du monde à moi, c'est l'audition, au 25, rue Mogador. Mon Miracle Morning tout tourné vers le casting, je me prépare. Le corps, la voix.

J'échauffe mon organe, ces mêmes exercices depuis mes seize ans, lorsque je me suis lancée dans le chant après avoir abandonné le piano. Au grand malheur tyrannique de ma mère. Bouche fermée, je monte, descends les gammes. Je place les notes, du grave vers l'aigu, comme le professeur Jeanssain me l'expliquait avec sa voix patiente. Il me disait toujours que l'ensemble buccal était composé d'une multitude de petits muscles, comme un petit corps caché dans la bouche, et j'adorais imaginer que ma voix était une personne à part entière, un pays, même.

Sur le tapis de mon salon, je fais claquer les joues et les lèvres. J'imite un bruit de plus en plus tonitruant de moteur. Ma voix se réchauffe, je le sens à mon vibrato. Mon larynx se détend, mes cordes vocales se réveillent, comme moi. Pendant quinze minutes, je libère ma voix et toutes mes sensations sont là. Comme le préconisait le professeur Jeanssain, l'échauffement ne consiste pas à préparer sa voix mais à réveiller toutes les parties du corps mobilisées pour le chant. Alors de plus belle je m'exécute à coups d'étirements corporels, cage thoracique, mâchoire, lèvres et langue, souffle, rotations de la nuque et du bassin. Un vrai sport.

Les bras vers le haut, je me grandis pour étirer la colonne. Je fais des cercles avec les épaules dans un sens puis dans l'autre. Ensuite, des rotations de la nuque. Couchée sur le dos, je respire à grands mouvements, un livre lourd sur le poitrail, une main sur le flanc, l'autre à hauteur de la bouche. Je dois identifier et sentir les parties du corps qui participent aux inspirations et aux expirations : les abdominaux, le périnée, les côtes… Mon corps est en marche. Je souffle trois, quatre, cinq secondes, le livre ne doit pas tomber brusquement mais tout doucement, comme au ralenti. Tout doux, tout doux, dirait le professeur s'il était encore en vie.

« Ce sont les mêmes muscles et sensations que vous devrez mettre à contribution lors d'un concert, et vous en ferez des concerts, Sélia. »

Je me souviens de chacun de ses encouragements. Ses sourires cléments, ses mains toujours posées sur quelque chose, une table, un pupitre, mes épaules de jeune fille apprentie chanteuse, et moi qui n'ai pas connu mon père, je le prenais comme tel. Il l'était, pour ainsi dire.

« Retenez qu'il vous faut vous tenir bien droite, ne pas lever les épaules, ne pas gonfler ses poumons comme si vous deviez souffler dans un ballon. Sélia, ne baissez pas votre tête, regardez toujours en face de vous. Vous avez le monde à votre portée. »

A chaque moment crucial de ma carrière, je fais revivre le professeur. Il est là, de retour, derrière moi, à me conseiller, me soutenir, m'épauler comme ma mère aurait dû le faire. Mais pour elle, chanter c'était pour les filles faciles, les dépravées, les ratées. Tout ce que j'étais. Alors malheureusement, pas question de partager ça avec elle.

Ce matin, je reproduis minutieusement les exercices fétiches du professeur. D'une respiration abdominale au cœur de la poitrine, je passe à une respiration intercostale diaphragmatique, en respirant en bas, en ouvrant les côtes flottantes. Face à un mur, je pose mes mains. Je regarde le vis-à-vis autour, les appartements commencent à s'éclairer, les uns après les autres. Le monde se réveille. Mon dos est droit, légèrement penché en avant, idéal pour la respiration abdominale.

Enfin, je pars à la cuisine me servir un verre d'eau. Je sors une paille du tiroir et souffle dedans pour faire des bulles. Si mes fans me voyaient, ils me trouveraient bien ridicule. Pourtant, c'est une technique vocale imparable qui permet de faire reposer une voix fatiguée ou de l'échauffer. En faisant mes bulles d'enfant, je me souviens quand je répétais dans ma chambre. Ma mère m'écoutait de l'autre côté de la paroi. Son pied se faisait léger dans le couloir, frôlant presque le parquet, pour ouvrir la porte brusquement et me surprendre avec ma paille et mon verre d'eau. Tu me fais beaucoup de peine, Sélia, tu vas finir chanteuse de bal populaire ou de café miteux, si c'est pas juste à la rue.

Ma mère lançait sa phrase comme une torpille et s'en allait. Je me retrouvais seule, avec ma paille et mon verre, et je me sentais minable.

Pourtant, j'ai continué à faire mes bulles. A chanter, écrire, scander. Tout pour ne pas me laisser atteindre. Et encore aujourd'hui, je pince légèrement la paille, je contrôle le débit d'air et je laisse sortir de moi cette note qui monte doucement dans les aigus avant d'entonner une mélodie. Aussitôt, mon diaphragme se détend. Je m'assois sur une chaise, place mes mains au niveau du plexus solaire, à l'intérieur des côtes. J'inspire. Puis lors de l'expiration, je me penche en avant, descends jusqu'à toucher mes cuisses.

« Plus le niveau d'air inspiré est haut, plus votre diaphragme sera détendu. Allez, on y va, jolie Sélia, et surtout ne chantez pas fort, il n'y a rien de plus catastrophique qu'un chant forcé, affreux. Cauchemardesque. Faites-vous entendre, c'est tout ce que l'on vous demande. »

La voix du professeur en tête, je me mets à chanter en le visualisant à une cinquantaine de mètres. Doucement mais sûrement, je projette le son, contractant le périnée puis les abdominaux en faisant « ssss » « ssss » jusqu'à perdre toute ma réserve d'air.

« Vide, vous êtes vide, maintenant relâchez tout, relâchez complètement vos muscles, regardez comme l'organisme a le réflexe de récupérer l'air perdu, sans rien forcer. C'est magique, notre corps est une sorcellerie ! »

Le professeur partait toujours dans des élans lyriques, il tourbillonnait. Parfois, sa femme, élégante, embijoutée de sautoirs et de longues boucles d'oreilles en argent, interrompait notre séance. Elle regardait son mari partir dans ses délires poétiques et elle souriait. Elle disait « le voilà sur la Lune, bon alunissage, Sélia ! » et ça nous faisait rire tous les trois.

Le professeur disait que mes harmoniques, ce qui donne le timbre et la couleur d'une voix, étaient beaux comme des tableaux et que mes résonateurs étaient parfaits, parce qu'ils étaient le produit de mon visage allongé, de mon nez droit, de ma cavité buccale et de ma boîte crânienne.

« Chanter, c'est inné, ça dépend du corps et du visage de chacun, c'est injuste mais la vie est injuste, alors vous devez mettre votre don à exécution. »

Je repartais toujours du bureau du professeur, cartable à la main, fière de mes progrès, heureuse de faire résonner en moi tous ces encouragements, ces louanges, ces divins compliments avant que la nuit se gâte à la maison, je retrouvais ma mère à son bureau, puis les cauchemars revenaient et avec, toutes les scènes depuis longtemps oubliées de ma mémoire.

Pendant cinq ans, le professeur m'a tout appris. Placer ma voix dans les résonateurs pour ne pas la fatiguer. Travailler l'attaque des notes. Prendre par exemple un son *m* et disséquer tout ce qui se passe physiologiquement : abdominaux, larynx, résonateurs, position de la langue, pression d'air… Et puis l'attaque aspirée, glottale ou simultanée d'une note, qu'il appelait le sous-marin turc. Le professeur Jeanssain m'a appris mille choses. Dire « uh-oh » plusieurs fois et trouver l'endroit où les cordes vocales vibrent pour émettre le son. Bouger doucement en rond ma tête lorsque je chante des notes médiums de ma tessiture. Ecouter ma voix pour savoir quand la replacer. Faire passer ma tonalité à travers les fosses nasales, et gare au rhume ou à l'allergie. Le professeur veillait toujours à ce que je sois emmitouflée comme un Inuit sur sa banquise. Il me disait de rester hydratée du nez, et je me mettais à rire.

— Comment hydrater son nez, professeur ?

— Vous ne faites jamais boire votre nez, Sélia ? ! Grand malheur…

— Vous me faites marcher, n'est-ce pas ?

— Un peu, je l'avoue, Sélia. Un peu d'eau de mer dans les nasaux suffira, et hop votre nez sera requinqué. Après, bouchez-vous le nez, contractez votre périnée et produisez un son en i. »

Tous ces exercices de longue haleine, de préparation, de discipline militaire étaient un travail éreintant, autant que le solfège. Mais c'était ma liberté, mon adolescence, les meilleurs moments passés avec moi-même, moi seule, pendant toutes ces années. Et malgré les répétitions automatiques, le labeur, le corps anesthésié, je m'y collais toujours avec envie, avec frénésie, sans voir le nombre d'heures ou de séances défiler.

Grâce au professeur, j'ai réussi. J'ai chanté. J'ai souri. Et j'ai commencé à chanter en souriant. Emancipée, moi-même, loin de ma mère qui ne passait plus ses colères à coups de grosse cuillère en bois sur mes doigts et la boucle de sa ceinture dans le bas rougi de mon dos. Dans sa grande salle décorée de moulures et de tapis orientaux, le professeur me confiait que c'était rare : chanter et sourire en même temps. Que peu savaient le faire, à part les plus grands.

« Alors continue Sélia, promets-moi. Il faut sourire, encore, sourire, toujours, ça permet de mieux vivre. »

Et dans le taxi qui m'emmène ce matin au théâtre Mogador, je souris comme une promesse en hommage au professeur. A cette période de ma vie où, par sa faute, tout a basculé.

ACTE 2

Mise en scène

J'arrive au 25, rue Mogador. Les portes du théâtre sont fermées mais j'ai pour instruction de passer par l'entrée des artistes située à côté. Dans un hall froid et peu éclairé, pas une âme. J'avance, nerveuse, dans un long corridor de murs tapissés de feuilles de consignes, d'extincteurs, de haches retenues derrière une vitre et de quelques affiches anciennes de pièces et spectacles.

J'arrive au foyer du théâtre près des quelques bars fermés en journée. Même désert, l'endroit est somptueux. La moquette rouge impeccable, les lustres à pampilles qui brillent sans cesse, les colonnes de marbre et les grands tableaux d'inspiration Dalí ou Picasso.

Sur place, une agente de la production m'accueille.

— Vous êtes bien Sélia ? Je suis Luce, enchantée ! On s'est vues rapidement lors de l'audition inaugurale, mercredi. La production vous attend dans la grande salle. Je vous accompagne.

D'un pas docile, je suis la jeune femme aux longs cheveux châtains, polie, souriante, habillée sobrement d'un tailleur noir. Je monte quelques marches d'escalier tapissées de velours et la grande scène du théâtre s'affiche, grandiloquente, sous mes yeux. La scène du Mogador.

Mythique et iconique. Foulée par tant de stars, Sting, Barbara, les Rolling Stones ou tous ces grands music-halls depuis un siècle déjà. Je me souviens la première fois que je suis allée voir *Grease*, *Mamma Mia*, ou même *Chicago*. C'était là. J'aspirais à chanter moi aussi, à être sous les feux de la rampe et monter les marches de ces incroyables théâtres. Sans savoir qu'un jour je ne serais plus qu'à deux doigts de tout ça.

Plus que deux petits doigts.

Face à la scène, je redécouvre avec un plaisir inouï les balcons tout en dorures au-dessus de la corbeille. On dirait un paquebot insubmersible. Au parterre, parmi la centaine de sièges rouges tournés droit devant la scène, trois chaises sont occupées. Trois silhouettes.

L'une d'elles, me voyant arriver aux bras de la jeune Luce, prend la parole :

— Hello hello, tu es Sélia, c'est ça? Evidemment que tu es Sélia, je t'ai reconnue ! Comment oublier une voix pareille ?

Le producteur, que je reconnais aussi puisqu'il s'agit de Dove Pira, le créateur des plus grands shows de cette dernière décennie, me fait déjà un compliment. D'un coup, je décompresse.

— Nous nous présentons à notre tour, tu veux bien? Donc je suis Dove Pira à la tête de Broadway and Co depuis douze ans. Mon partenaire de crime, Elliot Biram, qui s'est formé à West End avec les meilleurs, et tu connais déjà Jeanne Azoulay, la directrice de casting qui t'a repérée parmi une centaine de postulantes, toutes très talentueuses tu penses bien…

Elliot B., l'associé de Dove, me lance un sourire aussi franc que carnassier tandis que Jeanne me regarde avec hauteur, des pieds à la tête, jugeant ma tenue vestimentaire, avant de prononcer :

— Ravie de te revoir Sélia, on a hâte de t'entendre sur la chanson. On croit beaucoup en ce morceau.

Devant moi, je réalise qu'il y a là une galerie de gens à séduire et que j'ai seulement quelques minutes pour faire mes preuves. Ni les disques d'or, ni la carrière, ni la notoriété ne me sauveront. Me revoilà devenue simple chanteuse. Simple voix. Pour me donner de la force, je repense à toutes les jolies choses que me scandait inlassablement le professeur.

Sans savoir trop où aller ou quoi faire, je salue avec emphase les trois silhouettes plongées dans la pénombre dont je ne vois que le regard et les mains blanches qui bougent ici ou là.

— Merci pour cette opportunité, je m'entends dire doucement.

Je ne reconnais même pas cette voix de petite fille. Cette voix que je prenais face à ma mère tyrannique.

— Je m'installe où ? Je dois peut-être me mettre... ?

Dove m'indique de m'installer tranquillement en loge. Luce, la jeune attachée de prod, viendra me chercher tout à l'heure pour mon passage.

Alors que je rebrousse chemin avec la jeune attachée, je croise un autre homme arrivant essoufflé depuis l'entrée des artistes. Cet homme, je le reconnais tout de suite. Giuliano Mulat, le célèbre chorégraphe et metteur en scène, tout en charisme et superbe. Mon envie de participer à cette grande aventure vient aussitôt de décupler.

Luce m'accompagne en coulisses, désertes ce matin. Pas de régisseur, pas d'électricien, pas de chef déco. On en est à la phase 1 du spectacle : le texte et notre voix. Rien d'autre.

— Vous allez bien, Sélia? me demande Luce qui semble vouloir que tout se passe bien pour les candidates.

— On peut se tutoyer, non? lui dis-je pour la mettre plus à l'aise, Luce paraissant un peu sur la réserve.

— On se dit tu alors, me répond-elle dans un grand sourire que je laisse faner au fond des coulisses.

Sans apercevoir la moindre équipe technique, à part un machiniste d'un certain âge, probablement payé à plein temps par le théâtre, je rejoins ma loge où, sur la porte, mon nom est imprimé en grosses lettres sur une feuille blanche A4. Ça me rappelle tant de belles choses, tant d'émotions vivaces. Mais sur deux autres feuilles non loin, il est écrit aussi celui de Pénélope et d'Elisabeth, les deux chanteuses qui prétendent au rôle de Shéhérazade.

Avant de pousser la porte, celle-ci s'ouvre brutalement. Un fantôme roussâtre sort précipitamment de la pièce et disparaît dans le noir backstage. Face au machiniste, Luce se retient quelques secondes avant de me dire que c'est Pénélope Valmar, que celle-ci est arrivée plus tôt ce matin pour leur confier une terrible mésaventure arrivée ce week-end.

— Elle n'est plus certaine d'endosser le moindre rôle pour le spectacle, c'est tout ce qu'on m'a dit.

Sans en savoir plus, je me réfugie dans la loge qui sent comme toutes les loges du monde : un mélange agréable d'humidité propre aux vieilles bâtisses et aux théâtres anciens auquel s'ajoute une odeur de poudre, de blush, de naphtaline et de fleurs coupées. J'adore l'odeur de ces loges. Je m'y sens chez moi.

Trente minutes plus tard, Luce vient me chercher à nouveau, le même sourire aux lèvres, ses cheveux lisses et son air si juvénile qu'on dirait une petite fille, un porte-documents encastré habilement contre son avant-bras. Elle me conduit retrouver la grande scène. Devant moi, ils sont là à m'attendre, Jeanne Azoulay, Dove, Elliot son associé au visage toujours de marbre, ainsi que le metteur en scène Giuliano Mulat et une femme que je ne connais pas.

Dove reprend la parole. Sa voix est douce comme le début du jour :

— Tu es prête, Sélia ? Comment tu te sens ? Avant qu'on se lance, je tenais à te présenter à Giuliano Mulat que tu connais peut-être de notre dernière comédie musicale, *Lady D.*, qu'on voudrait remonter d'ailleurs avec de nouveaux visages.

Au même moment, la directrice de casting me fait un clin d'œil et je ne sais quoi en penser. M'envisageraient-ils pour le rôle de la princesse Diana ? J'ai toujours admiré cette femme.

Minutieux, Dove continue sur sa lancée et j'en oublie ma pensée.

— Et, bien sûr, je te présente aussi notre coach vocal jalousée de toutes les autres compagnies, Agatha Pimms, qui revient toujours de New York où elle a coaché une section d'élèves de la Juilliard School. C'est elle qui accompagnera Shéhérazade pour les répétitions des six prochains mois. Tu verras, elle est phénoménale.

Agatha assise devant Dove se retourne d'un coup d'épaule pour lui témoigner sa reconnaissance.

Alors que je reste figée devant ce parterre de pointures, j'aperçois subitement Pénélope Valmar assise au premier rang, dans l'ombre du balcon. Pénélope paraît toute petite, comme ratatinée, le visage déchu, et je me rends compte qu'il est souillé de larmes. Mais le jury des producteurs n'y prête pas attention, se concertant en succincts chuchotements alors que Luce m'apporte sur scène une petite bouteille d'eau ainsi que les paroles de la chanson.

Au bord de la scène, recroquevillée sur elle-même, Pénélope se met à sangloter.

— Tout va bien? dis-je d'une voix peu assurée, le regard dodelinant entre Dove et la jeune femme en pleurs.

Jeanne, la directrice, comprenant l'étrangeté de la situation, me donne enfin une explication.

— Il est arrivé un accident à Pénélope samedi. On ne sait pas encore bien si cela va impacter la prod. Pénélope attend l'arrivée d'une de nos voitures pour se rendre chez un médecin et un bon dermatologue.

Un dermatologue? Surprise mais discrète, je retiens mon étonnement, en me demandant pourquoi cette jeune femme requiert les services d'un tel spécialiste. Quelques minutes plus tard, alors que Luce lui fait signe de la rejoindre, Pénélope se lève et sans un regard pour moi salue les producteurs puis disparaît avec la jeune attachée de production. L'espace d'une seconde, j'aperçois son visage comme éraflé, presque brûlé. Ses joues paraissaient cramoisies et son front pelé comme une vulgaire orange. Qu'est-ce qu'il a pu se passer?

Voyant ma sidération, Dove me propose de prendre quelques minutes backstage avant de revenir à eux pour la chanson.

— On commencera par une version a cappella de *Si j'étais elle*, cela te convient? Puis Agatha jouera les pianistes au pied levé et t'accompagnera en live.

Une dernière fois, je repars derrière le rideau. J'y fais les cent pas. Je regarde tout autour, lionne dans sa cage adorée. Mais subitement, une mauvaise impression s'empare de moi. Je pars en courant chercher mon téléphone resté dans la loge. Je clique aussitôt sur Instagram.

Nouveau message.

Craignant le pire, j'ouvre d'une main nerveuse. Heureusement, ce n'est qu'Hugo qui m'envoie une courte vidéo de lui où il s'égosille à coups de «*break a leg*» et de jazz hand, ce mouvement saccadé de mains si typique des comédies musicales.

Je reviens en coulisses, là ou Luce m'attend.

C'est le moment, m'annonce-t-elle.

Pas à pas, j'avance sur la scène. Les paires d'yeux me regardent fixement. Dove conclut laconiquement.

— C'est à toi, Sélia. Quand tu veux.

Mon regard se fixe aussitôt au sol. Concentration optimale. Je repense au professeur pour me donner de la force. Je repense à lui comme jamais. Dans ma tête, les dernières vocalises, les ultimes exercices. Je suis une gymnaste olympique qui se lance sur la barre. Et je commence à chanter.

Il y avait ce soir-là au Palais
On pleurait on disait
Que toutes les femmes qui s'y rendaient mouraient
Je n'y croyais pas non à ce point insensé
Je ne pouvais paaaaas mais la vérité…
Chaque soir la pluie on entendait
Les larmes et les alarmes
Elles venaient de ces femmes qui disaient
Qui disaient
Roi Shahryar, pas moi non je vous en supplie laissez-moi la vie
Et je me disais…
Et je me disais…
Si j'étais elle, je voudrais mourir non
Si j'étais elle, je voudrais tenir
Faire taire tous les hommes
Et sauver les pleurs ne garder que l'ire

Alors que je suis sur le point d'entamer le second couplet, les deux grandes portes du fond de la salle s'ouvrent subitement.

Un rai de lumière acide s'engouffre dans la salle.

Ma voix s'interrompt net.

Une jeune blonde s'avance d'un pas nerveux alors que le parterre de producteurs se retourne face à elle. Sur scène, je me retrouve muette.

— Je suis désolée, terriblement désol…

— Mademoiselle, il est 10 heures et quart, on ne vous attendait plus.

Dans le coin de la scène, Luce regarde elle aussi, médusée, l'arrivée cacophonique de la jeune fille, craintive à l'idée qu'on lui reproche de ne pas avoir su réceptionner la chanteuse.

— Je suis confuse, j'ai eu un petit souci de…

— Vous vous croyez à l'école ? Je rêve. *On Time,* vous savez ce que ça veut dire ? Vous vous êtes déjà produite quelque part ou c'est à mettre sur le compte de votre amateurisme ?

La jeune femme, je la reconnais évidemment du CV envoyée par Diane la semaine passée. Il s'agit d'Elisabeth Belmontet. La troisième et dernière artiste auditionnée pour le rôle. Toute déconvenue, la voix tremblante, la jeune femme se répand en excuses, les mains nerveuses, le corps terrorisé. Mais ni Jeanne ni Dove et Elliot ne veulent l'entendre.

— Vous savez qu'on a fait passer plus d'une centaine d'auditions ? Vous êtes censée attendre votre passage en loge depuis presque une heure, fustige Giuliano.

— C'est une faute professionnelle inadmissible, renchérit Dove.

— Et un manque de discernement assez triste, ajoute Jeanne qui semble être, comme les autres, imperméable à l'expression navrée du visage de la jeune Elisabeth.

Elliot, étrangement, garde le silence, gêné par le flot de remarques prenant place au parterre.

Elisabeth est à deux doigts de fondre en larmes. Mais Dove la sauve à temps.

— Bon, prenez quelques minutes en loge, on vous fera signe quand Sélia aura terminé. Merci de faire au plus vite, un geste tendu vers Luce pour aider Elisabeth à mettre les voiles.

La jeune femme disparaît comme si de rien n'était. Dove hoche le menton à mon endroit, pour me faire signe d'un *still rolling* : me faire reprendre là où j'étais. Mais déstabilisée, je ne parviens pas à retrouver ma première émotion. Plus machinale, moins incarnée, je termine la chanson. A la fin de *Si j'étais elle,* je sens le silence reprendre ses droits. Leurs visages sont inflexibles. Me voilà prête à décamper aussi vite de la scène que j'en suis venue. C'en est fini pour moi.

Dove brise le silence. Il me dit que c'était… joli.

— Très éthéré comme on aime. Bien sûr, il faudra voir avec l'instru, la bande-son, et le piano demain, *later, if time permits,* mais vous avez de l'or dans la voix, Sélia. Et navré pour le désagrément de tout à l'heure, ça vous a déséquilibrée. N'est-ce pas ? Sauf que non, il ne faut pas. Tous les soirs, des aléas comme ça se produisent en direct et il faut faire avec. Sinon vous ne tiendrez pas. Ce n'est pas comme vos albums enregistrés en studio où vous avez le droit à autant de ratages que possible. Mais bref, *so far so good,* on se voit demain ? Nous voudrions faire quelques essais de scénographie, aussi quelques raccords HMC, histoire de sentir un peu le personnage. A demain, Sélia, et pensez à ce que j'ai dit. Plus jamais de déséquilibre.

En sortant du théâtre, escortée par Luce qui se tient fermement à son call sheet[1], je repense à cette dernière phrase. « Plus jamais de déséquilibre. » Il s'en est fallu de peu pour tomber. L'arrivée soudaine d'une chanteuse en retard et je perds pied. Je perds l'émotion, l'incarnation. Je dois être plus blindée. Armée comme il faut, Dove Pira a raison.

Dehors, Luce a la gentillesse d'attendre avec moi l'arrivée d'un taxi commandé par la compagnie de théâtre. Luce remarque mon air préoccupé mais garde le silence. Alors que la rue se bonde d'hommes et femmes sortis de leur travail pour leur pause déjeuner, l'une d'elles s'arrête à mon niveau et s'exclame auprès de sa collègue de travail :

— Oh mais c'est Sélia, j'y crois pas ! On peut faire une photo ??

Une fois le selfie dans la boîte, la jeune femme et sa collègue disparaissent.

Elliot, au visage dissimulé par une large casquette, se joint à Luce et moi pour fumer une cigarette. Son téléphone

1. Dans le jargon de la scène, la feuille de service.

se met à sonner, il tire une taffe et se poste à une dizaine de mètres de nous, l'air indifférant.

Malgré tout, Luce tient à rester près de moi.

— Ça doit être dur, non?

— Quoi donc?

— Les rencontres dans la rue, lâche Luce, prise d'une soudaine envie d'échanger.

— Oui, ça l'est. Enfin ça dépend. Parfois c'est très agréable.

— J'aimerais bien savoir ce que ça fait. Les attentions permanentes, pour soi ou ce qu'on représente. Cette fille n'a même pas pris le temps de vous saluer, ou de vous dire merci pour le selfie, c'est abusé.

Luce parle comme une jeune fille à peine sortie de l'adolescence et, semble-t-il, c'est un peu le cas. Luce a quoi? Vingt ans? A peine. Une jeune stagiaire qui expérimente.

— Parfois, ils sont simplement timides, ou maladroits. Ils veulent bien faire, ou perdent leurs moyens. C'est vrai qu'il arrive que ce soit limite, mais qu'est-ce qu'on peut y faire? Si je formule la moindre remarque, ça peut se retrouver sur Internet et finir en bad buzz.

Luce me dévisage, prête à boire mes paroles.

— C'est comme si vous étiez prisonnière de votre image, non? Peu importe ce qu'on veut de vous, vous devez rester celle que l'on connaît.

— C'est un peu ça. Mais on a tous une image maintenant avec les réseaux. On doit tous se mettre en scène, sourire, être parfait. Pour certains comme pour les chanteurs ou les artistes, elle est seulement plus présente au quotidien. Mais je crois que c'est une chance. Je veux dire : les fans dans la rue, les demandes de selfies, les gens qui se dévoilent pendant les séances de dédicaces. Je me mets à leur place et ça me touche qu'ils me témoignent leur amour, leur confiance. Je ne peux que les accueillir avec bienveillance. Peu importe l'humeur, le moment, l'envie. Ça fait aussi partie du travail d'artiste. Si on peut encore m'appeler comme ça...

Elliot nous regarde discuter tandis qu'il parle d'une voix indistincte au téléphone. Face à moi, Luce baisse la tête, gênée de ma confidence soudaine. Mais elle relève la nuque.

— Vous savez, ils sont toujours comme ça.

— Qui ça ?

— Elliot et Dove...

Luce se met à murmurer de peur d'être entendue.

— Je ne devrais pas vous dire ça... mais c'est leur mode opératoire. Alarmant. Angoissant. Leur style. Jouer sur la peur des gens. Mais vous allez vous y faire. Surtout ne prenez jamais leurs remarques au pied de la lettre.

— C'est gentil de me le dire. Mais s'il te plaît tutoie-moi.

— Avec plaisir !

— Et appelle-moi Sélia.

Luce se met à rougir, timidement.

Dans ce tailleur cintré trop classique pour elle, la jeune attachée de production finit par me dire :

— La fille au selfie tout à l'heure, ça m'a choqué, parce que... comment te dire ? Moi aussi, je suis une fan. Depuis la sortie de ton premier album. Je t'ai vue en concert six fois. J'adorais tes chansons. Mon premier slow avec Jérome Granbois en 4e, c'était sur ta chanson « Tous les lundis et les matins du monde dans tes bras ». La honte, pourquoi je te dis un truc pareil... C'est tout moi, ça.

— Au contraire, ça me fait plaisir et ça me rebooste après cette audition !

— En tout cas, c'est amusant, me fait Luce, plus détendue qu'auparavant. Si un jour on m'avait dit que je m'occuperais de vous, de toi, pardon, jamais j'y aurais cru.

D'une voix embarrassée, je redis merci à Luce pour le soutien qu'elle me témoigne et celle-ci termine sa pensée.

— Tout ça pour te dire que je suis certaine qu'ils vont te choisir. Ils ne peuvent décemment dire non à THE Sélia ! Aie confiance, tu es Sélia, quoi, nous on croit en toi !

Sous le regard d'Elliot, Luce se met à rire tout doucement comme le font les petites filles et je lui jette un regard ému, heureuse de voir que je peux compter sur celles et ceux qui sont là depuis toujours. En montant dans le taxi, je remercie Luce pour ses mots précieux et son aide. Alors que la voiture s'éloigne peu à peu du théâtre, j'y repense en boucle. Ce qui se passe là, sur les planches. Ce que je cherche à accomplir de nouveau. Bien sûr que tout ça, je le fais pour Luce et pour les autres. Je dois me laisser guider par l'amour des fans. La passion de la scène. Rien d'autre. Alors demain, il le faut, je serai sans faille. Pas de déséquilibre. Pas de voix a cappella qui se brise comme un vase fragile. Sans faille.

A tous ceux qui sont là, je leur dois bien ça.

On frappe à l'appartement de L.

Un voisin du dessous est venu se plaindre. Il tape, plutôt tambourine frénétiquement sur la porte. Le voisin vient râler d'un début de dégâts des eaux qui a commencé chez lui dans le week-end. L'homme de plus en plus agacé fait les cent pas dans le couloir. Il est déjà venu dimanche matin, dimanche soir et ce matin, alors qu'il a cru entendre qu'on marchait dans l'appartement.

Contre la paroi, il frappe cinq, huit fois à la porte. Il demande, il y a quelqu'un ? Allô y a quelqu'un ? Comme si le type était au téléphone. Comme s'il cherchait désespérément que quelqu'un décroche et règle cette histoire de fuite.

Est-ce que derrière la porte, L. entend les coups ? Est-ce que L. fait le mort ?

La fuite vient du petit lavabo de la salle de bains. Une usure ordinaire. Un manque d'entretien année après année. Résultat : le joint autour de la bonde a été mis à rude épreuve par l'humidité et le calcaire. Une petite flaque a commencé à se former sur le linoléum bleu de la salle d'eau. Une petite, puis une plus grande. La flaque a dévié le long du mur, longeant la plinthe carrelée comme si elle suivait tranquillement son bout de chemin. A l'intersection entre la pièce et l'espace central, l'eau s'est infiltrée dans l'angle recouvert de poussière noire et sèche qu'aucune main ménagère ne peut depuis désincruster.

Et L. n'a rien vu.

Par gouttelettes, l'eau tombe maintenant pile au milieu de la chambre à coucher de monsieur Oster. Un type veuf, abîmé. Un peu aigri par l'existence qui d'ailleurs s'est bien arrangée pour lui rendre la monnaie de sa pièce.

La fuite, le veuf s'en est rendu compte alors qu'il dormait d'un sommeil sans histoires. C'était dans la nuit de samedi à dimanche. Ses draps étaient mouillés au niveau de ses jambes. Monsieur Oster s'est réveillé en sursaut. Il a senti l'humidité. Fébrilement, sa main a tâtonné la courtepointe et les couches de lainage. Le veuf à peine réveillé s'est demandé si… et puis non. Il avait des problèmes de santé, des varices intérieures, une tension basse, mais monsieur Oster n'était pas encore incontinent.

En allumant la lumière et regardant le plafond, monsieur Oster a vu une auréole se former au beau milieu de la peinture blanche. D'abord couleur crème, ivoire, écru, urine, puis carrément jaune. Heure après heure, l'auréole lui paraissait de plus en plus foncée. De plus en plus évidente.

La tache a commencé à gagner du terrain. Son volume s'est élargi en de petits grumeaux à un niveau encore rattrapable, mais depuis la frayeur dans la nuit de samedi à dimanche à inspecter les draps humides, le veuf en fait une fixette. Une obsession. Son regard est rivé sur cette tache sombre au plafond. Oster ne peut rien faire d'autre. Il s'imagine même des plocs intempestifs lui dévorer l'intérieur des oreilles. Seule compte à présent cette fuite insupportable pour lui.

Alors le voilà de nouveau sur le palier de L. Le vieux voisin note qu'il n'y a pas de paillasson. Même pas de nom écrit sur l'étiquette collée sous la sonnette. Monsieur Oster frappe encore, parle seul, dans le couloir saturé de courants d'air. Mais en fait, L. n'est pas là. L. sera bientôt de retour. L. qui ne s'est aperçu de rien.

Parce que la dernière fois que L. s'est rincé le visage, c'était pour s'éclaircir les idées, après avoir enfermé Pénélope Valmar dans la cabine à UV. L. s'est senti accompli, fier. L. avait même envie de plus. Le crime poussait en L. comme un bourgeon.

L. a adoré ça.

L. le soupçonnait depuis longtemps qu'il adorerait ça, c'est dans son histoire, dans son ADN, ou presque.

Dans l'appartement, L. va revenir.

Dans une heure. Ou deux.

L. va devoir subir les foudres de son voisin. L. va devoir rendre des comptes et peut-être montrer l'intérieur de son appartement, son espace sans meuble, sans décoration, où les murs ne sont qu'un autel glauque à une chanteuse populaire de variétés. L. est dans la mouise.

Sur le palier, monsieur Oster devient l'impatience faite homme. Il n'en peut plus d'attendre. Il n'en peut plus de guetter le moindre pas au-dessus de chez lui. Seul compte pour lui et son monde ce dégât des eaux infiltrant son plafond.

Devant la porte, il tape une dernière fois. Il voudrait la broyer de ses mains. Alors, frustré, le veuf palpe la poche de son pantalon. Son téléphone est bien là. Il se dit que c'est idiot d'appeler la police pour ça. Quoique non. Pas si idiot que ça. Le voisin du dessus n'avait qu'à pas être si négligent. Et puis, pour cet homme veuf et seul, la venue des flics et des pompiers, ça lui fera des histoires. Une occupation. Des choses à raconter, surtout à sa voisine Nicole avec qui il prend le café tous les mardis.

Alors sa main palpe une fois de plus et touche l'écran de son vieil iPhone offert par son petit-fils il y a cinq ans. Il n'y a maintenant plus qu'à appeler les autorités.

Lundi à 13 h 05
Diane Meyer à Sélia Bourgeois

Alors ma belle, cette matinée ? J'ai eu un retour super de la part de Jeanne Azoulay. Tu y retournes demain, c'est ça ? Je suis avec Louise au Maroc là. On accompagne Camille Lelouch pour le Marrakech du Rire, je te dis pas l'ambiance. Je t'appelle dès que je rentre. Et merde pour la suite. Love, D. ♡

Chérie FM à la radio, un œil porte-bonheur turc en verre suspendu au rétroviseur, le chauffeur passe le trajet à me fixer d'un œil sombre dans le rétroviseur.

A cause d'un camion de déménagement qui bloque totalement le début de la rue de la Roquette, j'ai le temps de me repasser la matinée d'audition en boucle. Je récapitule les étapes et puis ce qui est arrivé à cette pauvre Pénélope, la chanson a cappella, les conseils du producteur.

Dans la voiture, le chauffeur me scrute. Ses yeux sont noirs, presque torves, et quoi faire? Quoi dire? Je suis terriblement mal à l'aise. Pour éviter son regard inquisiteur, je passe le trajet à regarder par la fenêtre. Les ruelles, les vitrines commerçantes, les passants qui vont à leur vie comme des figurants dans la mienne et vice versa. Et puis l'Opéra. La place de la Bastille. La colonne de Juillet. Paris est immense. Superbement immense. Jamais je ne pourrais vivre ailleurs qu'à Paris. Parce qu'ici, je me sens aussi anonyme que familière.

Sur les Grands Boulevards, le chauffeur conduit lentement et avec prudence. Mais son regard me paralyse, il me déshabille. Je voudrais ouvrir la portière de la voiture en catastrophe et détaler le plus loin possible au milieu des voitures. Mais figée sur moi-même, je continue à regarder Paris comme un abri. Tout va bien se passer. Dans dix minutes, je serai chez moi.

Pour dédramatiser l'audition, je repense aux mots de Luce : Dove et Elliot cherchent simplement à impressionner. Si je n'étais pas le bon *fit* pour le rôle, je ne serais pas encore devant eux à montrer ce que je sais faire. J'ai toutes mes chances. Oui. Je dois cesser de me sentir tout le temps une moins-que-rien. Une moins que les autres. Et croire en ces petites chances.

Après un trajet interminable, le taxi arrive devant mon immeuble. Le chauffeur cesse de m'observer bizarrement dans le rétroviseur. En un tournemain, il se gare en double file devant une petite camionnette de plombier. D'une voix très douce, il finit par prendre la parole :

— Vous êtes Sélia, n'est-ce pas ?

— Oui, c'est moi, dis-je sans trop savoir ce que ce type me veut…

A ma confirmation, le chauffeur s'illumine aussitôt.

— Oh là là ! Ma femme vous adore.

L'homme sourit. Son sourire est intense, comme dessiné méticuleusement entre ses oreilles. Finalement son regard sombre n'était qu'une longue inspection timide de sa part. Il est vraiment temps que j'arrête de flipper pour un oui ou pour un non.

Je finis par rétorquer.

— Oh merci ! Vous passerez le bonjour à votre femme, alors…

Le chauffeur se retourne, encore incrédule. Ses yeux pétillent et ça m'émouvra toujours de voir l'effet qu'un artiste peut avoir sur les gens. De voir comment l'art nous unit, nous rapproche.

Le chauffeur baisse le volume de Chérie FM et m'avoue :

— Votre clip, là, vous savez, où vous marchez sur un fil entre deux gratte-ciel...

— « Ma Bulle » !

— Voilà, c'est ça... C'est la chanson de ma rencontre avec ma femme !

— C'est super mignon ça !

— Elle la passait en boucle quand on s'est mis ensemble. On avait quoi, vingt-deux ans, ça me ramène à loin, cette chanson. Je me rappelle de tout, le premier studio minuscule à deux, le premier boulot galère... « Ma Bulle T'es mon Funambule ! » On la chantait des heures, si vous saviez... « T'es mon roi, rien que mon maladroit ! »

— Vous connaissez encore les paroles, fais-je en souriant. Ça me fait plaisir !

Le conducteur se met à rire. Il regarde son alliance fixée à l'annulaire, nostalgique de ses premiers souvenirs avec celle qu'il a choisi d'épouser.

— Evidemment que je m'en souviens ! Ce genre de chansons, ça reste, et puis ça fait partie de notre histoire. L'air, faut dire, était hyper entraînant. Je le disais moins que ma femme parce que vous savez comment on est, les mecs, mais moi aussi j'adorais cette chanson. Elle va jamais croire que je vous ai conduite ce matin.

— Il suffit de lui prouver, dis-je d'une voix pleine de malice.

— C'est vrai ? On peut faire un selfie, ça vous dérange pas ?

Le chauffeur s'enthousiasme, sa main cherche son téléphone portable coincé habilement sous son frein à main.

— Bien sûr que oui ! Mettez juste un petit filtre, j'ai une sale tête ce matin et beaucoup de stress en ce moment.

— Vous êtes très bien. Comme avant, franchement.

— C'est gentil…

— C'est vrai. Alors du stress vous dites ? Vous enregistrez un nouvel album ?

— C'est encore confidentiel mais puisque vous me soutenez depuis des années, je vous le dis : je suis en lice pour une grosse comédie musicale. *Les Mille et Une Nuits*.

— Oh c'est génial ! C'est le livre de mon enfance ! J'ai vécu à Istanbul jusqu'à mes dix ans. Je m'appelle Adan.

— Enchantée, Adan.

— Je vous adresse toutes mes prières pour cette comédie musicale. Ça vous dérange si j'appelle deux minutes ma femme ?

Adan finit par retrouver sa femme en Facetime et nous finissons la conversation à trois. Sa femme croit d'abord à une blague mais lorsque mon visage apparaît en arrière-plan, elle s'immobilise devant l'écran, comme médusée. Incrédule comme Adan au début de notre conversation.

Pour la sortir de sa torpeur, je prends la parole. J'ai l'habitude avec les fans les plus timides et les plus tétanisés. Leur poser des questions, les écouter, montrer que l'on est comme eux.

Je demande son prénom à la femme d'Adan – elle s'appelle Myriam –, ce qu'elle fait dans la vie – elle travaille dans une école maternelle –, s'ils ont des enfants – ils en ont deux –, si elle sait la chance qu'elle a d'avoir un mari aussi adorable, et sa femme se met à rire en hochant la tête, ça dépend des jours, vous savez. Pour finir, je leur fais promettre de leur envoyer un portrait dédicacé de moi signé du studio Harcourt.

Adam et sa femme ne savent pas comment me remercier pour ce moment et, avec toute la sincérité du monde, je m'entends leur répondre :

— Vous n'avez pas à le faire, c'est moi qui vous dois tout. Je blague pas, hein. C'est pas une phrase toute faite comme on pourrait le croire. Sans vous, sans le public, je ne serais nulle part. Littéralement nulle part. Y aurait pas de chanson, rien. Pas de possible *Mille et Une Nuits*.

Derrière nous, une voiture se met à klaxonner de façon agressive. Pour laisser repartir Adan vers sa prochaine course, je prends congé, salue sa femme au téléphone et leur dis à bientôt :

— Sur scène ou ailleurs, okay?

Adan joint ses mains l'une à l'autre et me remercie pour ce temps passé avec eux. Je lui adresse un dernier sourire et m'engouffre par la grande porte à heurtoirs de mon immeuble.

En montant les étages, tout me revient : l'audition, les attentes des producteurs, la journée de demain et les jours suivants. Comme une piqûre vive de réalité. Alors qu'une vague d'appréhension me prend à la gorge, je sors mes clés pour rentrer chez moi. Mais soudain, j'entends un son venant de l'appartement. Un bruit sourd comme un objet lourd venant s'écraser au sol.

Je tends l'oreille.

J'entends la voix d'un homme.

Des bruits de pas.

Paralysée, je comprends qu'il y a quelqu'un chez moi.

Sur le paillasson au motif de feuilles de vigne, je reste immobile pendant une minute. Une longue minute où j'imagine tout plein de scénarios catastrophes. Un cambrioleur entré par effraction. Un fan. Ou ce type-là baptisé L. venu me confronter?

Sur le palier, d'instinct, je me connecte rapidement à Instagram. Si j'ai un nouveau message de ce type, c'est le signe que c'est lui. Le signe qu'il faut prendre mes jambes à mon cou et partir d'ici le plus vite possible. Mais sur le réseau social, pas de message de L.

Sans un bruit, je consulte les autres messages privés envoyés par mes fans, pour voir si ce type n'a pas choisi un autre compte, un autre pseudo, pour m'écrire ses bizarreries. En faisant vite, je ne trouve rien. Je me sens soulagée, un court instant. Pas de trace du détraqué. Sauf qu'il est peut-être chez moi, en ce moment.

Que faire maintenant? Crier? Frapper à la porte pour confronter l'intrus chez moi? Décamper et prévenir la police? Alors que je m'apprête à revenir sur mes pas et appeler les flics, le voisin du 6e descend les escaliers. Une chance que monsieur Thevenet n'ait pas pris l'ascenseur. Me voyant tout imbécile dans le couloir, le voisin me demande si tout va bien et je ne me vois pas lui cacher la vérité.

— Il y a un type chez moi.

— Un type chez vous ? Un de vos amants passionnés, j'espère ?

Monsieur Thevenet, qui a toujours de l'esprit, ravale aussitôt ses traits facétieux en voyant mon visage crispé.

— Je ne sais pas qui est chez moi.

— Où sont vos clés ?

Je lui donne mon trousseau et l'interroge, comme s'il pouvait trouver les bonnes réponses.

— Qu'est-ce qu'on doit faire ? J'appelle la police ? Si le type est un voyou et qu'il nous voit devant lui, il va…

— Il va juste décamper comme un cafard, vous en faites pas. J'ai été colonel dans l'armée de terre pendant quarante ans. Tout va bien se passer.

Ni une ni deux, monsieur Thevenet se positionne devant moi, me mettant à l'abri. Il s'empare de ma clé et ouvre brutalement la porte. Son pas se fait lourd, colossal, imposant. Ma porte claque brutalement contre la commode de l'entrée.

Dans ce vacarme, une voix d'homme surgit à l'autre bout du couloir.

— Sélia, Sélia ?

Une voix de plus en plus familière.

Le voisin me fait signe de ne pas bouger mais je crois reconnaître…

— Hugo, c'est Hugo… Non mais c'est pas vrai…

Le voisin me regarde d'un air circonspect et me voilà terriblement gênée. Mon meilleur pote a débarqué chez moi sans prévenir et me voilà rameutant tout le quartier. Hugo s'approche, l'air amusé.

— T'es venue avec ta garde rapprochée, on dirait? Tu croyais quoi? Que j'étais en train de voler tes petites culottes?

Hugo rit de bon cœur sans savoir la peur qu'il vient de provoquer. Le voisin, lui, se met à lever les yeux au ciel, à moitié gêné. Je ne sais pas quoi lui dire pour m'excuser. Mais monsieur Thevenet n'en attend pas plus de ma part et s'en retourne à sa routine du jour.

— Non mais, la frayeur que tu m'as faite! J'ai cru, j'ai cru que...

— Que j'étais un petit voleur de quartier? Tu regardes trop de mauvais films, mon petit bateau.

Hugo me prend dans ses bras et subitement, je suis soulagée de le savoir de retour dans ma vie. Mon pilier, mon capitaine. Le seul qui peut m'étreindre sans prévenir. J'ai pleine confiance en lui. Hugo et moi sommes là l'un pour l'autre depuis dix ans.

On s'est connus lors de la première édition de la Star Ac. Au Château, on était inséparables. Le duo incontournable. Dupont et Dupond, on finissait les phrases de l'autre et ça me fait plaisir de repenser à tout ça.

Hugo a toujours été ouvertement gay et à la télé à l'époque, ça ne passait pas tellement. Peu de gens acceptaient de voir tous les soirs en access un homo fier de l'être. Hugo a été éliminé à la septième semaine de l'émission. C'était la première fois qu'il était nominé. Parce que Hugo s'en sortait bien sur les primes et dans les cours avec les profs. Il avait du talent. Sauf que le public l'attendait au tournant. On ne voulait pas soutenir un petit gay de province adorable, à l'humour ravageur, gentil avec tout le monde et bon chanteur par-dessus le marché. On voulait des candidats virils, des collectionneurs, des mecs italiens ou corses ou espagnols fiers de leurs racines, leurs voix de stentor et leurs masculinités qui pouvaient séduire les jeunes filles candidates et celles qui étaient avachies devant leur télé.

Hugo a très mal vécu cette expérience. En sortant, il a essuyé des séries d'insultes, de menaces, mais aussi quelques demandes en mariage. Les violences prenaient sans cesse le pas sur les compliments. Alors Hugo a tout arrêté. Il a arrêté de chanter, lui qui rêvait comme moi de fouler les parquets des plus grands théâtres de Broadway. Il a arrêté de jouer et de danser. Il a retrouvé l'anonymat quand j'ai commencé à côtoyer la lumière. Hugo est devenu journaliste, le monde l'a oublié. Mais nous, nous n'en étions qu'au début de notre belle amitié.

Revoir Hugo me fait revivre ces souvenirs ensemble et ça m'apaise aussitôt. Retrouver mon frère, mon alter ego. Lui et moi prenons place dans le salon. Hugo me sert une grosse tasse de café fumant et je veux attendre un petit moment avant de lui raconter tout ce qui m'est arrivé depuis ces quelques jours. Je sais déjà qu'il va me railler pour toutes ces machinations mais j'ai besoin de lui en parler.

Emmitouflé sous un plaid, Hugo me raconte son dernier voyage à Los Angeles. Les soirées tous les soirs, les plages et les cocktails, les barbecues nocturnes et les DJ sets de malade. Et puis, évidemment, des mecs à tomber par terre. Surtout un certain Kai. Ce jeune éphèbe venu du Minnesota, beau comme un dieu, aux fossettes de héros de dessin animé, aux chemises de bûcheron canadien, avec qui Hugo a passé les cinq derniers jours.

— On s'est promis de se revoir, Kai adorerait visiter Paris.

— Et tu crois que ça va se faire ? Je te connais, hein. Avec les mecs, tu tiens jamais tes promesses.

— Celui-là, c'est…

— Différent. Je connais la chanson.

— Je te promets. Il y a un vrai truc entre nous. Une espèce d'évidence.

Je ris de façon ironique. Ces espèces d'évidences, je pourrais en faire des livres et des livres. Mais mon meilleur ami est comme ça, il a besoin de rencontres. Un besoin viscéral d'attirer les foules, de plaire aux gens, de magnétiser les rangs, pour se sentir vivant. Faut dire que son enfance a été terrible. On a ça en commun, lui et moi.

Alors que Hugo me parle de long en large de Kai, je décide de tout lui dire. Les auditions, L., les messages flippants, le visage tuméfié de Pénélope.

Sans méchanceté, Hugo se met à rire.

— Attends, il lui est arrivé quoi à cette fille ?

— J'en sais rien trop. La fille qui bosse là-bas m'a expliqué qu'elle avait eu un accident et qu'il lui fallait un dermato. Mais j'en sais pas plus.

— Non mais cette histoire sent le canular à plein nez. Qui te dit que cette fille fait pas ça pour attirer l'attention des producteurs ? Elle se pointe à l'audition, fait tout un foin et s'en va comme une tragédienne. On en a connu des comme ça au Château.

— Je la connais pas assez pour juger mais tu as peut-être raison.

Hugo part en cuisine, décidé comme Yann à ne pas croire en cette histoire de fan harceleur. Quand il remarque le grand tableau accroché au milieu du salon, Hugo m'interpelle.

— C'est quoi ce truc ?

— Bah justement. Un cadeau. Probablement de L. ou d'un fan.

— Et tu le laisses chez toi en toute tranquillité ?

— Je suis rentrée qu'hier soir, j'ai pas eu la force de l'en déloger. Et puis si ça se trouve, ça vient de quelqu'un d'autre.

— De qui si ce n'est de ton fan obsessionnel ?

— T'as raison, c'est glauquissime. Décroche-le.

Hugo s'en va pour déloger le tableau du mur et le pose aussitôt au sol.

— On le fout où ?

— Aux encombrants.

— Mais attends.

Hugo retourne la toile et regarde de plus près.

— Regarde, les notes de musique, le Château, c'est ta carrière. Et puis les rues parisiennes, les péniches de Lyon, c'est ta vie. Le type a peint ta vie.

Hugo n'en revient pas. Je regarde à mon tour les indices qu'il pointe du doigt.

— J'avais remarqué certains symboles, je t'avoue, mais j'avais pas réalisé à quel point…

— Regarde les tournesols, tes fleurs préférées. La chevelure brune là, c'est toi ? Enfin, les trois chevelures. Y en a trois. Pourquoi trois, d'ailleurs ?

— J'en sais rien…

— Faut absolument jeter ce truc. Ça me fait flipper.

Hugo soulève brutalement le tableau pour le dégager de l'appartement, quand au même moment un petit outil en forme de boîtier se décroche de l'arrière et tombe à ses pieds.

— Qu'est-ce que c'est que ce truc ?

Hugo se baisse pour attraper le boîtier noir à forme carrée.

— Regarde Sélia, j'hallucine. Je crois que c'est…

— C’est quoi ? Un bout d’aluminium ?

— Non, on dirait…

— Une pile ?

— Je crois que c’est… Un micro. Le taré a passé ses journées à t’écouter dans ton appart.

Ereinté, L. rentre dans son appartement.

L. n'a pas écrit de nouveau message.

L. n'a pas eu le temps.

Depuis quarante-huit heures, L. a eu du pain sur la planche.

Il y a d'abord eu Pénélope à faire calciner, et heureusement ça a fonctionné comme sur des roulettes. L'esthéticienne, le gommage, la crème à faire chercher puis un petit tour du côté des cabines. Une seule était en cours d'utilisation. Celle de Pénélope. Sans faire un bruit, L. a bloqué la porte à l'aide d'une cale en bois. En repartant, L. a augmenté la température ambiante. Niveau 5. Niveau maximum. L. en était sûr. Pénélope allait transpirer un bon coup et cramer un peu. Son teint allait rougir, devenir noir. Quitte à l'esquinter pour de bon.

L. est confiant. Maintenant, il s'agit de s'occuper d'Elisabeth puis à la fin il restera Sélia.

Sa Sélia. Son bouquet final.

Alors que L. vient juste de rentrer dans l'appartement, une main se met à cogner violemment contre la porte.

— Je vous ai entendu, ouvrez maintenant.

L. se fige. Sans bruit.

— Y a quelqu'un? Je sais qu'il y a quelqu'un! Répondez : je suis à deux doigts d'appeler la police.

L. n'a pas le choix. L. doit ouvrir la porte. Mais avant, L. prend la première chose à sa portée. Un tournevis qui a servi à monter la toile. L. le place secrètement dans la poche arrière de sa vieille salopette en jean. Et L. déverrouille la porte tout doucement.

Le voisin découvre le visage anguleux de L. et, sans un mot, s'engouffre dans son appartement.

— La fuite, cette fuite ! Ça fait des jours que j'essaie de vous prévenir. C'est irrespectueux au possible.

Sa colère est intarissable. Sans demander la permission, le voisin inspecte l'appartement, les sols, les revêtements. Son regard se lève alors sur le mur de photos à l'effigie de Sélia.

Le voisin s'immobilise et L. s'en aperçoit :

— Mais pourquoi vous avez toutes ces... ?

Le regard du vieux est sombre, à vif, comme une braise incandescente. L. prend peur. L. fait face à un témoin oculaire dangereux pour la suite.

L. doit trouver une distraction.

Vite.

L. ouvre la porte de la salle d'eau et repère la fuite. L. dit d'une voix douce comme une sucrerie :

— Regardez, c'est là, la fuite vient d'ici.

Mais monsieur Oster ne s'adoucit pas. Ses yeux fusillent L. des pieds à la tête.

— Je vous l'avais bien dit ! J'ai pas rêvé ! Maintenant on fait quoi? Ça fait trois jours que ça coule. Il faut prévenir votre assurance, faire venir un expert, établir un constat.

L. semble complètement épouvanté. Personne ne peut venir ici. Personne ne doit... Et ce vieux ne devrait pas être là. Cela va tout mettre en péril. Tout ce pour quoi L. s'est préparé.

— On ne peut pas arranger ça entre nous ? S'il vous plaît…

— Désolé mais non. Ma patience a des limites. J'appelle mon assurance, on règle ça aujourd'hui.

Le voisin sort de la minuscule salle d'eau et, devant le mur de photos qu'il contemple une dernière fois, attrape son vieil iPhone pour appeler qui de droit.

L. se place tout derrière lui. L. ne réfléchit pas.

Et L. enfonce brutalement le tournevis dans le cou de monsieur Oster. Pile dans sa carotide. Un petit jet de sang gicle faiblement. Rien de spectaculaire. Monsieur Oster reste debout, comme si rien ne s'était produit. Pas de cri. Aucun son. Trois secondes plus tard, le veuf s'écroule au milieu de la pièce. Sa main lâche son téléphone que L. écrase du pied aussitôt plusieurs fois pour le rendre hors service.

Avant de mourir, le vieux fixe longuement L. de ses yeux de plus en plus endormis. L. demeure imperturbable. L. le regarde, sans tressaillir. Il faut dire que L. a vécu la même scène ou presque. Il y a seize ans de ça. Le corps du vieux qui s'écroule devant L. Le souffle qui s'émousse. Les yeux qui partent en arrière.

Alors, pour abréger les souffrances du veuf, L. le poignarde une deuxième fois. Une troisième fois. Carotide. Poumon. Cœur. Et ça lui fait un bien fou. Comme si cela ouvrait en lui un tiroir infini.

L. se recule. Soulagé. Un sourire se dessine sur son visage. L. y a pris du plaisir. Une épaisse flaque de sang se forme maintenant autour du corps de monsieur Oster. Une flaque de plus en plus sombre, de plus en plus grande. Comme la fuite d'eau incrustée au plafond.

A l'heure, elle m'attend, gentiment. Devant le bar dans le grand hall cossu du théâtre. Le visage fermé, les bras croisés, Luce n'a pas l'air dans son assiette et je lui demande spontanément :

— Ça va pas Luce? Tu fais une drôle de tête...

— Un petit souci perso, mais ça va.

— Rien de grave?

— Je vais survivre. Quand je suis au théâtre, j'ai les idées occupées, je préfère ça.

Luce ne semble pas vouloir me regarder dans les yeux. Ses gestes sont tremblants. Le langage de son corps, beaucoup moins chaleureux qu'hier matin quand elle et moi discutions en attendant le chauffeur de taxi. Mais d'un coup, la jeune attachée de prod se ravise et me sourit.

— Et toi Sélia, belle soirée?

Sans me faire prier, je lui raconte la visite surprise de Hugo, la peur bleue que j'ai eue avant d'ouvrir la porte, le voisin que j'ai pris comme bouclier humain, racontant tout comme à une amie, une proche en qui j'ai confiance, et Luce se met à rire de la situation.

— Plus de peur que de mal alors, ça a dû te rebooster de voir ton meilleur pote. Et maintenant, tu te sens prête?

Vous allez travailler un peu avec la coach Agatha Pimms, je crois.

— Je suis archiprête.

— Au fait, j'ai...

La jeune attachée de prod marque une pause, hésitante, pas certaine de pouvoir me confier ce qu'elle s'apprête à me dire. Mais Luce se lance tout de même.

— Pour Pénélope... J'ai su ce qu'il s'était passé. Elliott m'a fait la confidence. On l'a enfermée dans une cabine à UV.

— Une cabine à UV, qu'est-ce que c'est que cette histoire ?

Luce me dévisage avec un air décontenancé et je ne sais quoi en penser. Un coup pareil, ça ne s'invente pas. On dirait une farce de dessin animé.

— Elle faisait une séance dans un Spa Jet, un centre je-ne-sais-pas-quoi. La porte s'est bloquée derrière elle. Impossible pour elle d'en sortir. Elle tapait, tapait, personne n'est venu la chercher jusqu'à ce qu'une cliente l'entende enfin dans la cabine d'à côté. A ce qu'il paraît, Pénélope était méconnaissable. Elle ressemblait à un zombie.

J'ignore si c'est la manière qu'a Luce de raconter les histoires mais je ne sais pas comment réagir. M'indigner ou bien rire ? M'indigner, bien sûr. Je me mets à la place de Pénélope. Eprouve la détresse qu'elle doit ressentir. Je revois encore parfaitement ses esquarres au niveau du front, sa peau brûlée à vif. La scène aurait pu tourner à la catastrophe.

— Pénélope veut attaquer le centre en justice pour négligence et mise en danger de la vie d'autrui. C'est du sérieux ! Elle est pas certaine de pouvoir continuer les castings mais les producteurs lui ont demandé de venir cette semaine. Apparemment, pour leur choix final, ils ne se décideront pas avant la fin de semaine.

La nouvelle m'ébranle mais je prends sur moi. Je comprends la prudence de la compagnie. Surtout, je ne veux pas tirer la couverture à moi et ignorer ce que vient de vivre Pénélope.

— Donc elle sera là ce matin? dis-je d'une voix pleine d'empathie. J'espère qu'elle va tenir le coup. Ce doit être affreux.

— Normalement elle sera là. D'ailleurs faut qu'on file, on nous attend dans cinq minutes sur scène.

Avant de rejoindre le parterre des producteurs, Diane me passe un coup de fil pour me souhaiter bonne chance. Luce file à ses besognes logistiques et je prends l'appel.

— On vient d'atterrir, on est à Roissy, et toi comment ça se passe? T'es au théâtre? Ils sont sympas avec toi? Veux-tu que je passe? T'as besoin de quoi?

Comme d'habitude avec ma manager, un flot interminable de questions. Derrière elle, j'entends Louise d'une voix chafouine qui presse Diane de démarrer la voiture.

«Je suis méga à la bourre, t'appelleras ta petite protégée plus tard là!»

Diane m'expédie en moins de deux avant de raccrocher. A l'intérieur du théâtre, tous sont là, assis à la même place qu'hier, Dove et son sourire impénétrable, Elliot et ses yeux sombres sous une large casquette en feutre, la coach Agatha Pimms, le metteur en scène Giuliano Mulat et Jeanne, la directrice de casting, qui me fait un petit geste chaleureux de la main en me voyant arriver.

Je dis bonjour à l'assemblée. Tous, à l'exception d'Elliot, me disent être ravis de me revoir. Dove, plus aimable que son bras droit, me demande de m'asseoir en bord de scène, me désignant du doigt une table installée à notre attention. Une table montée sur tréteaux où des boissons ont été déposées ainsi que des assiettes de cookies et de biscuits sablés. Est-ce un piège? Est-ce que les producteurs veulent voir qui de nous trois va aller s'empiffrer? Alors que je regarde d'un air tenté les gros cookies au chocolat noir, Pénélope fait son entrée, son visage recouvert par un foulard Hermès et d'épaisses lunettes de soleil.

Elliot prend la parole.

— Pénélope, on est ravis ! On sait que tu traverses une période difficile, mais tu peux compter sur nous. Les pépins, ça arrive, on a l'habitude. Qu'a dit le dermatologue?

Pénélope semble prise au dépourvu par la question, refusant de parler de ses soucis de santé en public, et Dove Pira termine son discours.

— En tout cas, nous sommes heureux de pouvoir travailler avec vous cette semaine. On sait que le processus est long mais le jeu en vaut la chandelle. Nous savons que nous avons à faire à trois Shérérazade prometteuses et talentueuses. Nous ne voulons surtout pas nous hâter. Il faut que nous puissions prendre la bonne décision. La meilleure décision.

Dans le stress de l'annonce, Pénélope s'approche de la table des juges et chuchote quelques mots sur son état de santé. D'un air réfléchi, Dove acquiesce longuement avant de laisser Pénélope repartir dans ma direction. Près de moi, la jeune femme me salue froidement et garde son foulard. D'une voix cordiale, Luce annonce que les trois chanteuses vont bientôt passer en loge maquillage.

— Pas de maquillage pour le moment, répond sèchement Pénélope. Je dois… faire reposer ma peau. En revanche…

Pénélope s'interrompt, gênée de me savoir à ses côtés, mais finit par laisser échapper sa confidence :

— J'ai euh, un traitement… cicatrisant à appliquer toutes les quatre heures…

— Bien sûr, lui réplique Luce toujours cordiale, tu verras ça en loges avec Cathy, notre super maquilleuse. On l'a briefée, tu penses bien. Pour la coiffure, est-ce que tu pourras… enfin est-ce que tu accepteras de faire des essais ?

— Tant que vous faites preuve d'une extrême prudence, je n'y vois pas d'inconvénient.

Pénélope me lance un regard embarrassé, mais puisque l'on va passer plusieurs jours ensemble, je décide de briser la glace.

— Je suis désolée pour ce qui t'est arrivé. Si t'as besoin d'en parler, tu peux compter sur moi.

Pénélope m'adresse un merci furtif avant de se diriger vers le parterre.

— Par où on commence ce matin ? C'est coaching vocal c'est ça ?

Elliot confirme en désignant d'un geste théâtral la voie à Agatha qui se lève de son siège et nous rejoint sur scène. Près de nous, la sublime quadra nous salue d'une voix fluette. Son regard est espiègle, piquant, ses pommettes attendrissantes, et tout en elle respire le charisme.

— On attend encore la troisième candidate, n'est-ce pas ?

La coach venue de New York demande confirmation auprès des producteurs et Dove lui réplique :

— On attend encore quelques minutes. Luce, tu appelles Elisabeth Belmontet ? Elle va quand même pas nous faire le coup chaque matin, celle-là. En attendant, les filles, passez au HMC. Pas de costume pour le moment, on se contente de voir un peu les looks visage. Myriam a prévu des coiffures orientales dignes de Cléopâtre, vous allez voir. Luce, tu appelles la retardataire ? Et tout le monde se met au boulot.

Dans la petite salle étroite à l'odeur nacrée, garnie de perruques, de palettes, de pinces et de pinceaux, c'est l'heure de la transformation. Cathy et Myriam, les deux coiffeuses-maquilleuses, nous accueillent dans les loges, chacune dans son coin avec sa candidate. Myriam, une femme d'un certain âge, toute petite malgré ses talons et sa longue chevelure tirée en arrière, s'occupe de moi. Elle me montre plusieurs perruques, toutes plus authentiques les unes que les autres, avant de me dire à l'oreille qu'elle adore mes chansons.

— Vous avez déjà porté des perruques, Sélia ?

— Pour un ou deux clips seulement.

— Vous allez voir, celles-là, une fois sur votre tête, vous allez plus pouvoir vous en passer. C'est le même fabricant que celles que Nicole Kidman utilise pour ses films…

— Impressionnant, dis-je en souriant à Myriam.

— Une belle perruque couleur geai, rien de tel pour le rôle de Shéhérazade. Vous en pensez quoi ?

Devant le grand miroir Hollywood cerné de petites ampoules blanches, Myriam me désigne la perruque élue par ses soins avant de la fixer minutieusement sur ma tête à l'aide d'épingles.

— Vous avez vu? Somptueux, non? Alors imaginez avec le reste.

Dans le miroir, la longue chevelure à boucles au-dessus du regard, je ne me reconnais pas. Je crois que j'aime ça. J'ai l'impression de voir une autre femme. Une femme plus âgée. Une étrangère. Peut-être bien Shéhérazade.

Myriam passe au maquillage. Rien de très forcé. Juste de quoi faire illusion au cours des préparations scéniques. De la poudre sur les joues, du mascara, du contouring à chaque angle pour que mon visage saisisse les lumières sur scène. Cela faisait des mois que je n'avais pas été maquillée comme ça. J'adore. Je me sens dans mon élément. Entourée des miens. Sur la chaise pivotante, sous les mains expertes de Myriam, je prends conscience que tout cela m'avait beaucoup manqué.

— Pas trop chaud le fer s'il vous plaît. Je ne supporte plus la moindre chaleur.

Dans son coin, Pénélope s'adresse avec hauteur à Cathy en plein lissage. La jeune coiffeuse acquiesce sans rien dire, ses gestes deviennent d'une lenteur absolue.

— Cela vous convient? C'est l'idée du personnage, on a vu ça avec Giuliano mais rien n'est définitif. On pensait peut-être à une frange aussi mais à cause de votre front... on attendra.

Pénélope apparaît sous la lumière, sans perruque afin de protéger son cuir chevelu, mais ses longs cheveux roux ont été légèrement bouclés au fer pour l'occasion. Cathy lui fixe doucement une couronne en chaîne de bijoux sur le haut du crâne mais Pénélope la retire d'un geste brusque.

— Ça me fait très mal, je ne peux pas.

Pénélope étouffe un sanglot tandis que la coiffeuse s'excuse platement.

— Je vais vous arranger la coiffure et pour la couronne, vous en faites pas, on oublie pour le moment.

Cathy s'empresse de faire disparaître la couronne dans un tiroir de rubans et, la gorge serrée, les yeux humides, Pénélope s'enfonce dans sa chaise. Sous la lumière du miroir, sans son foulard qui la cache, je découvre alors nettement son visage, sa peau tristement violacée et son front bosselé par le choc thermique. Un véritable gâchis.

Je me tourne vers Pénélope et lui confie sincèrement :

— La couronne te va vachement bien en tout cas. Dans quelques jours je suis sûre que tu pourras la porter. Tu restes magnifique, je te le promets.

Imperméable à ma gentillesse, Pénélope fait semblant ne pas m'entendre et questionne Cathy sur la provenance de leurs blushs. Pénélope dit ne vouloir que des produits de choix, triés sur le volet. Luce apparaît au même moment dans l'encadrement de la porte.

— Elisabeth devrait arriver d'une minute à l'autre. Souci de voiture apparemment. Pneu crevé, un truc du genre. Décidément, cette semaine de prépa commence sur les chapeaux de roues !

Pénélope se retourne violemment et adresse à la jeune attachée un regard assassin. Luce, rapetissée sur elle-même se met à rougir, comprenant sa grosse maladresse.

— Pardon, je ne voulais pas insinuer que… pardon. Les coiffures sont top en tout cas, les filles vous avez fait du super boulot.

Avant de repartir s'affairer en coulisses, Luce nous annonce qu'on est attendues sur scène dans cinq minutes. Au même instant, mon téléphone vibre trois fois sur la console de préparation.

Myriam me dévisage d'un air mutin.
— Un amoureux? Un message de soutien?
— Oh ça, ça m'étonnerait bien…
J'attrape mon téléphone et mes yeux défilent sur l'écran.
Trois messages.
Trois notifications Instagram.

Message non lu.
Envoyé à SeliaavecunS
De : L.

Cette Pénélope ne ressemble plus à rien.
Un rôle de grande brûlée ?
Toi, tu restes radieuse.
Je suis à ta disposition.
L.

Message non lu.
Envoyé à SeliaavecunS
De : L.

Ma jolie déesse, il faudra dire à Pénélope d'arrêter les peelings.
D'arrêter tout court.
Ou alors je scalperai son corps en entier.
L.

Message non lu.
Envoyé à SeliaavecunS
De : L.

Au fait, où est Elizabeth ?
C'est son tour.
Vroum vroum ou feu follet ?

Lumières en pleine face, je me retrouve sur scène, les visages rivés sur moi et Pénélope. Sous ma perruque, je ne vois plus rien. Je ne ressens plus rien. Seules les menaces de L. coulent dans mes veines.

Près de moi, je jette un œil sur ma rivale. La belle Pénélope au visage enflé, lourd, tuméfié, qui n'a rien demandé, qui essaie simplement de chanter, de gagner sa place. La regarder me meurtrit en mon for intérieur. C'est bien ce que je craignais depuis ce moment où j'ai posé mes yeux sur elle hier matin. Je le pressentais comme une intime conviction. C'est L. qui a causé l'accident de Pénélope. Et c'est ma faute. Rien que ma faute. Une vague de culpabilité me prend à la gorge. Sans ce fan obsédé, jamais rien ne serait arrivé à Pénélope. Comment vais-je pouvoir me regarder dans une glace après ça ?

Agathe Pimms s'affaire au piano. L'Américaine enchaîne les exercices de chant et de diction et je passe la matinée anesthésiée, impuissante. J'essaie pourtant de ne rien montrer. A Agatha qui nous coache formidablement, je donne le change comme je peux.

— Vous savez, la comédie musicale est une forme d'art complexe où le chant, l'interprétation et la danse doivent ne faire qu'un. Une fusion d'art. Mais la voix est et doit rester votre outil principal.

Agatha est une femme enjouée, sûre d'elle, dont l'assurance irradie autour d'elle. Je dois me raccrocher à ses mots, son expertise, son savoir-faire, mais comment faire ? Comment réagir alors que tout se dérobe sous mes pieds ? Si je ne fais rien, peut-être que L. va aller de plus en plus loin. Mettre ses menaces à exécution. Commettre un drame.

— Êtes-vous familières avec les sitzprobes ?

Pénélope et moi faisons non de la tête tandis que la professeure se met à nous expliquer.

— Ce sont comme des répétitions d'opéra, avec orchestre, où les acteurs chantent mais ne jouent pas. On va commencer par un exercice simple : avant de la fredonner, prenez le temps d'écouter mentalement la mélodie que je vais vous jouer, écoutez chaque note. Si vous êtes capables de reconstituer l'air dans votre tête, la moitié du chemin est fait : vous avez assez d'oreille musicale pour chanter parfaitement.

Agatha se met à jouer l'air connu de *J'ai du bon tabac dans ma tabatière* puis celui d'*Au clair de la lune* avant de composer au piano des airs moins familiers et plus compliqués. Mentalement, Pénélope et moi reconstituons les partitions, en fredonnant.

— Vous y arrivez ? L'écoute est à la base du travail du chanteur en cours de chant. Allez-y, chantez maintenant, chantez n'importe quoi.

A tour de rôle, Pénélope et moi marmonnons un chant timide face à la coach qui nous encourage du regard. Mais, tout à trac, Pénélope se fige sur place lorsque les premières notes qui sortent de sa bouche sonnent à côté.

Agatha la rassure immédiatement.

— Gardez à l'esprit que la justesse n'est pas indispensable au début du travail de la technique vocale : lâchez-vous, faites-vous plaisir et vous verrez que ce sera beaucoup plus simple de sortir des notes justes par la suite. Ne vous bloquez surtout pas sur une note que vous estimez fausse.

Agatha est une bonne prof, bienveillante, minutieuse comme le professeur Jeanssain a essayé de l'être toute mon adolescence. Alors que le cours de chant me fait oublier les messages de L., Elisabeth apparaît enfin, côté jardin. La jeune femme arrive d'un pas nerveux, se confondant en excuses auprès de la coach qui, je le suppose, comptera pour une voix dans le choix final de Shéhérazade.

Elisabeth nous salue avec véhémence avant de s'envoler dans une longue tirade.

— Je suis vraiment désolée, je ne comprends pas ce qui s'est passé. Ma voiture ne démarrait plus ce matin. Impossible de lancer le moteur. Je ne sais pas pourquoi. Hier, elle fonctionnait très bien... Peut-être que j'ai laissé mes phares allumés toute la nuit et que la batterie s'est déchargée. Je ne sais pas. Je suis désolée. J'ai appelé un Uber mais ils étaient tous occupés, j'ai perdu un temps fou... Je suis navrée de vous avoir fait attendre, cela ne se reproduira plus.

Vroum vroum ? La voiture d'Elisabeth ? Est-ce donc ce que L. sous-entendait ? Est-ce que L. compte s'en prendre à Elisabeth ? Que voulait-il dire par là ? Est-ce là encore une menace ? Si c'est le cas, je ne peux laisser passer ça.

A côté d'Elisabeth qui envisage la coach avec supplication, je me sens subitement complice de L. Complice d'actes malveillants. Et cette pensée m'est insupportable. J'ai envie d'imploser. Dire à la Terre entière ce qui se trame. Mais plantée sur scène, je me tais. Je ne peux rien dire pour le moment. Et puis, surtout, dire quoi, à qui ? Je ne sais rien de ce qui se passe. Je sais seulement qu'un type me suit, me dépose des cadeaux, des tableaux où sont cachés des micros. Si je préviens la production, je risque de passer pour une folle avide d'attentions. Je ne peux courir un tel risque.

Derrière son piano Steinmayer, Agatha fait un signe de tête à Elisabeth pour ne plus avoir à parler de ses retards et reprendre le travail. D'un geste, Elisabeth s'aligne docilement pour prendre en cours de route les exercices de chant. C'est la première fois que je rencontre la jeune femme. C'est une jeune, très jeune femme. A peine vingt-cinq ans, au physique chétif, presque fragile. Diane m'a dit qu'elle s'était fait repérer sur YouTube grâce à ses covers. Chacune de ses vidéos passait le cap des 500 000 vues. Elisabeth est à présent partout sur la Toile. Ses followers, mois après mois, n'ont cessé d'augmenter pour atteindre le quasi-million sur Instagram. Le quasi-million, en à peine un an. C'est la force des réseaux, la vitalité d'Internet. Complètement dément. Je n'avais pas ça à mon époque. Il y avait quelques blogs bien sûr, des sites de fan, mais rien comme Instagram, YouTube, Twitter qui permettent, pour le meilleur ou pour le pire, de déchaîner les foules.

Elisabeth fait partie de ce genre nouveau. Les influenceuses. Les créatrices de contenu. On la suit. On regarde ce qu'elle chante, ce qu'elle aime, on la copie, on fait comme elle. Rien de tel qu'une influenceuse comme Elisabeth pour devenir la tête d'affiche de la plus grande comédie musicale de Paris. Ce sera le succès assuré. Les fans se bousculeront au portillon. Et alors qu'Elisabeth se met à chanter à la demande d'Agatha, je comprends tout de suite que ce serait mérité : sa voix est magnifique. Je l'entends pour la première fois. Une voix pure comme celle d'un souffle profond.

Tant bien que mal, j'essaie à mon tour de me remettre dans le bain. Je me concentre mais tout mon corps est ailleurs. Parti. Ma voix en fumée. Vieille tempête asséchée. Celle d'Elisabeth m'irradie mais sa voix me ramène pile à L., à ses messages, ses menaces, au visage tuméfié de cette pauvre Pénélope. Je crains le pire.

Je pressens le pire.

Vroum vroum ou feu follet? Qu'est-ce que ça signifie? Est-ce que ce matin L. a trafiqué la voiture d'Elisabeth? Et feu follet, qu'est-ce que ça peut bien vouloir dire?

Au déjeuner, je prends congé de mes partenaires de théâtre pour me promener seule dans les rues de Paris. Luce insiste pour que je reste manger un bout, la production a prévu de quoi nourrir un régiment, mais je lui dis que j'ai des choses importantes à faire dans le quartier et elle me laisse filer.

Je m'installe dans un petit square plus haut dans la rue, un sandwich sur mes cuisses, le téléphone dans ma paume.

Avec nervosité, je relis les messages de L.

> Cette Pénélope ne ressemble plus à rien.
> Un rôle de grande brûlée ?
> Toi, tu restes radieuse.
> Je suis à ta disposition.
> L.

Il faudra dire à Pénélope d'arrêter les peelings.
D'arrêter tout court.
Ou alors je scalperai son corps en entier.
L.

Au fait, où est Elizabeth ?
C'est son tour.
Vroum vroum ou feu follet ?
L.

Je relis autant de fois que nécessaire ces messages sans trouver le moindre indice sur son identité. Qui L. peut-il être ? J'essaie de réfléchir. Penser à tous les fans que j'ai pu rencontrer au cours de ma carrière. Il y a eu bien sûr des fans plus fans que d'autres. Des hommes passionnés, des amoureux transis qui m'offraient des peluches, des lettres d'amour, des cartes, des cadeaux, des fleurs. Il y a eu aussi ceux qui écrivaient de longues déclarations enflammées que Diane triait et filtrait pour que je ne m'en occupe pas. Mais d'aussi loin que je m'en souvienne, je ne me rappelle pas avoir rencontré un type prêt à tout pour moi. Toutefois, peut-être que je n'ai jamais rencontré L. Peut-être qu'il est là, tapi dans l'ombre, à m'attendre depuis des années.

Alors que j'essaie de mettre de l'ordre dans mes souvenirs, je repense soudainement à cet homme. Il m'avait attendu à la fin d'un de mes concerts il y a cinq ans. C'était à Lille, je m'en souviens. Toute l'équipe ensuite avait festoyé dans un restaurant de fricadelles. Le type m'avait attendue dans le vent glacé pendant une heure, il tremblait de froid. Son regard était perçant de l'autre côté du grillage. J'étais allée le voir, je lui avais signé un autographe, il s'appelait comment déjà, je ne sais plus, un prénom du Nord je crois, quelque chose comme Francky, ou Tony. Je crois bien que c'était Tony. Il m'avait dit qu'il avait dormi au pied du Zénith trois nuits d'affilée pour être le plus proche de moi pendant le concert. Ce genre de propos est courant dans le milieu mais je ne sais pas pourquoi, cette fois-là, j'étais décontenancée. Mal à l'aise. Il m'avait dit qu'il avait du temps parce qu'il avait perdu son travail et que mes chansons l'avaient sauvé. Je ne savais pas quoi lui répondre. J'étais si gênée. Derrière le grillage, je l'avais remercié pour son soutien et il m'avait répondu cette réplique étrange dont je me souviendrai toujours : *Mon soutien oh oui, jusqu'à ma mort si vous saviez.* J'avais reculé d'effroi ce jour-là et puis Etienne, mon assistant de l'époque, m'avait sauvée de la situation et était venu mettre fin à la discussion.

Je l'ai revu ensuite, ce Tony. A d'autres concerts. Aux premiers rangs, dans la fosse, sous les projecteurs. Quand je chantais, je croisais parfois le regard impalpable de cet homme. J'en avais froid dans le dos. Des yeux comme les siens, je n'en avais jamais vus. D'un noir profond, trouble. Et grands, si grands. Des yeux tellement grands qu'ils donnaient l'impression d'être shootés, ou électrocutés.

Comment ai-je pu oublier ce type? Il faut dire que depuis toutes ces années, il ne s'est jamais plus manifesté. Les concerts se sont espacés, je ne l'ai plus revu dans la fosse. Je n'ai reçu aucune lettre de sa part. Aucun mot. Comme de nombreux fans, Tony s'est volatilisé.

Alors que la rue devant moi est passée au Karcher par un agent de la ville, une pensée me traverse. Une pensée lavée au Karcher elle aussi. Et si je déraillais totalement ? Peut-être que tout ça n'est rien qu'un gros bluff d'un fan qui s'ennuie ? Et si L. me faisait marcher ? Peut-être qu'il n'y a finalement rien à élucider. Peut-être qu'il n'y a pas de mystère.

Oui, il y a eu le micro planté dans le tableau. Des messages bizarres. Mais à part ça ? Il est probable que ce fan n'ait rien à voir avec l'accident de Pénélope. Peut-être qu'il a seulement vu Pénélope avec son visage brûlé ou su ce qui s'était passé. Peut-être que quelqu'un lui en a parlé, qu'il l'a entendu.

Le Karcher termine d'éclabousser le trottoir et une révélation m'irradie le visage : et si L. faisait partie de mon entourage ?

Tout se reconstitue devant mes yeux. Je me revois chez moi, les jours précédents. J'ai parlé à Hugo, à Diane, à Yann, j'ai eu quelques conversations avec la concierge et mes voisins et le seul point commun est mon appartement, là où Hugo a trouvé un micro. Il est certain que L. m'a mise sur écoute. Il avait alors la voie libre pour tout entendre, tout retenir. J'ai parlé de Pénélope à Hugo, je me souviens, Hugo riait. Il ne croyait en rien à mes scénarios paranos. Peut-être que L. a seulement joué avec mes peurs ?

En terminant mon sandwich, un apaisement vient se loger dans mon ventre. Et si tout ça n'était qu'une immense supercherie d'un fan qui n'a rien d'autre à faire que m'épier ? Peut-être que l'accident de Pénélope et les retards d'Elisabeth sont de simples coïncidences qu'il a interceptées ? Je dois arrêter de me faire des idées.

D'une pensée à une autre, me voilà soulagée. Expliquer l'inexplicable. Dédramatiser. Je ne veux pas virer parano, je suis lucide, en maîtrise, pas comme… Un passant s'arrête pile devant moi.

Il soulève son chapeau et je découvre un homme chauve, aux yeux minuscules.

— Vous savez où se situe la rue Saint-Lazare ?

J'indique le chemin au type à chapeau qui disparaît derrière les allées d'arbres et d'un geste improvisé, je me vois cliquer sur répondre. Lucide ou non, je dois écrire un message à L. Même si je fais fausse route, je dois le contacter, ne pas laisser ses menaces sans réponse.

Je ne sais pas ce que vous me voulez mais ce n'est pas la bonne méthode. Laissez Pénélope et Elisabeth en dehors de tout ça, ou j'appelle la police.

J'hésite longuement sur la dernière phrase. Si je le menace d'appeler les flics, est-ce que je n'incite pas davantage L. à intervenir ? Est-ce qu'il ne passera pas plus rapidement à l'acte ? Est-ce que je ne serai pas la prochaine sur la liste des proies ? Mais si c'est simplement un fan qui passe son temps à me suivre, peut-être que c'est le meilleur moyen de le faire cesser.

Mon doigt bloque sur la touche envoyer. Que faire ? Dilemme. Coup de poker. Soit j'intimide L., réduisant au silence un fan mal dans sa peau. Soit j'attise les foudres de L., un sociopathe dangereux. Option numéro 1 ? Option numéro 2 ? A mes risques et périls.

Sur le banc du square, alors que des collégiens, sac lourd sur le dos, passent devant moi en courant et criant, qu'une mamie promène son chihuahua recouvert d'une visière, qu'un couple de jeunes amoureux se bécote langoureusement près des buissons, je clique finalement sur *envoyer le message.*

Le soir, L. va et vient dans son appartement au centre duquel le cadavre de son voisin gît sous le tapis, comme une ordure oubliée parmi un monticule de poubelles. L. contemple cette bosse immense qui règne au milieu de son appartement, soucieux, réfléchi, sans une once d'empathie pour le vieux bonhomme qui a fait la découverte de trop, ne cherchant maintenant et tant bien que mal qu'une idée pour s'en débarrasser.

Deux jours ont passé depuis la mort du voisin. La rigidité cadavérique s'estompe enfin, laissant à L. la possibilité de déplacer le corps et d'en disposer avec plus de facilité. Malgré tout, des odeurs émanent de lui depuis des heures. L. est alarmé. Un autre voisin curieux pourrait être alerté par cette odeur nauséabonde de viande avariée et prévenir qui de droit.

Pour recouvrir les effluves, L. attrape ce qu'il y a à sa disposition. Des parfums bon marché, de la Javel, encore des parfums. L. se rend à la parapharmacie en bas de l'immeuble et achète cinq eaux de toilette supplémentaires qu'il déverse sur le corps découvert entre deux vaguelettes de tapis.

L. regarde longuement son visage bleu, ses longs bras raides en angle droit formant comme des haches au sol. L. n'éprouve aucun frisson. Aucune chair de poule. La vue d'un cadavre le laisse de marbre. Comme si L. était mort depuis longtemps, bien avant l'assassinat du voisin.

Comment se débarrasser d'un cadavre en plein Paris ? Il lui faudrait agir tard dans la nuit. Mais même à 5 heures du matin dans le centre de la capitale, il y a du mouvement, des fêtards de sortie, ou des travailleurs de l'aube, ou des éboueurs, et le risque est trop grand, trop dangereux. Pour ce faire, L. doit trouver une solution, et vite.

L. s'intéresse longuement au découpage à la scie. L. se renseigne sur différents forums morbides, des sites obscurs qui indiquent aux internautes la meilleure façon de s'y prendre. Avec une scie à métaux, de préférence. Dans une pièce entièrement bâchée, ou dans une baignoire, découper d'abord la tête, les bras, les jambes en deux, remplir les sacs plastique avant de s'occuper du morceau principal : le tronc.

L. n'est pas convaincu par la méthode. Il lui faudrait plusieurs heures pour en venir à bout et L. n'a pas le temps. Surtout, L. n'a pas envie de faire dans la boucherie, L. ne prend aucun plaisir à triturer une chair humaine, ce vieux bougre qui passait par là et que L. n'avait pas prévu dans ses plans, mais L. n'a pas eu le choix : il risquait de tout foutre en l'air.

Finalement L. laisse tomber l'idée du découpage. Aucune envie d'éponger des litres de sang, d'autant qu'il n'y a pas de baignoire ici, seulement un coin douche étroit et peu étanche. Alors que le soir finit par tomber derrière la fenêtre, L. a une idée.

L. se rappelle un roman lu il y a deux ans et qui recensait un drôle de fait divers. L'histoire vraie d'une drag-queen qui avait tué son amant et l'avait entreposé dans son placard pendant quinze ans, enrubanné par des tissus à ce point serrés que les matières avaient fini par momifier le cadavre. L. se relève brusquement. Le marché Saint-Pierre est à quelques stations de là. Le marché ferme dans une heure. L. doit agir maintenant.

L. ferme la porte et se rend dans le 18ᵉ arrondissement. Sur la route, L. fait attention à ne dévisager personne, tracer la nuque basse, éviter les caméras de surveillance qui pullulent à chaque croisement. L. doit être discret, vigilant. Sur place, L. fait face à des montagnes de tissus dilapidés sur des tables géantes, réparties sur plusieurs étages. Tissus d'ameublement, tissus au mètre, gaz, wax, viscose, résille, polyester, coton, dentelle, fausse fourrure. Un vendeur s'avance vers L. et, le voyant, L. s'enfuit à l'étage du dessous où L. se retrouve seul.

Dans les allées des tissus au mètre, L. choisit au hasard. L. ne connaît rien à la couture. L. s'empare d'un rouleau blanc cassé de coton appelé cretonne, un tissu qui semble très épais et plus solide que de la toile, ainsi que d'un rouleau de batiste. Un tissu de coton extrêmement serré, souvent utilisé dans la fabrication d'articles textiles au contact du corps, comme les sous-vêtements, les soutiens-gorge ou encore les mouchoirs.

L. se rend à la caisse. La vendeuse visiblement surprise lui demande :

— Il vous faut les deux rouleaux, en entier ? On peut vous proposer des coupes, vous savez ?

Est-ce une erreur de L. ? Il ne fallait pas se faire remarquer et voilà que L. suscite l'interrogation d'une vendeuse qualifiée qui probablement ne vend pas des rouleaux du même tissu tous les quatre matins.

Quoi dire ? Quoi faire ?

Si L. commence à se justifier, ce sera le début des ennuis. Autant ne rien dire. Et jouer au client malpoli. Alors, L. expédie la vendeuse d'un geste brusque en tendant sa carte bancaire. La vendeuse passe au paiement sans demander son reste et L. disparaît du magasin, les deux rouleaux sous les bras.

De retour, L. se met à l'œuvre. L. déplie lentement le tapis dans la pièce et sur le lit en fait de même avec les tissus. Le cadavre de monsieur Oster est étendu, les bras droits, la tête droite, on dirait le Christ.

L. se met à déshabiller le prophète, retire le pantalon en velours côtelé, le pull, le sous-pull et décide de lui laisser le slip. L. tire sur la batiste qui lentement s'échappe du rouleau pour venir recouvrir le corps nu. Avec le tissu, L. serre la peau du cadavre et serre encore. Il faut que l'air ne passe plus. Il faut que le tissu devienne des bandelettes cirées de momie, comme dans l'histoire de la drag-queen.

Une heure plus tard, le corps est emballé de batiste et de cretonne, planqué à jamais sous le sommier. La tâche maintenant terminée, L. prend son téléphone et découvre le message de Sélia.

L. n'y répond pas.

Vroum vroum ou feu follet.

L. n'a pas eu le temps de s'en charger.

Mais désormais il lui reste à jouer avec le feu.

Pour ce troisième matin au théâtre Mogador, je m'attends au pire : des révélations sordides, des nouvelles histoires ou des drames imminents. Mais sur la scène du théâtre, tout se passe de façon calme. Etonnamment et merveilleusement calme. Une vraie journée sans histoires où L. disparaît enfin de ma vie.

L. n'a pas répondu à mon message. J'ai passé la soirée à consulter Instagram et, à 20 heures, ma réponse s'est vue passer en *lu*. Un frisson s'est aussitôt emparé de mon corps jusqu'à ce que la soirée passe et passe. Et que mon message reste sans réponse. J'étais si soulagée. J'ai pris cette absence de réponse pour une victoire. Une preuve que L. n'était qu'un fan introverti qui bientôt disparaîtra de ma vie.

Ce matin, heureuse comme jamais et entourée de mes pairs, je me persuade que cette histoire est derrière moi. Une petite voix intérieure se dit satisfaite d'avoir écrit ce message. Et comme un bonheur n'arrive jamais seul, tout le reste a suivi. Elisabeth est arrivée en avance, les joues rougies d'avoir couru pour se montrer aux producteurs avec dix minutes à son avantage quand Pénélope s'est montrée elle aussi métamorphosée en coulisses, radieuse malgré les brûlures, souriante dans sa robe de couturier et alpaguant de façon taquine les producteurs dans la salle appelée la pièce aux cafés :

— Bon, cette lecture, on la fait quand ? Peut-être que personne n'a envie de se mettre au travail mais moi j'ai envie de jouer.

Autour d'une grande table installée pour l'occasion, Dove, Agatha, Elliot et Giuliano commencent à nous faire lire le rôle de Shéhérazade. Agatha se met à lire le rôle de la sœur cadette de Shéhérazade, Dunyazad, Dove se charge des répliques paternelles quand Elliot, lui, interprète le roi Shahryard. Il faut dire que le rôle du grand méchant lui va comme un gant...

A tour de rôle, Elisabeth, Pénélope et moi campons le rôle de l'héroïne. Face à nous, Guiliano est concentré, il nous observe, lissant sa moustache italienne à chaque réplique, chaque scène symbolique. A cet instant, je comprends qu'il est celui à convaincre sur la partie interprétation du rôle.

Assise droite sur ma chaise, j'essaie de sonder chaque nuance, chaque fêlure de mon personnage. Je n'ai jamais joué la comédie, à part dans les clips vidéo de mes chansons et au cours de shootings. Concentrée, je ne pense alors ni à L. ni à ses menaces devenues lettres mortes. Je suis dans mon rôle, ma mission. Pour autant, je refuse d'en faire trop, de lancer des exclamations à tour de bras, mais il me faut être intense, emportée, déterminée. Il me faut être Shéhérazade prête à tout pour se venger du roi.

Nous passons plusieurs heures à lire avant que Pénélope, Elisabeth et moi découvrions l'autre moitié du script du show, tenu secret jusque-là. J'avais lu le conte avant de me présenter au théâtre mais lire les répliques finales du spectacle me procurent instantanément une vraie émotion.

Chaque tableau du spectacle commence par cette réplique chantée par le groupe des domestiques du palais.

Et quand le roi fit sa chose ordinaire avec Shéhérazade.

Lors de l'ultime tableau, les femmes et les hommes du chœur reprennent trois fois la réplique, puis Shéhérazade passe enfin aux aveux. En didascalies, trois coups de tonnerre résonnent depuis le fond du ciel. Au roi, Shéhérazade confie que durant ces mille et une nuits, elle lui a fait trois enfants, évidemment trois garçons. Le roi est médusé, ému aux larmes, heureux de pouvoir refonder une famille après la trahison de sa première femme qu'il a assassinée avec son amant.

Alors que dans la version originale, Shéhérazade et Shahryar finissent ensemble, le roi, conquis par les vertus de sa nouvelle jeune femme, abandonnant pour de bon l'idée de tuer chaque nuit une nouvelle épouse, Dove et Elliot et leur équipe d'auteurs ont voulu changer la donne. Moderniser l'histoire. Faire du conte un récit féministe.

A la scène finale ici, Shéhérazade s'en va.

Le roi, déboussolé, en mal d'amour, finit seul et se jure ne plus faire de mal à aucune femme.

Et la pièce se termine par cette tirade de Shéhérazade lancée au roi tandis qu'elle descend les marches du palais :

Trois enfants, trois garçons
Dont vous ne saurez jamais les noms
Des prénoms comme des richesses, des bijoux
A mes yeux vous n'êtes plus qu'un homme à genoux
Sans richesse et sans bijou

Pendant les lectures, je découvre Elisabeth merveilleuse de prouesses. Elle lit les tirades comme personne et tout le monde sur place s'accorde à lui dire. Elliot finit par laisser échapper un Wow, impressionnant, j'en ai la chair de poule !

Par humilité, Elisabeth baisse la nuque sans savoir comment remercier et, en la regardant de près, je vois qu'elle est sincère, touchée, qu'elle ne cherche à rien manigancer. Au bout de la table, Pénélope fulmine des attentions reçues par Elisabeth. Son sourire matinal se transforme en une effroyable grimace. Résultat, la grande rousse traverse la journée de mauvaise humeur, le visage figé.

Ensuite, je passe le déjeuner et les préparatifs HMC avec Elisabeth quand Pénélope demande à s'entretenir avec le metteur en scène pour des détails de jeu.

A demi-mot, Elisabeth m'avoue qu'elle est confiante. Elle se voit partie intégrante de cette comédie musicale. Elle le sent comme une prémonition. Mais elle m'avoue penser que le rôle-titre me reviendra :

— Je sens qu'ils vont me proposer de jouer la sœur cadette, Dunyazad. Il faut dire que tout correspond : l'âge, l'allure, etc. Elliot a dit que de toute façon la standby qui remplacera au pied levé l'interprète de Shérérazade jouera sa sœur sur les représentations principales. Je vois ça comme une victoire.

Je ne pensais pas Elisabeth autant réfléchie et je lui réponds, étonnée :

— Si celle qui joue Shéhérazade est malade lors des grands openings, la doublure ne peut pas jouer à la fois l'héroïne et sa sœur, n'est-ce pas ?

— Non bien sûr, tu as raison. Mais je crois que dans la phase 2 des auditions, ils s'occuperont de trouver l'understudy du personnage de Dunya.

— Quel bazar, dis-je en riant, et à quand des doublures aux doublures ?

Elisabeth termine sa salade Caesar par un coup de fourchette déterminé.

— C'est fou toutes ces histoires de scène. C'est une sacrée machine, tout ça.

— Moi qui pensais être passionnée de comédies musicales, j'en découvre tous les jours de l'intérieur, lui dis-je en une confidence.

— Moi pareil. Et j'adore ça. Je prie les dieux pour être reçue.

— Je crois que tu n'auras pas à prier beaucoup, même les dieux voient à quel point tu es faite pour ça.

D'un élan pudique, Elisabeth m'attrape le bras, cajolée par mon compliment, et je me laisse faire. Silencieusement, je la regarde, son visage diaphane, ses joues pleines et ses magnifiques yeux verts soulignés d'un trait de khôl.

Appelée au combat par Luce, je rapplique sur-le-champ tandis qu'Elliot demande à s'entretenir en tête à tête avec Elisabeth. Alors que je me rapproche des planches, je sens que quelque chose est différent désormais. Avec Elisabeth, nous voilà soudainement proches, solidaires, déjà complices, et même si on ne se l'est pas encore dit, nos regards ne trompent pas, nous voilà liées dans l'aventure comme deux sœurs unies pour la vie.

Jusqu'à la tombée du soir, Giuliano et nous trois échangeons sur ses idées de staging et de mise en scène. J'ai hâte d'être aux jours suivants pour m'y mettre, me fondre dans le décor et commencer ce qui me fait tant envie : les chorégraphies.

— Et puis demain, vous commencerez à travailler sur la bande-son préenregistrée, finit par expliquer Giuliano. Quand le casting sera complet, la Shéhérazade élue passera au studio et enregistrera les chansons…

Un retour au studio, quelle impatience. Quelle joie. Pour autant, j'essaie de garder mon sang-froid, de peur de passer pour celle qui s'enflamme d'un rien. Au même moment, Elliot échange des regards intenses avec Elisabeth qui baisse la nuque, subitement gênée, tandis que Dove est en plein échange avec Luce sur le déroulé de la semaine prochaine avec les rôles masculins.

Il dit d'une voix rayonnante :

— On en attend beaucoup de «Si j'étais elle»! On voudrait la sortir sur les radios et en faire la chanson promo du show. Avec la nouvelle saison de The Voice qui reprend, on est en pourparlers pour que la Shéhérazade puisse venir chanter le single à la fin de la première émission.

Immédiatement mes yeux se mettent à briller de tous les feux. Je m'y vois, sur scène, chantant cette création originale à plein coffre, en star de comédie musicale, avant de retrouver Nikos, mon animateur porte-bonheur. Mais un œil sur ma montre, je retrouve aussitôt pied sur terre. Je suis en retard. Terriblement en retard. Je suis attendue chez Diane et Louise que je n'ai pas vues depuis des jours.

En deux temps trois mouvements, je salue l'équipe et les filles. Elisabeth en profite pour, elle aussi, tirer sa révérence et toutes deux prenons le chemin de la sortie.

Devant le théâtre, la jeune influenceuse me regarde béatement. Elle soupire. Elisabeth se prend à y rêver...

— Tu imagines le lancement sur The Voice? L'attention médiatique?

— Formidable, ce serait formidable, dis-je d'une voix contenue.

— Tu connais ça, toi, mais pour moi c'est tout nouveau. Imagine si on est prises toutes les deux? Les deux sœurs sur scène, le pied que ce serait ! Des mois et des mois de tournée ensemble, dément !

Dehors, l'enthousiasme irradie sur le visage d'Elisabeth et, dans la douce lumière du soir, la jeune femme ressemble à un ange.

— Ce serait dément, j'aimerais beaucoup travailler avec toi ! réponds-je sincèrement.

Elisabeth me sourit.

— Oh mais moi aussi, Sélia ! Tellement tellement !

Elisabeth s'exclame avec véhémence alors qu'une femme habillée en tailleur et son enfant passent devant nous en nous bousculant. Elisabeth ne s'en offusque pas, elle retrouve l'équilibre dans ses deux jolies bottines et me demande :

— Tu fais quoi ce soir?

— Je suis invitée à dîner chez ma manager !

— Vous devez être proches, alors.

Elisabeth pousse un soupir. Une sorte de regret. Ou d'impatience d'avoir elle aussi sa propre équipe.

— On l'est, ça fait des années que Diane me représente. On est devenues amies avec le temps, plus qu'amies, d'ailleurs. Diane, c'est tout, ma psy, mon infirmière, ma marraine, ma pharmacienne. Elle est aux petits soins pour moi et j'essaie de ne pas trop d'abuser d'elle ! Mais tu sais comment fonctionnent les artistes…

Elisabeth acquiesce rapidement et finit par confier :

— Non, je ne le sais pas tant que ça. Je ne suis représentée que depuis six mois. C'est tout nouveau pour moi.

— Tu es si jeune, c'est normal, chaque chose en son temps. Tu es chez qui ? Tu leur fais confiance ? C'est le plus important.

— J'ai signé avec 100 % Talents. J'ai eu un vrai coup de cœur humain pour un jeune agent qui a fait ses armes là-bas, il a gravi les échelons, il était d'abord stagiaire, préposé aux courriers et, après des années de labeur, l'agence lui a finalement donné sa chance. C'était le seul avec qui j'étais parfaitement à l'aise. Je veux dire, moi-même. Et lui pareil. Il n'est pas du tout dans les flatteries permanentes de l'agent fayot qui veut t'attirer dans ses filets. J'ai toujours beaucoup de mal avec ça. Avec les flatteries et l'opportunisme. Et j'ai l'impression que dans le milieu, ils le sont tous.

Elisabeth cherche ma réprobation et prudemment, je lui offre ma vision des choses :

— Je te confirme. Beaucoup d'agents sont prêts à tout pour te lécher les bottes et te dire à la moindre occasion que tu es for-miiiii-daaaaa-ble. Mais faut passer au-dessus de tout ça sinon tu deviens dingue. Ou pire : avec un melon gros comme ça.

Sur le trottoir, Elisabeth semble boire mes paroles. Je sens qu'elle a besoin de parler de tout ça avec quelqu'un.

— Avec le succès viral, je fais très attention à ça. Beaucoup de gens mal attentionnés me disent que j'ai changé, certains disent que je me la pète avec mon record de followers.

— Des envieux, laisse-les parler. Tu en auras tout le temps autour de toi.

Elisabeth sort une cigarette d'un étui en cuir caché dans la doublure de sa veste. Tiens, je ne l'avais jamais vue fumer auparavant. C'est rare, une chanteuse qui fume. Et si peu recommandé.

Elisabeth voit ma surprise mais ne relève pas.

— J'ai des défauts, je le sais. Mais ne plus me sentir pisser parce que j'ai 900 000 personnes qui me suivent n'en fait pas partie. Je sais que je suis restée la même. Avec cette gloire, je me suis fait la promesse d'en profiter. Profiter comme si c'était le dernier jour. Parce que je sais que ça ne restera pas. La gloire, c'est quelque chose d'éphémère. Comme un instant de grâce qui finit toujours par disparaître.

Elisabeth me regarde, parle-t-elle de moi ?

Parle-t-elle de ma carrière ?

— Moi, je suis personne. Juste une petite chanteuse d'Internet, alors j'en profite. Et une fois que le succès disparaîtra, je reviendrai à ma vie d'avant. C'est pas grave. J'ai toujours aimé ma vie, moi. Ceux qui veulent être connus parce qu'ils n'aiment pas leur vie, parce qu'ils n'aiment pas qui ils sont, je les plains et je me sens triste pour eux. Parce que plus dure sera leur chute.

Le discours réaliste d'Elisabeth m'ébranle et je me demande si, moi aussi, je pourrais revenir à l'anonymat. A une vie d'avant. C'est ma plus grande peur. J'ai toujours cru que reculer signifiait échouer.

Mais peut-être qu'Elisabeth a raison.

— C'est très sage de ta part. Tu as quel âge, dis-moi ? Tu parles comme quelqu'un qui a roulé sa bosse. T'as vécu douze vies avant ou quoi ?

Elisabeth rit d'un timbre léger.

— Tu sais que moi j'y crois à ces histoires de réincarnation, te moque pas ! J'ai vingt-quatre ans mais pour moi, l'âge ne veut rien dire, j'ai eu une enfance et une vie de famille compliquées, ça m'a vite fait grandir !

— Bienvenue au club, Elisabeth, dis-je en lui faisant un clin d'œil.

Elisabeth et moi avons tant de choses à nous dire. A cet instant, elle s'approche un peu plus et commence par dire.

— Je devrais peut-être pas en parler mais avec toi, c'est différent… Elliot et moi…

L'arrivée du taxi interrompt la confidence.

— On continue cette causette demain avant la première session de danse, tu veux bien ?

— Evidemment, Elisabeth ! Je me réjouis que tu sois là, t'as pas idée !

— On va danser comme des folles ! me dit-elle.

Dans un élan sincère, je laisse Elisabeth m'embrasser sur les deux joues et la jeune fille grimpe dans son taxi. Sans bouger, je regarde Elisabeth disparaître à l'horizon, son allure à l'arrière de la voiture, son port de tête, sa chevelure qui mousse joliment sur sa nuque blanche. Que voulait-elle me dire ? Elliot et elle… ? Sont-ils ensemble ? C'est vrai que j'ai aperçu des regards depuis ce matin. Une intensité entre eux. Mais je n'en sais pas plus.

Sur le trottoir, je contemple Elisabeth s'en aller et aussitôt l'image de moi-même à son âge me revient, ma soif viscérale de réussite, mes envies passionnelles, mon ambition pour guérir enfin, me sortir de tous ces traumatismes. Tout à l'heure, Elisabeth disait que ceux qui ne se sont jamais aimés ne devraient pas goûter à la gloire. Le succès, ça bouffe tout, ça élime et ça ronge, ça fait perdre les pédales, ça condamne à chuter, Elisabeth a raison. Parce que avant de vouloir être aimé par les autres, il faut être certain de s'aimer soi-même.

Au 40, rue Faidherbe, juxtaposant un classieux hôtel Art déco à la façade dessinée en touches de mosaïques, je sonne chez Meyer et Rival. Louise décroche l'interphone et m'envoie aussitôt l'ascenseur. Porte entrouverte, un pied sur ce grand paillasson façon Mondrian, la sculptrice m'attend dans une douce odeur de viande.

— Comment tu vas ? Non, c'est trois chez moi, tu sais bien.

La sculptrice m'embrasse de trois bises sèches comme pour prolonger le pénible contact physique, puis Louise se saisit de mon manteau et de mon sac avant de me laisser entrer.

— Tiens, ça a changé par ici ! Vous avez réaménagé l'entrée ?

Louise fait oui de la tête, sans vouloir donner de détails sur l'installation.

— Une lubie de Diane, tu la connais ! Elle veut tout changer, tout le temps ! Demain, tu vas voir qu'elle va me proposer de repeindre les murs en rouge et de faire de l'appart une hacienda !

— Ha ha ! N'empêche que ça aurait de la gueule.

— T'as pas tort…

En suivant Louise dans leur grand couloir, je prends conscience que je ne viens jamais ici. Diane et moi sommes proches, nous nous voyons pratiquement toutes les semaines mais c'est une habitude qui ne s'est pas faite. Leur appartement m'intimide et je me sens bien plus à l'aise à l'agence avec Diane en tête à tête.

Toutefois, tout ici aspire au calme. C'est un vrai nid douillet, chaleureux, décoré avec goût, planté de cadres de toutes époques, de trouvailles du monde entier récupérées lors de leurs nombreux voyages, comme ces beaux éventails du Japon. Et puis le logis témoigne du travail d'artiste de Louise, ses créations sont partout : cette grue à la crête dorée exposée sous le grand miroir laiton, ces quatre poires sur la grande table de la salle à manger, ou ce vase ébréché en grès d'où une tige de fleur en argile dépasse élégamment. Ou encore ce grand berceau réalisé en terre noire. Ce fameux berceau.

Je me souviens de cette scène, il y a des années, à l'époque où j'attendais encore le miracle d'une grossesse. Les médecins, après une batterie interminable de tests, m'avaient appris ma stérilité. Je vivais les premiers jours de cette petite mort en moi, blâmant mon passé noir, quand Louise s'est mise à créer ce grand berceau vide d'enfant, aux bords froids, à la terre noire, si noire qu'elle donnait l'impression d'être morte elle aussi, en deuil, comme moi.

J'avais pris la création de Louise pour une attaque vive et insidieuse. Une injure à ma personne, à mon identité de mère qui ne le serait jamais. J'étais repartie en larmes de chez Diane et Louise. Diane m'avait juré que l'idée du berceau était venue à Louise au début de leur relation quand elles avaient toutes deux fait vœu de ne pas avoir d'enfant, de ne pas tomber dans ce schéma hétéronormé de maison, marmot, marmite. Diane m'avait suppliée de la croire, elle pleurait à mon chevet pour ne pas perdre mon amitié et j'avais finalement accepté de croire en sa version.

Depuis ce jour, je me rends aussi peu que possible dans l'appartement des filles. C'est plus fort que moi. Quelque chose se ravive quand je me trouve entre ces murs. Mais en rentrant de Marrakech, Diane a insisté. Elle voulait qu'on se retrouve comme avant, qu'on ne se contente plus de ces rencontres fugaces entre deux portes, deux courants d'air. Et j'avais accepté de venir dîner.

Sans jeter un regard sur le berceau en terre, je suis Louise jusqu'au salon. Cette dernière me propose un verre.

— Cognac ou whisky? On a une super bouteille de chaque.

— Tu n'as pas du vin plutôt? Les alcools forts, c'est pas mon truc.

Louise lève les yeux au ciel avant de m'adresser un petit sourire comme pour me dire : tu n'es pas une femme de trempe, sois plus combative. Je la laisse me défier et l'air de rien ouvre un livre de photos de mode posé sur leur table basse en verre.

Dès que je croise son chemin, Louise aime me provoquer. Je ne relève plus, désormais. Je prends le pli et parfois ça m'amuse de voir tous les efforts qu'elle déploie pour chercher à m'atteindre. Alors, pour la faire enrager en silence, je lui réponds en sourires ingénus, clins d'œil, gestes doux et distraits et Louise fulmine comme une locomotive.

Dans une longue robe en velours moirée, Diane sort de la salle de bains, poudrée comme jamais, parfumée de la tête aux pieds.

— Tu t'es fait belle pour moi, ma douce?

— Toujours, tu sais bien! Tu aimes?

Diane tend son cou au-dessus de mon visage pour me faire sentir son nouveau parfum.

— Il y a une note de musc ou je me trompe ?

— Tu ne te trompes pas, une note boisée d'oud, Louise raffole des odeurs comme ça.

— C'est beau de continuer à vouloir sentir bon pour sa bien-aimée.

— Même après toutes ces années, j'essaie !

Un plateau chargé de verres à vin et de petites gougères à la main, Louise arrive au même moment :

— Moi aussi j'essaie, tu n'es pas la seule. Mais pas de parfum sur moi, je trouve ça entêtant, ça m'empêche de travailler.

Diane s'assoit près de moi tandis que Louise ouvre une bouteille de pouilly-fumé de 2004.

— Du vin blanc, ça te va ?

— C'est parfait, merci.

Louise me sert un verre avant de me tendre les gougères faites maison.

— Non merci, il faut que je fasse gaffe niveau sodium en cette période d'auditions.

— Tu es impeccable.

Diane se met à hocher du menton pour dire qu'elle est d'accord avec Louise. Et pour plaisanter, je réponds :

— C'est moi ou tu viens involontairement de me faire un compliment ?

— Tu as raison, concède Louise, mais c'était volontaire. Faut que je boive un coup, là.

Toutes les trois rions, à croire que la soirée commence sous de bons auspices.

Rapidement, Diane se montre impatiente de savoir comment ça se passe au Mogador. Ses grands yeux interrogent les miens et je passe aussitôt au récit des auditions.

Je lui parle des répètes, des producteurs, et sans vouloir leur parler du cas L., je décris l'accident terrible de Pénélope.

— La pauvre, elle est défigurée ?

— Elle est méchamment abîmée, oui.

— C'est quand même un bad timing démentiel.

— On peut le dire. Je ne sais pas si j'aurais eu le courage de remettre les pieds au théâtre.

— Moi pareil, répond Diane. Elle doit être carrément à terre, la pauvre.

— Au contraire... C'est bizarre.

— Comment ça ? demande Louise, intriguée

— Je ne sais pas. Elle est... comment dire ? Inébranlable. Elle est très directive. Très froide. Elle demande sans cesse des apartés à Dove et Elliot.

— Elle cherche à se placer, c'est commun, fait Diane d'un geste expert. Son accident ne semble pas l'arrêter.

— Non, clairement pas. Parfois, elle me fait penser à ma mère.

Ma confidence lâchée dans la nature, Louise et Diane veulent en savoir plus. Les deux savent bien que je ne parle jamais de mon passé.

— Elle était comment, ta mère ? dit Louise d'une voix claire, douce, qui ne lui ressemble pas.

Une fois n'est pas coutume, je lâche prise et me laisse aller aux aveux.

— Une femme stricte. Une pianiste.

Le visage de Diane s'éclaire subitement.

— Mais je ne savais pas que ta mère était aussi dans la musique !

— Elle m'a appris le piano jusqu'à mes douze ans.

— C'est formidable, tu as eu une chance folle d'avoir une mère passionnée comme ça, ça a forgé ton talent.

Sans rien dire, j'acquiesce fébrilement et poursuis la confidence :

— Forgé, on peut le dire… Ma mère me battait.

Les deux femmes me regardent, stupéfaites.

— Au début, c'était chaque fois que je ratais un concours. Puis de plus en plus. Chaque fois que je ratais une note ou un accord. Des coups sur les doigts. Dans le dos. Toujours par série de sept. Comme les sept notes de musique. Elle disait, montre ton dos, et je devais retirer mon chandail. Elle me frappait avec une longue cuillère en bois qu'elle laissait toujours près d'elle. Une cuillère de cuisine, je m'en rappelle. Mon pire cauchemar. Mon épée de Damoclès. Un jour, à douze ans, alors que j'avais séché son cours pour rester au collège, ma mère était venue me chercher devant mes amis et m'avait reconduite en silence à la maison avant de m'enfermer dans le chai du jardin. J'ai passé la nuit dans la terre près de la tondeuse, avec pour seule couverture une vieille toile de paillage. Ce jour-là, j'ai su que je ne jouerais plus jamais de piano de ma vie.

Louise et Diane me dévisagent, interdites.

— Mais pourquoi tu ne m'as jamais rien dit ?

— Parce que le passé est le passé. C'est fini. Je suis sortie de tout ça.

— Et ta mère… elle est… elle est encore en vie ?

— Elle n'est plus dans ma vie.

Sans en dire plus, je change de conversation et enchaîne sur *Les Mille et Une Nuits*.

— Parlons de l'avenir, plutôt. Des gens et des projets qui le méritent.

Diane et Louise approuvent en un sourire et je leur raconte les anecdotes du théâtre, les perruques de Nicole Kidman, les exercices inventifs d'Agatha Pimms pour nous faire répéter les chansons du spectacle. En long en large, je décris Agatha en un panégyrique comme pour faire oublier celle qui m'a fait vivre un enfer, petite.

Diane m'écoute mais je sens poindre une jalousie.

— Deux autres clients m'avaient parlé de cette fameuse Agatha. Tout le monde s'accorde à dire qu'elle est fabuleuse.

— Elle l'est, je t'assure, rien n'est exagéré.

Aux filles, je raconte tout. Luce, la dévouée attachée de prod, les décors somptueux du Mogador, l'ambiance décontractée.

— C'est simple, je me sens chez moi, déjà.

— Hyper bon signe, ma belle.

Je bois une gorgée sans répondre, en y croyant de plus en plus. Et parce que c'est trop tentant, je finis par m'adresser à Diane la manager :

— Tu as eu des retours, toi ?

— Pas vraiment non.

— Comment ça « pas vraiment » ? Tu en as eu ou tu n'en as pas eu ?

Plaidant pour moi, Louise cible juste et désarme sa compagne qu'elle connaît comme personne. Mais Diane hésite à lâcher le morceau, Louise insiste de plus belle.

— Tu sais quelque chose ? Sélia a peut-être le droit de le savoir. Ça fait deux semaines qu'elle trime pour le rôle.

Ma gorge se serre. Louise a raison. Les délais commencent à être longs.

— Dans les jours à venir, ils vont faire ce qu'ils appellent un stagger through, avoue Diane.

— Un quoi ?

— Une mise en scène plus ou moins suivie où des scènes répétées sont jouées en une séquence, précisé-je à Louise.

— Oui voilà, répond Diane. Ce sera la première séquence. Celle où l'équipe choisira définitivement Shéhérazade.

En disant cela, la pression me remonte dans la gorge comme un produit acide. Louise, compatissante, hausse les épaules d'un mouvement lent et Diane finit par dire :

— Un peu de courage, tu as fait l'essentiel. Je sais que des workshops comme ça qui dure des jours et des jours, c'est éreintant pour les artistes, mais tu dois voir ça comme une expérience à part.

— Une expérience à part? répète Louise en se moquant. On voit que toi, tu ne crées pas, tu ne connais pas le sentiment d'attente, d'impatience, de peur, de rage à l'intérieur de soi. Quand on est artiste, on n'est jamais serein, toujours sur le qui-vive.

Ce que dit à voix exaltée Louise me fait du bien. Je devine de plus en plus qu'elle me comprend, elle, la sculptrice qui a dû aussi s'imposer dans un monde artistique où les rivalités sont légion.

Dos au mur, Diane comprend qu'elle ne peut plus rien nous cacher. Ses mains remettent droit son col, lissent sa frange et se joignent l'une à l'autre.

— Je suis en contact avec Jeanne Azoulay, la directrice du casting. Elle passe son temps à me dire que tu es formidable, tu le sais, Sélia?

— Je sens un *mais* à l'horizon, je me trompe? dis-je d'un air perplexe

— Non, aucun mais. Si ce n'est…

Diane est embarrassée.

Mais elle n'a plus le choix.

— On y vient…

— Si ce n'est… Elisabeth.

— C'est qui Elisabeth? demande Louise, investie dans la conversation.

— C'est l'une des trois chanteuses en vue pour le rôle.

— Elisabeth est pressentie pour le premier rôle, c'est ça ? demandé-je sans détour.

Diane marque une pause.

Une interminable pause.

— J'en ai peur. Mais je n'en sais rien. Vu l'enthousiasme, je me dis qu'il faut se méfier. S'attendre à une mauvaise nouvelle.

— Elisabeth pensait qu'elle aurait le rôle de Dunyazad, la sœur de Shéhérazade, dis-je comme pour me rassurer moi-même.

— Je ne peux pas m'avancer. Mais Jeanne a dit qu'Elisabeth leur avait fait une impression du tonnerre et qu'il fallait absolument que je la chasse pour la recruter parmi mes talents.

A mon tour de sentir un vent de jalousie poindre en moi. Le vent passe, tord mes boyaux et finit par se volatiliser. Et d'une voix abattue, déjà vaincue, je finis par lâcher :

— Tu devrais, oui. Elisabeth est extraordinaire.

L'annonce probable d'Elisabeth dans la peau de Shéhérazade jette un froid à la soirée. Diane et Louise me rassurent comme elles peuvent. Rien n'est fait. Rien n'est joué. Elles ont raison. Ou pas.

— Et puis il y a le rôle de l'understudy à considérer. Il faut deux Shéhérazade, tu le sais ! C'est toujours comme ça que ça marche et ils voudront probablement que leur Shéhérazade numéro 1 et leur Shéhérazade numéro 2 soient aussi connues l'une que l'autre, suppose Diane pour me donner un peu de réconfort.

Puis elle ajoute d'une voix réconfortante :

— C'est une comédie musicale très grand public, faut pas l'oublier. Ils veulent jouer salle comble, faire une grande tournée. Ils auraient toutes les raisons du monde de *caster* une chanteuse populaire et une influenceuse pour le rôle phare de leur show.

— Tu as raison, dis-je à Diane sans être certaine d'y croire. Je croirai ce qu'on m'annoncera en verdict final au théâtre et rien d'autre.

A table, les choses se détendent au fil du repas. Louise dresse devant nous trois assiettes d'une autre époque avec en leur centre un vol-au-vent fumant au ris de veau.

— Tu t'es surpassée ma chérie, ça sent divinement bon !

Et moi de confirmer, avec un enthousiasme un peu forcé. Ma fourchette plonge tendrement dans le ris, mon ventre se remplit et, verre de vin après de verre de vin, mon esprit se vide. Plus de *Mille et Une Nuits* en tête. Plus de compétition. Alors qu'en quelques coups de fourchette, j'ai déjà terminé mon assiette, je complimente Louise pour ses talents de chef cuisinière et lui demande même s'il en reste.

— Un appétit d'ogre ce soir ! J'aime te voir comme ça, me dit Louise.

— Comme ça comment ?

— Quand tu lâches prise, quand tu es seulement… toi.

La réplique de Louise se pose comme une serviette au milieu de la table. J'ignore ce qu'elle sous-entend mais quelque part, elle a raison. Elle a tellement raison.

Flattée par les talents de sa concubine, Diane renchérit tandis que Louise me ressert une demi-part de vol-au-vent :

— Ma meuf est la meilleure aux fourneaux ! Depuis le temps que je lui dis de se lancer dans un projet de restaurant, ce serait bien meilleur qu'en bas !

Le duplex des deux filles se trouve pile au-dessus d'un restaurant italien branché où chaque soir le Tout-Paris fait la queue pour venir se restaurer.

— Tu parles, tu dis surtout ça pour me faire abandonner la sculpture et mes élans autodestructeurs, répond Louise entre sarcasme et attaque.

Aidée par l'ivresse du vin, je savoure cette soirée entre copines. Oubliées, les histoires d'audition et les pressions du milieu pour exister, les filles et moi parlons d'avant, du bon temps, des vacances que l'on a passées toutes les trois en Sicile, le nouvel an génial à Vegas parmi les canyons et les casinos remplis de touristes et puis toutes ces soirées ensemble, année après année, avec des producteurs véreux aux mains baladeuses.

— Tu te rappelles après les Victoires de la musique ? Le type du label JKM ?

— Thierry Ajar-jesaispasquoi ?

— Oui, Thierry Ajar-Lati !

— Il nous a foutu sa main au cul lui aussi ?

— Mais non, tu te rappelles pas ? Il avait une grosse crotte de nez comme aç sur la joue !

— Ah mais oui ! Je me souviens ! Il a fait un geste et sa crotte de nez s'est retrouvée sur son doigt, on n'en pouvait plus !

— Il la baladait dans les airs en ne s'apercevant de rien. Tu étais à deux doigts d'éclater de rire et moi j'étais là, concentrée à mort, pour garder mon sang-froid et scruter attentivement où allait atterrir son loukoum.

— On savait tellement pas comment se sortir de cette galère.

— Tu aurais pu lui dire : monsieur Thierry, dites, vous avez un Tarzan digne de l'Amazonie au bout du doigt et j'ai très peur qu'il finisse par faire un saut de liane en ma direction.

— C'était à toi de le lui dire, c'est toi ma manager !

— Au contraire, c'est toi la star, tu peux tout te permettre, même de parler de la petite crotte du nez du producteur.

Alors qu'on entame le carrot cake de Louise, fou rire général.

— Tu reprends à quelle heure demain ? me demande Diane qui retrouve soudainement sa conscience pro.

— 10 heures, il est quelle heure ?

— Il est bientôt minuit !

— Faut que je file, merde. Si je dors pas suffisamment, je vais être cuite demain, ma voix va ressembler à un tas de charbon.

— Un très beau charbon alors ! dit Louise, décidément plus adoucie.

Louise s'en va faire la vaisselle et, malgré l'heure tardive, nous prenons un dernier verre, Diane et moi. Avec maladresse, Diane m'annonce de but en blanc :

— Au fait, j'ai eu des nouvelles pour le best of. Le label est OK…

— Quoi ? Mais c'est génial !

— Ils sont OK, oui, mais seulement si tu es *castée* pour la comédie musicale. Ils pensent que *Les Mille* va rebooster ta carrière, alors ils attendent la rampe de lancement pour planifier la sortie de la compil'.

— Donc si je comprends bien : pas de comédie musicale, pas de best of, c'est ça ?

— J'espère qu'on n'en arrivera pas là mais pour le moment, c'est le deal.

Alors que d'ordinaire, une nouvelle pareille m'aurait anéantie, j'encaisse avec philosophie, avec ivresse aussi. Et d'un air détaché, je m'entends répondre à ma manager :

— Alors on verra ! Et si pas de comédie musicale, pas de best of, j'ouvrirai un centre équestre au fin fond de l'Auvergne, ça ira très bien !

— Dis pas ça, voyons. C'est pas drôle.

Mais Diane ne comprend pas que je ne blague pas. Si j'échoue, il me faudra une porte de sortie. Une nouvelle vie. Elisabeth avait raison, les gens qui échouent et qui insistent finissent tristes.

D'un air dramatique, Diane finit par me dire qu'elle fera des pieds et des mains pour que ce best of voie le jour et je la crois. Je sais que je peux compter sur elle. Je la remercie d'être si investie pour moi.

— Toujours pugnace pour tes talents. Une vraie teigne d'agent que tu es !

— La plus grosse des teignes, je ferai tout pour ton succès, tu le sais !

Et sa phrase résonne presque comme une menace dans la pièce vide.

Non loin de nous, Louise est affairée à la vaisselle. Elle lave à la main ses cocottes hors de prix pour ne pas abîmer la fonte. Je viens à elle avec les petites assiettes des desserts et tandis que Diane somnole ivre sur l'accoudoir du canapé, Louise et moi parlons toutes les deux.

— Ça m'a fait du bien, cette soirée !

— On a bien rigolé ! Tu sais que tu manquais beaucoup à Diane depuis des mois !

— Mais on se voit tout le temps, elle et moi...

— Oui mais c'est pas pareil. Vous bossez ensemble, elle te représente, elle fait tout pour toi, tu le sais ?

— Je le sais.

Un torchon à la main, j'aide Louise à essuyer la vaisselle.

— Quand tu as peur, Diane a peur. Quand tu es stressée, Diane est stressée. Cette histoire des *Mille et Une Nuits* la met dans un état pas possible. C'est pour ça qu'elle avait besoin de retrouver Sélia l'amie. Juste la super amie avec qui on discute de tout, sauf de putain d'auditions.

— M'en parle pas, ça me fait un bien fou à moi aussi. J'étais tellement sous pression. Là il peut tout m'arriver que ce ne serait pas grave. Je me suis vidée d'un poids.

— Et ça se voit, Sélia...

— Tu trouves ?

— Oh que oui.

Louise continuant la vaisselle me regarde. Un peu. De plus en plus. Intensément. Ses yeux refusent de se détacher de mon visage.

— Ta présence... Je ne sais pas. Tu parais bien plus chaleureuse. Bien plus toi. Et regarde tes traits comme ils sont relâchés. Tu parais apaisée. Enfin toi-même. Regarde ton visage. Il est si...

Avant même de terminer sa phrase, Louise s'approche de moi et m'embrasse. En pleine bouche. Un baiser lourd et furieux, intense. Comme s'il était prémédité depuis des années.

Paralysée, je me laisse faire. Je sens la chaleur de Louise. Je sens son corps vibrer, son élan, sa passion. Tout vrille là, concentré sur mes lèvres prises d'assaut. Et lorsque Louise décolle sa bouche de la mienne, la sculptrice me dit :

— Je pense beaucoup trop à toi.

Dans l'appartement de L., les murs ont oublié la présence du macchabée. Sur ceux-là, le visage inchangé de Sélia en photo glacée. Son infini sourire naïf, ses longues boucles anglaises blondies par le soleil et ses yeux vert profond regardant la pièce avec tendresse.

L. ne pense plus au cadavre qui dort à jamais sous le vieux sommier de bois. L. est dans son histoire passionnelle avec sa chanteuse. L. y croit, ils pourraient vivre leur vie ensemble, devenir inséparables, partir loin et loin devant, oublier leurs débuts rocambolesques et se donner une chance comme deux êtres réunis par le destin.

L. s'y voit, avec Sélia dans une chambre d'hôtel maculée de blanc à l'autre bout du monde, dans laquelle se promène de façon pataude un chien, un petit King-Charles de quatre mois parce que Sélia adore les animaux. Derrière elle, L. serait entièrement dévouée, à peigner les cheveux de sa belle, préparer le déjeuner, arranger ses demandes d'interview, et Sélia serait émue, elle lui dirait, L., tu es parfait, comment j'ai fait pour vivre sans toi ?

Avant de s'endormir, L. regarde le mur de l'Amour. Toutes les photos de sa star. Son visage. Ses grands yeux comme deux drapeaux. Puis d'une main douce, d'un geste ample, L. écrit à Sélia un message.

Un message de bonne nuit.

Complètement inoffensif.

> Bonne nuit ma jolie déesse. Auparavent tu étais une star, maintenant tu es une étoile. Sache qu'aucune dans le ciel ne t'arrivera jamais à la cheville. ✧

Avant de couper son téléphone, L. relit le seul et unique message envoyé par sa chanteuse. Mais dans ce message, les mots de sa chanteuse étaient froids comme de la pierre, tranchants comme une lame de couteau. L. s'était effondré à l'intérieur de lui-même. Pourquoi ce ton méprisant, pourquoi ces menaces, alors que tout ce que veut L., c'est son bien-être.

L. lui pardonne. L. sait pardonner. Mais il faudrait que Sélia lui présente des excuses bien troussées. L. n'est pas rancunier mais alors que L. programme l'envoi de son message à l'heure où Sélia se réveille pour son Miracle Morning, son regard se porte sur un coin de la pièce. Sur ce grand carton enrubanné de chatterton. A l'intérieur, un jerricane à robinet reçu d'Europe de l'Est prêt à recevoir vingt litres d'essence.

L. ajoute un cœur à son message.

L. y croit.

L. ne voudrait pas que ce jerricane serve à détruire celle qui hante ses jours et ses nuits.

Le message clignote pile au moment où le nouveau réveil offert par Hugo au retour de son dernier voyage sort de son silence. Un bruit doux vient ébruiter la pièce. Un chant d'oiseaux trop beau pour être vrai. Une main sur la petite boîte électrique recouverte de bois, je lis.

Bonne nuit ma star… et bla-bla-bla.

L. est revenu. C'est pas possible. Mais cette fois, il me réécrit des mièvreries, et je préfère les mièvreries aux menaces. Mais alors, comment me débarrasser de ce type ? Cette fois, je ne réponds plus. Je décide de masquer les notifications venues de son compte. Il suffit de faire la morte. Il suffit de *ghoster* le détraqué.

Entre deux exercices matinaux de mon Miracle Morning, entre deux exercices de diction, je réponds aux autres messages de mes followers. Deux jeunes filles m'écrivent pour me dire qu'elles sont meilleures amies depuis le lycée et que leurs années ensemble ont été bercées par mes chansons. Cela me fait chaud au cœur.

A la fin de leur message, elles me demandent de leur rendre une faveur.

Nous allons nous marier cet été, toutes les deux ! Pas toutes les deux, quoiqu'on aurait pu loooool 😂. Mais une cérémonie ensemble, avec nos deux futurs maris respectifs. On adorerait que vous puissiez nous envoyer une petite vidéo où vous reprenez les premières notes de « Juste Sélia » pour qu'on puisse la chanter l'une à l'autre pour inaugurer la soirée de notre mariage. C'est beaucoup vous demander, on comprendrait si vous n'ayez pas le temps, mais on voulait tenter le coup. Nous avons grandi avec vous alors nous aimerions tant nous marier avec vous ! 💍 👰 👰 ♡

Elles sont adorables.

Comptez sur moi, les filles ! Je vous enverrai cette vidéo prochainement et d'ici le grand jour, profitez bien de votre liberté toutes les deux !!! 😉 ♡

L'heure du quatrième jour de *rehearsals* est prévue ce matin à 8 h 30, il ne faut pas traîner. Pas le temps d'écrire dans mon journal comme je me l'impose en rituel. Pas grave, je me rattraperai ce soir. Il faut que je me dépêche. D'autant que pour ces deux derniers jours de répétitions féminines, nous avons du pain sur la planche. Derniers coachings de chant, séances de danse groupée, et demain les rencontres avec les deux rôles masculins pour *mettre en stage* toute une séquence. Celle de la première soirée d'amour entre Shéhérazade et le roi avec la chanson « Liés pour la vie ».

Cette rencontre est primordiale. On veut sentir l'alchimie, sans alchimie, pas de *Mille et Une Nuits*, avait précisé Dove.

En moins de temps qu'il n'en faut pour le dire, je m'habille, me maquille légèrement, prête à en découdre pour cette avant-dernière journée. Une ultime préparation vocale dans ma cuisine, là où la *reverb'* est au plus intact. Quelques exercices de chant, subtil mélange des conseils du professeur Jeanssain et d'Agatha. Un café noir dans l'estomac, un dernier trait léger d'eye-liner et j'attrape ma veste pour me rendre au théâtre.

Un coup de clé plus tard, pieds sur le paillasson, je me retrouve nez à nez avec le tableau. Le tableau du fan qu'Hugo avait pris soin de mettre aux encombrants. Qu'est-ce qu'il fait là? Depuis quand ce tableau est-il devant ma porte? Désemparée, j'écris à mon ami.

> C'est quoi ce bordel, Hugo ! Tu me fais une blague, c'est ça ? Ça me fait pas du tout marrer ! Tu sais que ce type est un fou furieux.

Hugo ne me répond pas. Je l'appelle pour qu'il puisse me rassurer et m'avouer son canular mais vu l'heure matinale, je tombe sur sa messagerie. Je descends les marches comme si je traversais une brume épaisse. Mon corps me fait mal. Ma tête s'alourdit d'une subite migraine et je pense déjà à comment je vais faire pour être au meilleur de moi-même dans quelques minutes sur scène.

Alors que mon taxi arrive d'une minute à l'autre, je croise dans le lobby Irène et Guillemette Lacroix prête à accompagner ses marmots à l'école. J'ignore si la concierge a vu le tableau réapparaître dans les parties communes mais je ne tiens pas à en parler. Je me contente de saluer les deux femmes et le petit garçon tandis qu'Irène tenant d'une main son balai frottoir me répond d'un sourire.

Alors que je continue ma route, la voisine du 3e interrompt ma trajectoire, plantant ses yeux torves dans les miens :

— Il faut que nous nous parlions, non ?

— Que voulez...

D'un coup, je ne sais plus si Guillemette et moi sommes déjà passées au tutoiement mais je tente quand même :

— ... pardon, que veux-tu dire ?

— J'attends ta visite depuis la fin de la semaine dernière, on était convenues de se prendre un moment.

— C'est vrai ! Pardon Guillemette, je suis confuse. Je suis en pleine audition cette semaine, notre entrevue m'est complètement sortie de la tête.

D'un air hautain, Guillemette me regarde, ses yeux semblent être comme deux inspecteurs scrutant le moindre détail, le moindre pli de vêtement, la moindre note de maquillage sur mon visage. Gênée par la situation et prise à témoin par Irène, je redis :

— Désolée, vraiment désolée.

La manche de Guillemette se fait tirer par la main de son gamin, anxieux d'arriver en retard à l'école, mais sa mère ne bouge pas d'un cil. Imperturbable face à moi, elle finit par sortir :

— Il faut vraiment qu'on pense à une installation phonique des plafonds.

Me voilà prise au dépourvu.

— Une isolation phonique ? Pardon ?

Voyant mon étonnement, Irène ajoute poliment :

— Ah ça les vieux immeubles, on entend tout, les murs sont plus que fins que du papier.

La concierge semble au courant des intentions de la voisine du 3e qui passe son temps à se plaindre à celui qui veut l'entendre. Froidement, celle-ci finit par lâcher :

— Moi le bruit, au fond, ça ne me dérange pas, renchérit-elle. Mais ce qui commence à me déranger par contre, ce sont les mouvements constants, les bruits de pas du matin au soir, surtout la nuit, c'est insupportable.

— Attends, là, tu sous-entends que je marche la nuit ?

— Soit tu es prise de troubles du somnambulisme, soit quelque chose ne va pas, Sélia ! Le résultat c'est que je t'entends toute la nuit depuis des jours et j'en peux plus, j'ai des gosses et j'ai besoin de dormir.

Décontenancée par les propos de Guillemette, mon corps marque un recul. La voisine me fixe, attend ma repentance mais quoi lui dire ? Elle fabule et Irène se demande bien qui croire maintenant. L'un de ses gosses tire toujours sur la manche de sa mère, impatient, mais Guillemette Lacroix ne bouge pas. Elle veut me voir présenter des excuses pour mes supposées noubas nocturnes. Elle est complètement à côté de la plaque.

De l'autre côté de la porte à heurtoir, le chauffeur de mon taxi klaxonne trois fois pour signaler sa présence et je disparais en disant d'une voix nette :

— La nuit je dors, Guillemette, mais crois ce que tu veux.

— Mais regarde-toi, une vraie pro !

Devant les consoles de maquillage, Myriam me jette un regard admiratif. Elle se recule, non loin de sa collègue en pleine négociation avec Pénélope qui ce matin refuse la moindre poudre sur le visage.

— On dirait que tu as fait ça toute ta vie, c'est remarquable !

Gênée par les remarques de la maquilleuse-coiffeuse, je lui réponds d'un ton humble, sans vouloir la vexer :

— C'est pas sorcier de mettre une perruque, il suffit de trouver le bon angle, s'aider des barrettes comme il faut. Non ?

— Crois-moi c'est plus compliqué que ça en a l'air. La plupart des comédiens qui veulent se débrouiller seuls finissent avec un pastiche mis de travers sur la tronche, on dirait mon oncle Jean-Paul le soir de Noël, ha ha ha ! Pas joli à voir mais au moins ça nous fait rire dans les loges.

Le duo de coiffeuses se met à rire devant la moue inflexible de Pénélope.

— Pitié, juste un peu de crème ici et là, ça ira, j'ai pas besoin non plus de ressembler à la reine Victoria pour une putain de répétition… dit-elle indignée.

Pénélope est d'une humeur massacrante et Luce arrive en plein malaise, sans comprendre ce qui se passe. La jeune assistante me prend à part. Elle voudrait savoir si je suis à l'aise avec l'idée de faire le premier solo sur scène. Sur la bande-son préenregistrée de « Si j'étais elle ».

— Hier soir, l'équipe s'est dit que tu étais la plus qualifiée pour ouvrir la voie. C'est un exercice important pour la prod, cela permettra aussi à Pénélope et Elisabeth de trouver leurs marques après toi.

J'accepte de me sacrifier en premier sur l'autel de l'audition. Et puis, autant se jeter à l'eau tout de suite. Je préfère ne pas attendre toute la matinée à angoisser. D'autant que j'ai l'esprit retourné par les premiers déboires de la matinée.

Avec distance, Luce me remercie et, la nuque droite, elle tourne les talons. Un coup d'œil à mon sac, j'attrape mon téléphone. Pas de message de Hugo. Qu'est-ce qu'il fout ? En train de décuver sûrement… Ou peut-être en plein after matinal, ça ne m'étonnerait pas. Pas de message non plus de L. sur Instagram. Le réseau indique que le profil ne s'est pas connecté depuis une douzaine d'heures.

Dans les couloirs du théâtre, Pénélope encore en loge à tergiverser avec les maquilleuses, je croise Elliot et Jeanne qui assistera aux répètes ce matin. La directrice de casting me serre d'une franche accolade tandis qu'Elliot se contente de me mettre la pression :

— Alors prête, Sélia ? On a prévu de quoi filmer les essais sur la chanson, ça ne te dérange pas, j'imagine. T'as l'habitude non ?

Devant les deux professionnels, je me gonfle d'une assurance empruntée aux plus grandes comédiennes et je dis d'une voix faussement assurée :

— Bien sûr, aucun problème. Je n'ai jamais été aussi prête.

Un dernier coup d'œil à mon téléphone – pas de notification – et je traverse le couloir menant à la scène. Luce chuchote à l'oreillette pour annoncer ma venue suivie de celle de Pénélope. Je suis surprise de ne pas retrouver Elisabeth avec Dove et Giuliano. Les deux types discutent avec deux chefs op chargés des éclairages pour la matinée. En nous voyant, ils nous saluent d'un mouvement de main et nous indiquent où nous placer sur les croix marquées au scotch noir sur la scène. Au milieu de celle-ci, une caméra 4K sur pied prête à capter notre image. Je tremble à l'idée d'y passer mais toutes ces journées de répétition m'ont permis de croire que je n'étais pas la vieille chanteuse larguée que je croyais être.

Agatha Pimms apparaît depuis le jardin. Elle nous demande si Pénélope et moi avons bien dormi. Comme toujours, la coach est enjouée, son visage paraît bien plus détendu que l'air arboré par Pénélope.

— On commence par un petit échauffement. Comme d'hab ?

— Vous savez où se trouve Elisabeth ? On commence sans elle ?

Pénélope paraît visiblement intriguée par l'absence d'Elisabeth ou peut-être gagne-t-elle du temps avant de passer devant la caméra.

Sans avoir de réponse, Agatha se tourne vers Luce qui hausse des épaules comme pour dire qu'elle n'en sait rien non plus. Dove nous observe depuis le balcon et fait signe à Luce d'appeler Elisabeth sur-le-champ.

— C'est son troisième retard en quatre jours. Dis-lui bien que si elle ne déboule pas dans les dix minutes, elle est out. Définitivement.

— Définitivement ? répète Elliot, étonné de la sévérité de son acolyte.

Et Dove reformule la sentence :

— Définitivement.

La phrase menaçante arrive jusqu'à la scène comme un blizzard et Luce disparaît, son petit téléphone surmonté d'une coque rose fuchsia à la main.

— On y va ? enchaîne Agatha pour tenter de dissiper l'ambiance lourde. Allez : *Trois tortues trottaient sur un trottoir très étroit, Trois petites truites non cuites, trois petites truites crues, Seize jacinthes séchant dans seize sachets secs…*

Pénélope et moi répétons comme deux bonnes élèves appliquées et Agatha nous corrige :

— Plus articulé. On ar-ti-cu-le. N'oubliez pas que vous allez chanter pour une salle qui abrite 1 600 personnes. Vous serez Shéhérazade pour le premier rang mais aussi pour le dernier. Je veux que la petite dame toute planquée au balcon entende distinctement ce que vous racontez !

Pour parfaire notre diction, Agatha nous fait passer des airs d'opéra italien où des voix de tête semblent transpercer le plafond.

— Vous voyez là ? Comme ça ?

Pénélope fait semblant de connaître l'air qui passe sur le vieux boombox de la coach quand moi j'essaie seulement de déchiffrer les quelques notes.

Derrière, Giuliano et Dove nous observent avec attention.

— Il ne faut pas non plus tomber dans l'excès qu'est l'exagération labiale : ce n'est pas la déformation artificielle des lèvres qui améliorera votre prestation, bien au contraire ! Vous devez poser votre voix grâce au pharynx et pensez à votre arrière-gorge, oui voilà, comme ça, parfait, continue c'est super, Pénélope !

Assis sur les sièges en velours du premier rang, Dove et Giuliano nous scrutent, ils se murmurent des choses à l'oreille et je réalise que chaque moment sur scène, chaque chant, chaque exercice est un motif de sélection pour cette audition permanente.

— Répétez après moi : *Je veux et j'exige d'exquises excuses. Tes laitues naissent-elles ? Si tes laitues naissent, mes laitues naîtront.*

Je répète l'histoire des laitues et Agatha hoche fermement du menton pour me dire qu'il faut continuer.

— Il faut travailler plus autour de la voyelle. Lai-tue, lai-tue. Gagnez en souplesse. Toi, Pénélope, trouve le squillo, travaille tes *o* et tes *oui,* on est dans *Les Mille et Une Nuits*, il nous faut des sons purs, mélodieux, qui sentent le camphre et le miel.

Avant d'être coach, Agatha était musicologue et cela se voit. On en apprend un rayon avec elle et mon art du chant paraît évoluer de jour en jour.

— Entonnez *yor, yé, yor, yé, yi* pour trouver la position linguale idéale. Chantez *gnor, gné, gni* pour travailler le repositionnement de la langue.

Les exercices s'enchaînent et toujours pas d'Elisabeth. Je commence à m'inquiéter. Luce revient quelques minutes plus tard et fait signe aux producteurs qu'elle n'arrive pas à la joindre.

— Insiste, déclare Elliot enfoncé dans son gros fauteuil. Elle va arriver, j'en suis sûr.

Et une question me vient en tête. Elliot en est-il sûr parce qu'il fréquente la belle Elisabeth en dehors de la scène ?

— On ne va pas poireauter des heures, ajoute Dove excédé. On a les essayages costumes ensuite et les prises de voix. Dans son dossier, elle a dû laisser le numéro d'une personne de confiance. Appelle. On règle la question ce matin.

Dove est furax et Elliot a l'air anxieux, presque inquiet. Il jette un regard consterné dans le vide.

— Comment donner sa chance à une chanteuse qui n'est jamais là quand il faut ?

L'aveu de Dove parvient jusqu'à nos oreilles et cela m'attriste. Elisabeth est une jeune fille sérieuse et dévouée. Je ne comprends pas ses retards. Elle avait juré de ne plus se laisser avoir par le temps. Elle savait que ces derniers jours étaient cruciaux pour elle.

— Allez plus d'élan, plus de rythme, reprend Agatha qui ne veut pas perdre une minute de plus. Non, Pénélope, non, recommence *gnor, gné, gni*.

A mes côtés, la rousse reprend en articulant les sons mais ses yeux expriment une profonde lassitude. Par ma carrière, je ne suis en rien désarçonnée par ce coaching répétitif mais Pénélope ne semble ne pas tenir la cadence. D'un geste solidaire, je lui montre.

— Garde bien ta langue à plat, regarde. Tu la mets non loin des incisives du bas et le tour est joué.

Agatha m'adresse un regard bienveillant, l'air de dire que ce n'est pas si courant que les chanteuses s'entraident alors qu'elles visent le même rôle. Pénélope reproduit mon geste sans un regard. Au même moment, mon téléphone se met à vibrer. J'y jette un œil furtif alors que Pénélope répète les sons imposés. Mais Agatha me prend sur le fait.

Un sms de Louise :

> Je ne pense qu'à toi, je sais que je ne devrais pas. Peut-on se voir ? S'il te plaît, dis oui, jolie déesse.

Je range mon téléphone alors qu'Agatha, sans formuler la moindre remarque, laisse passer. Docilement, je reprends le chant avant de réaliser soudainement.

Louise vient de citer l'expression phare de L.

Comment y croire ? *Jolie déesse ?* Louise qui ne daigne jamais laisser échapper la moindre gentillesse, la moindre tendresse, finit par m'embrasser dans sa cuisine alors que Diane roupille, et voilà qu'elle me contacte à présent et me donne des noms doux. Et pas n'importe quel nom doux. Celui vénéré par L., mon harceleur.

L., comme Louise ?

Non. Je refuse d'y croire.

Impossible.

Agatha termine la séance d'échauffement et m'annonce qu'ils vont à présent me faire tourner mon essai sur « Si j'étais elle ». Puis-je trouver pire moment pour enfin faire mes preuves ? Mais l'équipe m'attend et tous me font signe d'y aller.

Giuliano s'en va allumer la caméra, lance le signal aux ingés du son installés dans leur nid là-haut de balancer les premières notes.

— Quand tu veux, Sélia.

Quand je veux. C'est maintenant. Je n'ai pas le choix. Je mets toutes mes forces pour oublier L., Louise et le reste. Je me connecte spirituellement à ma chanson. Pendant trois minutes et six secondes, je dois faire abstraction de ma vie entière. Je chante. Je suis dans la peau de mon héroïne. Dans l'étendue déployée devant moi en horizon, je ne vois ni Dove ni le metteur en scène, ni personne, ni même ma rivale qui de ses grands yeux pâles me fixe obstinément. En chantant l'histoire de Shéhérazade, je scrute la grande colonne du fond de la salle, comme une âme bienveillante qui me regarde chanter, et je pense à meilleur ami, Diane ou bien Ju…

La bande-son se termine en un *do* prolongé et l'équipe me remercie.

— Formidable, Sélia, du bon boulot, lance Agatha, suivie d'un bravo à bas volume prononcé par le scénographe.

Tout en chuchotements, Dove et Elliot discutent entre eux, Elliot parle et Dove l'écoute attentivement. Je crois que c'est maintenant que ça se joue pour moi.

Alors qu'Agatha me fait signe de la rejoindre au parterre, Pénélope se lève et prend place sur la croix qui fait face à la caméra.

C'est à son tour.

Dove fait signe aux ingés de relancer la musique et Pénélope ferme les poings, cherche un silence intérieur, prête à chanter. Au même moment, Luce apparaît en catastrophe en fond de scène. Elle fait un grand geste affolé en direction des deux producteurs. Et annonce d'une voix déchirante :

— Elisabeth ne viendra pas. Elle ne viendra pas.

Dans un son de gorge étranglé, Luce prononce deux fois cette phrase avant de pouvoir formuler :

— Il y a eu un incendie. Chez elle. Cette nuit. Tout a brûlé. Elle est à l'hôpital. Elisabeth est entre… la vie et la mort.

— Un incendie, comment ça ? Non pas un incendie ! Pas un incendie, c'est pas possible !

Toute l'équipe est sans voix, meurtrie, abasourdie par la nouvelle. D'une petite voix douloureuse, je m'entends répéter ces mots fantômes à moi-même. Incendie, pas un incendie. Tous me regardent d'un drôle d'air. Je dois garder mon calme. Mon sang-froid. Ne rien dire. Pour Elisabeth.

Autour de moi, l'équipe est murée dans un silence pesant. Stupeur générale. C'est le brouillard absolu. J'ai beau chercher à me calmer, tout mon corps se met à trembler, mes mains s'agitent sur mes genoux, comme secouées de spasmes. Sur la scène, Pénélope ne finira pas sa chanson, Giuliano éteindra la caméra et Elliot disparaîtra du théâtre en grandes enjambées, la mine totalement dévastée.

Par les coulisses, Jeanne et moi quittons à notre tour la salle alors que Dove est déjà pendu au téléphone. Luce, Pénélope et Agatha nous rejoignent rapidement dans le grand hall du théâtre. Personne n'ose parler. Nous contemplons tous le vide et l'épaisse moquette en pensant à cette jeune femme exceptionnelle, sans savoir quoi faire.

Quelques instants plus tard, alors que Luce propose un verre d'eau à ceux qui sont là, Elliot réapparaît et ses yeux sont gonflés, sa voix complètement anéantie.

— On s'arrête là quelque temps. On a tous besoin d'encaisser la nouvelle. Il faut prier pour Elisabeth, et quant aux *Mille et Une Nuits*…

Elliot prend une pause, regarde si Dove à ses côtés l'incite à continuer, mais celui-ci reste muet et immobile, laissant la main à son partenaire :

— On va se concerter chez Broadway and Co pour adopter une marche à suivre. Bien sûr, le spectacle sera maintenu, on ne peut rien annuler. Mais on en reparle très bientôt. Pour le moment, nos pensées vont à Elisabeth et à ses proches.

Sans même réfléchir, je m'avance d'un pas vers l'équipe et sors lentement de mon silence.

— On peut savoir où est hospitalisée Elisabeth ? Si on peut la voir ? Je crois que j'ai besoin de la voir.

Dove et Elliot se retournent vers Luce qui, dans une gestuelle de petite fille, répond :

— Sa mère au téléphone ne m'en a pas parlé, elle était sur le point de prendre le RER pour Nation, j'en déduis que c'est par là-bas que doit être hospitalisée Elisabeth.

— De toute façon, poursuit Dove, il faut laisser la famille et les proches d'Elisabeth affronter cette épreuve dans l'intimité avant de prendre très vite d'autres nouvelles par téléphone… On vous tiendra bien sûr informés.

Pénélope et Agatha ainsi que la directrice de casting et le metteur en scène décident de partir au café près du Théâtre, là où nous nous rendons le midi pour déjeuner.

— Tu viens, Sélia ? On prend un café histoire de se serrer les coudes ? me propose Giuliano.

— On a besoin d'être ensemble, ajoute Luce, c'est un moment difficile.

— Mais prends le temps qu'il te faut, intervient avec sa bienveillance légendaire Agatha, on sait à quel point tu es proche d'Elisabeth…

J'accepte de me joindre au groupe mais une fois sur place, je change aussitôt d'avis. Je ne me sens pas d'être là. Mes gestes paraissent atrophiés, mes mots emmaillotés les uns aux autres.

— Je… je… je vais prendre un taxi, finalement. Besoin d'être seule. Je suis désolée. On se voit plus tard, courage à tous.

D'un regard préoccupé, les autres me laissent partir et, quelques minutes plus tard qui me paraissent être des heures, je trouve refuge chez moi. Etrangement, je n'ai plus l'impression d'un refuge. Je me sens épiée, étrangère dans mon propre appartement. J'écris à Yann et Hugo pour leur demander de les voir ce soir, je n'ai pas envie de rester dans cet endroit que L. a envahi. L. qui est probablement responsable de ce qui vient de produire. L. qu'il faut arrêter au plus vite.

Pour le moment, mes pensées vont et viennent. Anarchiques, emmêlées, complètement à l'ouest. Alors que j'écris mes peurs les plus tenaces dans mon journal intime, je finis par m'endormir et je disparais dans les sables mouvants du sommeil tout l'après-midi.

En un lent réveil douloureux, mon téléphone sonne.

C'est Hugo.

— Je viens d'avoir tes messages, mon bateau. Comment tu vas? Tu tiens le choc? Je passe te voir? Tu seras chez toi ou chez Yann? Tiens-moi au courant, je sors de la rédac à 18 heures.

Une heure plus tard, Hugo me retrouve alors que je prends quelques affaires pour trouver refuge chez Yann. A l'interphone, son visage m'apparaît comme un grand réconfort.

Tant bien que mal, j'enfile un vieux vêtement qui traînait au fond de ma penderie, laisse ouvert mon journal intime au milieu du tapis du salon et pars retrouver mon meilleur ami. En bas, Hugo me prend dans ses bras. Dans un effort surhumain, je fais tout pour retenir mes larmes.

— C'est ma faute, c'est ma faute, Hugo. Si Elisabeth est entre la vie et la mort, c'est à cause de moi.

— Ne dis pas ça.

— C'est moi, je te dis. Le feu follet, L. avait dit. L avait prévenu. Et je n'ai rien fait.

— Tu ne pouvais pas prévoir qu'il allait passer à l'acte. Si c'est bien ce malade qui a fait ça, tu dois prévenir la police.

Hugo m'accompagne d'un pas lent à sa voiture, je ne sais plus comment marcher, quoi penser, le simple fait de tenir debout relève du miracle.

D'une voix éteinte, alors qu'Hugo prend la route, je me tourne vers mon meilleur ami et lui dis :

— Si je vais à la police, tout le monde va croire que je suis responsable, que j'ai laissé faire.

— Non Sélia, ils se diront que tu fais ce que tu peux pour arrêter ce taré. Les gens comprendront.

Pour Elisabeth, ça s'est fait lentement, prudemment. En trois étapes. Seulement trois.

La première pour L. était de mettre la main sur le compteur électrique. La fameuse panne de réveil. La panne tout court. Celle qui prend de court au petit matin et qui ensuite agace tout le monde tant on a l'impression que l'excuse est bidon.

L. n'ayant pas accès à l'appartement personnel d'Elisabeth, L. a jeté son dévolu sur le compteur de l'immeuble. Ces petites boîtes carrées et grises posées à l'intérieur de chaque colonne, situées à chaque étage, notamment dans le couloir d'Elisabeth, juste à côté de sa porte.

L. est entré dans l'immeuble grâce à la porte calfeutrée par ses soins. Un simple bout de métal glissé dans l'applique de la porte pour empêcher la fermeture. Sans bruit, L. s'est rendu devant la boîte, au deuxième étage, tout près d'Elisabeth qui dormait à poings fermés.

L. a collé son oreille contre la lourde porte couleur bordeaux. Un instant, L. a cru qu'Elisabeth était debout. L. semblait entendre une voix lointaine résonner depuis une pièce, comme si Elisabeth chantait. Pris de peur,

L. s'est refugié à l'étage du dessus. Il ne fallait surtout pas être vu. Etre entendu.

Mais il était 4 heures du matin et personne ne chantait à cette heure-ci. Tout le monde dormait. L. est alors passé à l'acte. L. a sorti son matériel de sa besace et a improvisé.

Aiguille, trombone, ticket de métro ou aimant, il y avait plusieurs techniques qui permettaient de dérégler un compteur. Encore fallait-il y accéder.

Cette fois, L. faisait face à un compteur. L. a réussi à desserrer la vis d'excitation, des câbles étaient branchés en amont mais il fallait accéder au circuit principal. La technique était risquée car l'ensemble était plombé. Mais d'une main agile, L. a coupé les fusibles du branchement à la pince. La lumière du couloir s'est éteinte aussitôt. L. a replacé le coffret à son endroit et, allumant sa petite lampe torche, a fichu le camp. Plus d'électricité. Dans la nuit, les réveils allaient s'éteindre et tous les téléphones se décharger ou presque. Les non précautionneux rateraient leur réveil au petit matin. L. n'a pas pu s'empêcher de rire de sa petite sournoiserie et avant de partir a même glissé un petit bout de chewing-gum dans la serrure de la porte d'Elisabeth, histoire de lui compliquer la sortie.

Le lendemain, même heure, tandis que deux chats noirs rôdaient dans l'impasse plongée dans la pénombre, L. s'en est pris cette fois à la voiture d'Elisabeth.

Vroum vroum.

Cette étape était donc la plus simple. Bidouiller la vieille bagnole garée au fond de l'impasse devant le dépôt de la Poste. Pour ça, L. avait l'embarras du choix : débrancher les fils d'alimentation de la bobine, retirer l'excitation de l'alternateur, griller un fusible, tirer un câble de bougie, desserrer le collier d'une durite de refroidissement, crever un pneu, couper la batterie à clé à l'intérieur du capot.

Le plus simple fut d'ouvrir le bouchon à essence et de mettre dans le réservoir un peu de sucre. Idéal pour anéantir le circuit de carburant et oxyder la pompe et les injecteurs.

Panne assurée.

En dix secondes, le tour était joué. Les mains encore propres, L. a pu mettre les voiles avant même que les deux chats noirs ne le voient.

La troisième étape était de loin la plus dangereuse.

Feu follet.

Avec son jerricane, entre 2 h 30 et 2 h 40 du matin, L. s'est rendu dans le couloir d'Elisabeth là où L. avait déjà trafiqué le compteur plombé. Comme s'il remplissait un grand verre d'eau, L. a déversé de l'essence sur le palier. Un litre à peine, peut-être moins. Juste histoire d'embraser le couloir et de faire peur à Elisabeth.

Une allumette plus tard, une longue et maigre flamme bleue s'est mise à lécher le sol. L. s'est précipité dans les escaliers. En quittant le quartier, L. a jeté sa cagoule et a appelé en anonyme les pompiers. L. a donné l'adresse exacte en disant : je sens le brûlé, je suis au deuxième étage, venez vite.

Parce que L. n'avait pas l'intention de tuer Elisabeth. L. voulait l'effrayer, la faire sortir de sa tanière quitte à la traumatiser un bon coup. Comme L. avait réussi à traumatiser Pénélope. Enfin L. le croit. C'est ce qui devait se passer. Mais L. n'en est plus sûr.

Quand L. passe à l'acte, tout devient trouble. L. devient quelqu'un d'autre.

Un personnage.

L. a appelé les pompiers, oui.

Mais L. s'est trompé dans le numéro de rue.

Ils se sont d'abord rendus au 23. L. leur avait dit le numéro 23 mais le feu s'est déclaré au 32.

Pile de l'autre côté de l'impasse.

— A partir de ce soir, tu ne dors plus seule, tu m'entends ? Je t'organise une garde rapprochée avec les moyens du bord.

— Et demain à la première heure tu te rends au commissariat, c'est compris ?

— Dès que quelque chose de louche se passe, tu appelles la police. Tu m'appelles. Tu nous appelles.

— Ou tu appelles ta manager.

— Tu fais hyper gaffe. Regarde toujours derrière toi.

— Ne te connecte plus à tes réseaux, plus de signal de vie, plus de possibilité de te pister, de te faire du chantage ou j'en passe.

— Surtout tu n'écris plus à ce mec, ça fera qu'empirer les choses !

— Et préviens tous les gens que tu connais. On sait jamais.

— Si, Sélia, on sait jamais.

— Tu as pensé aux cours de self-défense, c'est très à la mode, t'as qu'un mot à dire pour que je nous inscrive, toi et moi, dès lundi soir.

La soirée chez Yann se passe comme une nuit de tempête agitée où Yann et Hugo débitent des recommandations à la vitesse de la lumière.

Leurs mots me réconfortent mais tous ces conseils glissent sur moi. Etrangement, Yann est bien plus préoccupé que je ne l'aurais pensé. Il n'aime pas me savoir aux mains d'un type qui met tout en œuvre pour arriver à ses fins. Je ressens même une pointe de jalousie de sa part. Comme si la quête de pouvoir de L. était la sienne. Ou lui faisait de l'ombre.

Yann nous sert du vin. Pendant trois heures, nous buvons tandis que mon meilleur ami et mon copain me font des leçons de self-défense et me citent les scènes les plus cultes de films où l'héroïne s'en tire de justesse face à son agresseur. Dans le genre finesse psychologique, j'ai connu mieux. Mais si j'avais eu envie de profondeur, je serais allée voir Diane ce soir. Diane et Louise. Louise qui m'a laissé ce message. Encore une autre histoire que je m'apprête à leur raconter.

— Toi, quand tu fais cette tête, c'est que tu as une idée farfelue à raconter, je te connais par cœur.

— Mais tu as raison, c'est une idée folle.

— Accouche, alors.

— Mais c'est une idée folle.

— Dis-nous toujours, insiste Yann.

— Louise.

— Quoi, Louise ?

— C'est qui Louise ? demande Yann un peu perdu.

— La meuf de sa manager, lui répond Hugo, trop pressé de savoir pourquoi une telle lubie me vient en tête.

Face à mon binôme d'enquêteurs, je prends une longue inspiration et leur raconte la soirée d'il y a deux jours avant de leur lire le texto de Louise.

Assis côte à côte sur le canapé d'angle, Hugo et Yann n'en croient pas leurs oreilles.

— Pardon, tu déconnes là??

— Répète un peu ça!

— Elle t'a écrit «je pense trop à toi ma jolie déesse» la lesbienne, là?

— Dis-donc Hugo, «la lesbienne» elle a un nom, je t'appelle «le gay», moi?

Yann marque un point dont je suis la première étonnée. Ce mec est cent fois plus tolérant que ce que j'avais soupçonné.

— Tu es certaine que c'est mot pour mot ce que te dit ce taré dans ses messages?

Pour prouver que je ne suis pas si parano que ça, je montre à Yann et Hugo les messages de L. reçus sur Instagram. Les deux se mettent à parcourir cette drôle de conversation d'un air de diable.

— Putain, tu as raison.

— Il y a des *jolies déesses* partout.

— C'est flippant.

— Ou c'est un hasard pur?

Yann essaie de tempérer la situation pour que nous ne partions pas dans un délire absolu. Il a raison. Cela pourrait être une coïncidence. Tirée par les cheveux, mais une coïncidence tout de même.

— Cela dit en y réfléchissant, L. pourrait être une fille, pourquoi pas, tu as raison. En tout cas, comme Louise, quelqu'un de ton entourage…

— Une fille? Mais c'est toujours les mecs, les vermines! s'exclame Hugo. Enfin, quand je dis mec, je pense aux hétéros blancs cisgenres bien sûr…

— Bien sûr, répète Yann en se moquant.

— Ben quoi, c'est vrai, non? Tu en connais beaucoup des serial killers qui sont soit des meufs soit des gays?

— Luka Magnotta par exemple?

— Tu marques un point, fait Hugo en se rappelant cette sordide histoire de tueur cannibale canadien. Mais dis-moi, t'as l'air calé niveau histoires criminelles. Si ça se trouve, c'est toi L.

D'un air sournois, Hugo cherche la petite bête mais provoque l'hilarité totale de Yann qui se met à pouffer cinq minutes, son verre à la main.

Hugo renchérit, pour le plaisir :

— Et du côté des femmes?

Dans l'angle du canapé, Yann se met à réfléchir. Il cherche dans sa mémoire les quelques histoires sordides qui auraient pu être causées par des femmes.

— Amanda Knox?

— L'étudiante américaine qui aurait tué ses colocs lors de son Erasmus?

— Tu vois qu'il n'y a pas que moi qui aime les histoires de crime!

— On a parlé partout de ce fait divers et je ne crois pas qu'Amanda Bidule ait été reconnue coupable, au final.

— Alors Hélène Jegado?

— C'est qui celle-là, lance Hugo, l'air de dire qu'il n'a pas envie de continuer la conversation si c'est pour perdre le débat lamentablement.

— Une empoisonneuse française. Elle a été accusée d'avoir attenté à la vie de 97 personnes, dont soixante ont succombé. Une vraie serial killeuse pour le coup.

— Ah ouais, la vache. C'était quand?

— Au XIXe.

— Une éternité quoi.

Pour mettre fin à cette querelle absurde, je propose à Yann et Hugo de changer de discussion. Trop glauque pour moi. Je ne veux pas parler de toute cette histoire des heures et des heures. Parce que dès que l'on commence à alléger le ton, je pense à Elisabeth. A ce qu'il s'est réellement passé.

Pour détendre l'ambiance, Yann met un vinyle de Joni Mitchell en fond sonore mais mon meilleur ami semble vouloir poursuivre le débat :

— Yann a raison sur un point. Il y a des chances que cette personne fasse partie de ton entourage. Personne ne t'a semblé étrange ces derniers temps ?

— Tu veux dire à part toi ?

— Moi aussi je t'aime, mon bateau.

— Non, rien ni personne, réponds-je très sérieusement. Mais je n'ai jamais réfléchi à ça. En fait, vous m'en voulez si je vais me coucher ? Honnêtement, tout ça m'épuise, vous n'avez pas idée.

Sous leur regard bienveillant, je pars me réfugier dans la chambre de Yann et, quelques minutes tard, Hugo installé dans le canapé convertible du salon et Yann à mes côtés, le silence peut régner. Et dans ce silence-là, je me sens entourée, protégée. Comme dans une famille que je n'ai pas eue.

Au lit, Yann se blottit contre moi, dépose un baiser furtif sur ma clavicule et s'endort tout de suite. A la lumière de la lampe, je reste en alerte, les yeux en constant éveil. Je pense à l'incendie. Je pense aux incendies. Et dans l'image des flammes, je saisis mon journal et j'écris. J'ai peur car tout est jaune. Ardent et terrifiant. Et tout brûle comme avant.

A la gomme, je fais disparaître ces dernières phrases.

ACTE 3

Salut final

— On a quoi ?

La capitaine Delaume, une petite femme énergique au minois acéré comme une lame de couteau, débarque dans la salle centrale où le commandant divisionnaire Serra assisté du commandant Pingeot répartissent les plaintes.

— Ah te voilà, Chloé ! s'étonne avec fausseté le commandant. On ne t'attendait plus. Encore une nausée matinale ?

— J'avais prévenu, chef. Rendez-vous médical. Je vous avais averti y a deux mois.

Dans la salle, ses deux bras droits, Sylvain et Petit Luc, acquiescent du menton pour soutenir leur capitaine. Mais Pingeot n'en fait pas cas.

— Une échographie, je suppose ? reprend-il devant tout le monde.

— Vous supposez bien… répond d'un air las Chloé.

Chloé est enceinte de six mois et depuis l'annonce de sa grossesse, la jeune femme de trente-six ans vit un calvaire. Le calvaire de tant de femmes enceintes qui continuent d'aller bosser sous le regard étriqué des hommes.

Chloé espérait plus de considération de la part de ses chefs. Elle est sortie dans les trois premiers de sa promo.

Ses trois premières années dans la police ont prouvé qu'elle était une flic habile, tenace, empathique avec ceux qu'elle appréhende. Ses chefs ont toujours misé sur elle, au grand dam de quelques collègues misogynes qui la surnommait *La suceuse*. Mais, indifférente, Chloé a tracé sa route, fait son bonhomme de chemin, comme dirait son père respecté, officier général dans la gendarmerie.

Derrière son pupitre et devant ses rangs, Pingeot ne prend pas la peine de répondre. Le commandant ignore Chloé et la laisse s'installer au fond de la salle, comme le cancre de la classe.

Sans attirer plus l'attention, Chloé ouvre son sac, se munit de son calepin et écoute les dernières affaires en cours : braquage dans une bijouterie dans le 15e, agression sur mineure, vols à la roulotte, attaque à l'arme blanche devant les Galeries Lafayette, viol en réunion dans un collège.

— Un collège, pfff, a murmuré Chloé en se rappelant ces années-là… On est que des gamins au collège, bordel.

— M'en parle pas, lui souffle à l'oreille Mika, un grand gaillard qu'elle apprécie depuis son arrivé dans le commissariat du 9e.

— Un souci au fond ? intervient Pingeot.

Chloé se tait aussitôt.

— Aucun souci, répond du tac au tac Mika pour essayer de mettre Chloé en dehors de ça.

— Très bien, alors le viol est pour toi Mika, et prend Éric et Moussa avec toi.

A chaque affaire, de petits clans se forment, se retrouvent et disparaissent de la salle. Après l'affaire du viol, on passe aux faits divers plus mineurs et Chloé sait parfaitement que depuis sa grossesse, les cas les plus bateau seront pour sa pomme.

— Harcèlement en ligne. Une jeune femme prétend se faire épier par un type. Micro, cadeaux. Lettres d'amour. Agression dans une cabine à UV.

Une cabine à UV ? C'est une blague, se dit intérieurement Chloé. On est où, là ? Chez les flics de Point Soleil ? Le commandant Pingeot termine la liste rapide de la plainte. Intimidations sur entourage. Menaces sur Instagram.

— Chloé, tu prends ?

La capitaine Delaume en était sûre. L'agression chez l'esthéticienne, c'est pour bibi, pense-t-elle en s'indignant. Mais Chloé se retient d'exprimer la moindre protestation.

— J'ai toujours aimé les lettres d'amour, dit-elle en montrant patte blanche.

— Vu ton état, je te crois, répond le boss. Bon, tu gères ça en deux-deux. Petit Luc et Sylvain, comme d'hab, vous faites équipe.

— J'oubliais, reprend le commandant Pingeot. La plainte évoque un incendie volontaire causé chez un tiers. Le même a priori que celui pour lequel s'est déplacé Mika hier matin. Tu vois avec eux. Tu rapproches les dossiers.

Chloé opine du chef, se lève de sa chaise, prête à déguerpir de la salle avec son histoire de cyber-harcèlement digne d'une série télé.

Je viens de le faire. Ça y est.

Porter plainte.

La dernière fois, ça remonte à… Je sais.

Ça remonte à mes seize ans, à peine. Quand il a fallu témoigner en mon nom pour… Je m'en souviens comme si c'était hier. J'avais dû me rendre au commissariat du 8e arrondissement de Lyon. Là-bas, tout était froid et glauque. Dans la petite salle au néon jaunâtre, l'officier m'avait scrutée de la tête aux pieds, moi si jeune dans ma jupe en jean, les Converse aux pieds, le haut Jennyfer qui s'arrêtait à peine au-dessous du nombril, et dans son regard, je savais que pour l'officier je n'étais qu'une sale gamine, une adolescente rebelle qui voulait faire chier sa famille.

Et puis j'ai déballé ce que j'avais à déballer. L'officier n'a pas moufté. Il a appelé une de ses collègues. Une femme. Il fallait. C'était mieux pour moi, l'agent avait dit. Par la suite, j'ai appris que c'était obligatoire lors de ce genre de procédures. Ensuite, tout le reste s'est effacé. Ma mémoire l'a mis de côté. Comme tant de choses de l'époque.

Ce matin, j'ai l'impression de reculer seize ans en arrière. Devant l'agent en tenue bleue, des fragments de vie me reviennent. Des réminiscences. Le grand sourire atroce du professeur Jeanssain après les cours de chant. La grande façade en pierre de taille derrière la forêt. Puis le regard bas de ma mère. Plus bas que les profondeurs de la Terre. Le chant resté intact dans la maison, à l'étage, dans la chambre, loin d'elle. J'entends encore les airs. Les mélodies. Celles qui m'ont sauvé la vie.

Ma déposition dure vingt minutes et, heureusement, l'officier ne m'a pas reconnue. Il a fait semblant, je crois. Bref et efficace, il m'a écoutée raconter mon récit, il m'a posé quelques questions au sujet de L. Il m'a demandé si cela m'était déjà arrivé. J'ai rapidement parlé de ce fan à Lille qui était aux premiers rangs de mes concerts. L'officier l'a noté, il notait tout ce que je disais, puis il a pris mon numéro. Il m'a dit que le commissariat m'appellerait probablement dans les jours suivants.

Probablement...

Je me sens étrange maintenant. J'ai peur. Peur pour tout, pour rien. Peur que la plainte soit classée sans suite. Peur pour Pénélope et Elisabeth aussi.

Dans la voiture, Yann m'attend.

J'ai tenu à ce que personne ne m'accompagne à l'intérieur du commissariat et Yann l'a compris. Il n'a pas insisté. Sur le parking, il éteint la radio et me regarde. Je n'ai jamais vu un tel regard chez lui. Un air tendre, empreint d'une sollicitude sincère et craintive, qu'il tente de masquer.

— Tu veux qu'on aille manger un bout? Le libanais comme pour nos six mois?

Je manque de tomber à la renverse. Nos six mois? J'étais à des années-lumière de penser que Yann connaissait la date de notre rencontre.

— J'aimerais beaucoup mais je dois partir.

— Tu t'en vas ? Mais où ça ?

— Comme la dernière fois. J'ai reçu un texto ce matin, il faut que je m'y rende, je n'ai pas le choix.

Yann ne me répond pas. Il ne cherche pas à en savoir plus. Il comprend que c'est mon histoire, mon domaine privé. Pourtant, je voudrais tant lui raconter. Mais je ne peux pas. Parce que, à partir de là, tout s'effondrerait.

En reprenant la route, Yann rallume la radio pour briser le silence et me reconduit au pied de mon immeuble. Il m'embrasse et ça dure quelques secondes que je prends une à une pour puiser dans mes ressources et ne pas perdre la face. Je sors de la voiture et, avant de fermer la portière, je dis à Yann un début de vérité :

— Je pars pour régler une vieille histoire de famille, ne t'inquiète pas. Je reviens vite.

La nuit en rentrant de chez Elisabeth, L. savait que tout prendrait fin ici et maintenant. A commencer par cet endroit. Sa planque, son repaire. L'endroit dédié à ses fantasmes et ses rêves. Sa Sélia plus éternelle que jamais.

Il fallait quitter ce lieu au plus vite.

L. a fait vite pour plier bagage. Comme lorsque L. s'est débarrassé du jerricane jeté dans la Seine, L. a ramassé les preuves les plus accablantes qui s'accumulaient depuis maintenant deux mois.

Le tournevis ensanglanté. Les photos de Pénélope et d'Elisabeth. Leurs emplois du temps. Leurs vies consignées dans des dossiers. Et puis ces postiches laissés sur la table. Les lentilles de couleur aussi. Le maquillage pour se grimer le visage ainsi que ces magazines où L. découpait dans les articles de grosses lettres de toutes les couleurs pour confectionner ses lettres anonymes.

Sa dernière lettre anonyme, L. l'a composée ce soir. Juste après l'incendie. A l'attention de Pénélope. La troisième lettre que Pénélope aura reçue. Autant que pour Elisabeth. L. avait pourtant les numéros de téléphone d'Elisabeth et Pénélope. Mais par souci de discrétion,

L. refusait de les utiliser. Minutieux, L. avait et savait tout de ces filles.

A Pénélope ce soir, pensant à ce qui vient de se passer, L. a formé cette phrase :

Disparais
loin
ou
tu
brûleras
encore
un
peu
plus

Dans un grand sac en toile, L. a récupéré ses biens personnels, sa brosse à dents, son shampoing à la biotine quand L. prenait le risque de dormir ici. L. a laissé 500 euros en liquide dans une grande enveloppe kraft et d'une main gauche, L. a écrit au propriétaire de l'appartement : «Je pars, voilà un petit complément pour vous remercier de cet accord particulier.»

Pour L., il ne restait qu'à se débarrasser du corps du vieux endormi sous son lit, mais comment ? Pas une mince affaire. Lui est venue l'idée de faire comme chez Elisabeth. Tout faire brûler. Boucler la boucle dans les flammes.

Mais L. s'est focalisé sur son mur de l'Amour. C'est sa pièce maîtresse, son bijou, son mausolée. Tous ces vestiges d'une rare beauté représentant Sélia dans ses plus belles poses. Non, L. ne pouvait pas y toucher.

Alors comment disposer du corps du voisin ? Pour la première fois, L. ne savait pas. Il ne fallait surtout pas qu'on puisse lier la mort du vieux à l'histoire de L. et de Sélia.

Vite, une idée. Quelque chose. N'importe quoi.
A court de solution, L. a regardé par la fenêtre.
Chez Sélia en face, tout était éteint ce soir-là.
Noir, calme et sans flamme.

Dans le bureau de Chloé, l'ordre règne. Rien ne dépasse. Pas même un trombone, une perforeuse, un Post-it sur lequel la flic aurait écrit un numéro de téléphone ou une vague idée qui lui aurait traversé l'esprit dans le cadre d'une enquête.

A ses côtés, Sylvain, son acolyte depuis le début et Petit Luc, un sportif de haut niveau, ancien jockey d'équitation arrivé de Marseille l'an dernier, discutent du dernier match OM-PSG. Sans les écouter, Chloé entre ses codes de connexion et s'empare de la plainte derrière son ordinateur.

Elle lit vite. En diagonale. Puis s'arrête.

— Qui a pris la plainte ?

— Un des agents en service ce matin, répond Sylvain, bien décidé à continuer ses piques contre l'Olympique de Marseille

— Je me doute bien, réagit la capitaine. Mais regardez comme c'est du travail bâclé.

Petit Luc et Sylvain s'interrompent et se rapprochent du bureau de leur cheffe. Tous deux avaient eu vent de la plainte avant que Chloé n'arrive au poste. Pingeot avait d'ores et déjà décrété que cette affaire serait pour eux.

En guise de punition. Mais pour ne pas mettre de l'huile sur le feu, les deux flics préfèrent ne rien dire et relisent rapidement le procès-verbal.

— Ouais, c'est fouillis, répond Luc, en se massant comme toujours les tempes

— A n'y rien comprendre, tu veux dire. D'une, un tableau d'art sur lequel un mouchard aurait été dissimulé. De deux, des messages d'amour flippants sur Instagram. *A priori* des lettres anonymes aussi, mais la plaignante ne les a pas en sa possession. Pourquoi ?

Sylvain et Petit Luc haussent les épaules sans avoir de réponse.

— Faut qu'on reprenne tout, déclare Sylvain en pleine dégustation d'un Kinder Bueno.

— C'est ton combientième ? lui demande Chloé en regardant l'emballage.

— Mon troisième !

— OK, donc au moins ton quatrième. Tu t'empiffres plus qu'un ado, c'est dingue.

— C'est ça ou je reprends la cigarette… répond Sylvain habitué aux jugements affectueux de sa cheffe.

Chloé se met à leur sourire. *Enfin*, se disent les deux flics. Faut dire que depuis sa grossesse et les perpétuelles réprimandes, Chloé en bave sévère. Et eux deux refusent d'être un poids supplémentaire.

— Et donc, selon la plaignante, deux femmes de son entourage auraient été agressées par le harceleur présumé. A sa connaissance, elles n'ont pas déposé plainte. Va falloir les contacter fissa.

— Le hic…

— Oui, je vois. L'une d'elles serait à l'hosto. Le fameux incendie du 10e.

— On y va?

— Faites-moi venir Mika s'il est toujours dans le coin. S'il a des infos, on pourrait déjà partir sur des bases concrètes.

Petit Luc disparaît par la droite glaner les premières infos auprès de leur collègue tandis que Sylvain se rapproche de Chloé :

— Elle fait quoi, la plaignante?

— Attends. Je regarde. Profession : artiste.

— Ça veut tout et rien dire, ça.

— Elle parle d'auditions dans le procès-verbal. Les deux femmes agressées participaient avec elle à un je-ne-sais-quoi, un concours musical. Quelque chose comme ça.

— Une comédie musicale?

— Peut-être, je suis pas experte.

Sylvain se poste derrière l'épaule de Chloé pour parcourir le fichier numérique.

— Attends, c'est comment son nom déjà? Scrolle tout en bas, là, voilà.

— C'est signé Sélia Bourgeois.

— Attends, tu crois que c'est la chanteuse Sélia?

— Qui? Je connais pas, avoue la capitaine

— Mais si, enfin. Elle était partout y a quelques années. Elle a gagné la Star Ac.

— Tu sais que j'ai pas la télé.

— Tape Sélia Bourgeois sur Google.

La capitaine Delaume s'exécute sur-le-champ et découvre le visage de Sélia Bourgeois, nom de scène, Sélia. Avec un S.

— Apparemment, Sélia Bourgeois est bien notre chanteuse harcelée.

— Une affaire avec des stars, ma première ! s'exclame Sylvain, grisé. Si Pingeot avait su ça, jamais on n'aurait récolté le bébé.

Derrière son ordinateur, Chloé acquiesce et sourit. A croire que l'affaire n'est pas si banale que ça.

— Mika, un incendie récemment, ça te parle ? demande Luc au débotté alors que son collègue prend le chemin de la sortie du commissariat.

— Quelle rue ???

— Impasse Delepine.

— Bien sûr, mes hommes sont dessus.

— Incendie criminel ?

— Oui, ça en a tout l'air. Le foyer est parti du couloir du deuxième étage. Pas de surchauffe des fils électriques. Pas de défaillance de l'isolation. Les experts planchent dessus mais ça ressemble à un type vénère venu régler ses comptes à coups de litrons d'essence.

— Il y a des victimes ?

— Une seule.

— Elisabeth Belmontet ?

— Oui, je crois que c'est son nom. Mais comment tu… ?

— On a une drôle d'affaire dans les pattes, Elisabeth Belmontet fait partie des potentielles victimes, en tout cas elle est centrale dans l'affaire. On va devoir fusionner les deux dossiers et prendre la suite.

— Pas de souci, j'attends juste le go de Chloé.
— Elle t'appelle dans une heure. Et dans son jargon, ça veut dire vingt minutes.
— Ou dix, répond Mika en souriant, je la connais, la Delaume.

Les flics m'ont demandé une chose : garder mes distances avec L. Mais ça a été plus fort que moi. Sur le long trajet qui me conduit au centre, je fais une pause sur une aire d'autoroute. Je remplis le réservoir d'essence, achète un sandwich club sous vide et une canette de Sprite et, dans un accès de rage, j'écris des messages à L.

« Ordure, salaud, enfoiré, je viens de te balancer ! »

« T'es mort, tu vas payer ! Je disais rien auparavant mais maintenant tu vas payer. Pour Elisabeth, tu vas payer ! »

« Je te hais, je te hais, je te hais, jamais tu n'auras rien d'autre de moi à part cette haine profonde et amère. »

Je ne sais pas ce que ces messages provoqueront. Si les flics m'en voudront. Je m'en tape, je les écris, les envoie et ça me fait un bien fou, comme une immense pommade. J'ignore si L. me répondra. Peut-être qu'après ces élans de méchanceté, L. voudra se venger. Ça ne m'étonnerait pas. Une vengeance plus lente, plus tortueuse que pour Elisabeth ou Pénélope. Je m'en fous. S'il veut me tuer, qu'il me tue. Qu'il le fasse le premier sinon je serai là devant lui prête à riposter.

J'arrive à l'institut deux heures plus tard. Le même trajet habituel sur des routes grises cernées de tilleuls et de nids-de-poule. L'hôtel livide à côté, sans comptoir ni guichetier, où je paie chaque mois une nuitée à une caisse automatique. Cette rengaine cachée du monde dure depuis combien de temps ? Je ne veux pas y penser.

A l'entrée, la docteur Viard me remercie d'être venue si vite et m'explique qu'elle est agitée depuis deux jours. Ils viennent de la sédater et ce mot me fera toujours frémir. Il faut attendre un peu pour la voir. Elle est au lit et, j'imagine, attachée. Ils ne me le disent pas mais je sais ce qui se passe quand elle fait des crises.

La docteure à la blouse bleu ciel me demande de bien vouloir attendre une petite heure.

— Elle va se réveiller. Elle sera plus calme. Vous voir la calme toujours, c'est exceptionnel de voir ça.

Je souris sans savoir si cela doit me toucher ou m'attrister. Dans une salle à l'écart du centre, loin de l'espace famille et des salles communes où les patients évoluent, j'attends. Ici, on respecte mon anonymat, on me met toujours à l'abri. Ils savent que c'était important pour moi et le docteur Viard et son équipe sont toujours soucieux du bien-être des familles.

Durant une heure j'attends en silence dans un large fauteuil en velours qui a déjà vécu plusieurs vies. Dans ma tête, je repense à l'incendie, je repense à tellement de choses que si quelqu'un ne vient pas me chercher tout de suite, je risque d'imploser et de me briser en morceaux comme un vase en cristal tombé d'une table.

Trois quarts d'heure plus tard, une infirmière que je n'avais jamais croisée jusque-là vient à ma rencontre.

— Elle est réveillée.

Exceptionnellement, ils vont me laisser aller dans sa chambre.

— Elle est encore un peu fragile et dans les vapes pour sortir se promener.

Dans cette cellule carrée à la petite fenêtre à barreaux, je la découvre, dans une nuisette fine au bord dentelé, allongée sur son lit comme si elle venait de s'assoupir après la lecture d'un roman d'amour. Je la regarde et je m'invente une autre vie pour elle. Des après-midi bucoliques au soleil à écouter les aigrettes qui pépient. Mais la réalité me transperce comme un poignard. Son visage est tiré, alourdi par les médicaments, ses joues sont longues, si longues, on dirait qu'elle a cent ans, qu'elle vit de façon hantée depuis toujours, fantôme égaré.

L'infirmière me souffle à l'oreille qu'elle refuse de parler depuis la crise.

— Il faut y aller doucement.

L'infirmière reste à mes côtés. On lui a certainement dit de ne pas s'en aller pour cette visite. Au bord du lit et sur mes gardes, je lui dis bonjour, je lui demande si ça va, je lui adresse toutes ces phrases banales qu'on dit à un étranger. Dans ses yeux qui me fuient, c'est le vide. Elle ne me reconnaît pas. Je suis sa vie entière et elle ne me voit plus. Elle est ailleurs. Partie. Je veux croire qu'elle est mieux là où elle est, sur une île paradisiaque, une contrée fantastique. Sur son visage, je vois des traces jaunâtres, des ecchymoses, des contusions et je masque ma stupeur pour ne pas l'effrayer. Je ne dois pas imaginer la crise, la violence des coups qu'elle se donne quand elle perd la tête. Un jour ou l'autre, une nouvelle crise la tuera et je ne sais pas ce qu'il restera de moi.

Je reste une heure à ses côtés. Je lui parle de tout. Surtout de rien. Et elle ne me regarde toujours pas, ses yeux sont pendus à la fenêtre.

— Elle n'est pas allée dehors depuis combien de temps ? Il lui faut s'oxygéner, elle a toujours aimé être en extérieur, marcher dans l'herbe, ça l'apaise toujours.

L'infirmière fait une grimace.

— Impossible malheureusement. Pas aujourd'hui. Il faut être sûr que « l'épisode » soit bien derrière nous.

L'épisode. Si elle savait, cette infirmière. Je les connais, les épisodes. J'ai vécu avec elle des saisons entières.

— Demain, on pourra essayer, peut-être ? J'insiste pardon, parce que je la connais par cœur. Elle respire dès qu'elle se prélasse au soleil.

— Vous verrez ça avec le docteur Viard mais *a priori* si elle dort bien cette nuit, c'est envisageable.

L'infirmière et moi parlons comme si elle n'était pas là devant nous. Ça me brise le cœur. Même si cela ne l'affecte pas, je le sais. Elle ne s'en formalise plus depuis tant d'années. Parce qu'elle est partie ailleurs, au fin fond de sa contrée fantastique. Alors je lui prends la main, tout doucement. Comme si moi aussi, je voulais visiter sa terre magique, son pays où tout est joyeux, sublime et sans rancœur.

Près de moi, elle se laisse faire. Sa main s'ouvre et m'agrippe. Sa façon de me dire merci pour ma présence, pour mon soutien depuis seize ans.

L'infirmière nous regarde sans vouloir être intrusive. Je vois que ça l'attendrit de nous voir réunies, l'une à l'autre, même si elle ignore tout de notre vie à deux. Elle n'a que son dossier médical pour seule vérité.

Plus les minutes défilent, plus les mouvements s'inversent. Etranges et magiques. En lui tenant la main, cette peau si fine, si abîmée aujourd'hui, c'est elle qui me donne de la force, elle dont la présence finalement me rassure et m'apaise. Je lui parle encore. Je lui raconte n'importe quoi. Je lui parle du petit chien que j'aimerais adopter, même s'il n'existe pas. Quand le chien apparaît dans sa tête, elle tend enfin son regard sur moi. Elle sourit, ou presque. Elle m'imagine chez nous comme avant, avec un carlin noir aux yeux tombants dans les bras, elle qui a toujours aimé les chiens mais qui refusait d'avoir la responsabilité de l'un d'eux à la maison. Mais une seconde plus tard, son sourire disparaît. Ravalé derrière ses traits figés par les médicaments.

Elle finit par se rendormir. L'infirmière me fait signe qu'il est temps de partir. Mais je suis heureuse parce qu'elle paraît plus détendue. Demain, elle le sera plus encore et je pourrai rentrer avec une angoisse en moins à contrôler.

En quittant sa chambre, je dépose un baiser sur son front tiède et lui dis à demain, sois en forme, je compte sur toi. Et ces derniers mots me font réaliser une chose. Tout ce que je fais, c'est pour elle. Je réalise que ça n'a jamais changé. Ça a toujours été pour elle.

— Tu es où ma belle ?

Dans la chambre miteuse de cet hôtel habituel, la voix de Diane vient en réconfort et je m'accroche à son timbre délicat, téléphone refugié dans la paume.

— En dehors de Paris, je rentre demain soir.

— J'ai eu des nouvelles.

— Des nouvelles d'Elisabeth ?

Diane a le regret de me dire que non.

— Mais pour la comédie musicale, tu es prise ! C'est toi qu'ils ont choisie, c'est splendide, non ?

— Je… Je…

Dans l'ambiance morose qui m'enveloppe, je ne sais quoi répondre. Ce que j'attendais depuis des mois, depuis des années arrive enfin, et rien. Je ne ressens rien. Je me sens comme déconnectée, comme si quelqu'un avait coupé mes branchements et laissé mon corps vide, livré à lui-même.

— Les producteurs vont mettre les choses en stand-by pour quelque temps, à cause de… tu sais.

Diane refuse de nommer les choses parce que ma manager sait à quel point ce qu'elle ne dit pas m'anéantit. Et me prive de cette joie-là tapie au fond de moi.

— S'il te plaît ma belle, t'as travaillé dur pour en être arrivée jusqu'ici, réjouis-toi, sois heureuse, crie, fais quelque chose !

Un sourire infime se creuse sur mes joues.

— Je suis heureuse, bien sûr. Je le voulais, ce rôle.

— Evidemment que tu le voulais, on le voulait tous pour toi ! On est tous derrière toi, Sélia, rappelle-toi toujours de ça. Les choses vont s'améliorer, le label est aux anges, ils veulent organiser un meet-up avec l'équipe de production, ils vont lancer le best of pour cet hiver, c'est fabuleux, n'est-ce pas ?

— C'est fabuleux oui.

— Dis-moi ça avec plus de conviction !

— C'est fabuleux.

Diane n'insiste pas. Elle sait le moment délicat.

— On se rappelle pour en parler vite, d'accord ? Je t'embrasse. Et Louise aussi. Rappelle-moi vite pour qu'on puisse enfin fêter ça !

Le lendemain matin, après une nuit désastreuse où tout s'est mélangé dans ma tête, le docteur Viard m'appelle dès l'aube. Elle a refait une crise cette nuit.

— Une petite, pas de quoi s'inquiéter. L'équipe de nuit l'a prise en charge comme il le fallait. Mais malheureusement, son état est trop fragile pour qu'elle reçoive de la visite. Elle a besoin de repos. Nous sommes désolés. Pourriez-vous revenir la semaine prochaine ou la suivante ? Elle sera placée dans une nouvelle chambre avec un aménagement idéal pour elle, je pense que ces changements seront mieux acceptés si vous êtes là.

Je lui réponds qu'elle peut compter sur moi : je serai toujours là.

En repartant de l'hôtel, je m'arrête devant l'institut. Derrière le volant, je m'imagine sa vie envahie de médicaments, de repas sur plateau, de patients et de blouses la surveillant comme le lait sur le feu. Elle est protégée, encadrée, elle a le droit à des activités, des films à la télé, des jeux, mais est-ce une vie ?

Au même moment, un numéro inconnu apparaît sur mon téléphone. Retour crucial à la réalité. Je ne réponds pas et laisse l'appel atterrir sur la messagerie. Sauf que le numéro rappelle une seconde fois. C'est L. qui me contacte. J'en suis sûre. L. qui veut enfin en découdre avec moi.

Dans un moment d'absence, je décroche, le cœur battant à tout rompre.

Une voix féminine décline mon identité.

— Vous êtes Sélia Bourgeois ?

Je réponds par l'affirmative sans savoir sur quel pied danser.

— Bonjour, je suis la capitaine Delaume. Vous avez déposé plainte auprès du commissariat du 9ᵉ hier matin et ils m'ont transféré l'affaire que je prends très au sérieux.

Une vague de stupeur me prend au ventre.

Je ne pensais pas que ça irait si vite.

— Pourriez-vous venir pour une déposition demain ? J'ai pas mal de questions et j'aimerais reprendre tout depuis le début avec vous.

La voix féminine semble déterminée.

— 11 heures et demie vous irait ?

— 11 heures et demie c'est parfait.

— A demain mademoiselle Bourgeois.

De retour à Paris, je passe le dimanche soir chez Hugo à qui je raconte tout. Excepté, comme toujours, mon voyage à l'institut spécialisé. Pour une fois, mon ami reste attentif. Son visage est concentré, sérieux, loin de ses habituelles grimaces de clown.

— Ils veulent te revoir demain, alors, comment tu te sens ?

— Bien, écoute. La flic a l'air d'être du genre à pas s'en laisser conter.

— Tant mieux, qu'ils trouvent vite ce taré et qu'on passe à autre chose. T'as des nouvelles d'Elisabeth ?

— Pas encore. Luce, l'attachée de prod, m'a dit qu'elle était toujours dans le coma et que sa famille était là pour elle.

— Et la prod, du coup, comment ça se passe ?

— J'ai pas encore de nouvelles. Je ne veux pas en prendre.

Une hésitation soudaine m'attrape.

— Bah, qu'est-ce qu'il y a ? me demande Hugo.

— Diane m'a appelée il y a deux jours pour m'annoncer que j'étais officiellement Shéhérazade.

— Mais attends, c'est génial !

— Tu parles, j'ai l'impression de pas l'avoir mérité.

— Qu'est-ce que tu racontes ?

Hugo s'approche de moi. Sa main posée sur mon épaule.

— Si Elisabeth n'avait pas été victime de cet incendie, c'est elle qu'ils auraient pris.

— Tu n'en sais rien.

— Non, mais je le crois.

— Ne te blâme pas. T'y es pour rien.

— Pour rien ? Si c'est ce taré qui a fait le coup, je suis plus que responsable mais on va pas en reparler encore une fois. J'ai pas envie.

Hugo compatit. Il se lève pour ouvrir la fenêtre. Dehors, on entend des gosses jouer au foot.

— Ta culpabilité, c'est normal. C'est ce qui fait que tu es aimée de tant de gens. T'as toujours été empathique avec le monde entier. Tu mérites d'être Shéhérazade.

— Dès que je serai sur scène, je pourrai pas m'empêcher de penser à Elisabeth. Jamais je voulais ça, moi.

— Comment ça ?

Hugo m'adresse un retard intrigué.

— Je veux dire... Jamais j'aurais cru qu'en participant à une comédie musicale, j'allais entrer dans un film d'horreur.

— C'est clair qu'on dirait un film, ton truc. Tu devrais écrire dessus.

— Tu crois ?

— Pas tant que l'histoire n'est pas finie, mais penses-y. Tu adores écrire. Tu tiens toujours ton journal ?

— Tous les jours.

Dehors, un gosse crie BUT de façon tonitruante. Des bruits de pas sur le bitume résonnent jusqu'à nous. Hugo me tend un verre de vin et repense à l'enquête.

— Au fait, tu as parlé aux flics de la meuf de Diane ?

— Non, pourquoi ?

— Ben ses messages. L. te surnomme la jolie déesse et Lllllouise aussi…

Hugo insiste sur le son [l] pour me montrer l'évidence.

— … Tu trouves pas que ça fait flipper, ces coïncidences ? Imagine que c'est ta harceleuse.

Je me mets à repenser à l'impensable mais Hugo reste le plus sérieux du monde face à moi.

— N'élimine aucune piste, Sélia.

L. a disparu. Volatilisé. Effacé. Retombé dans l'oubli sans laisser aucune trace.

La nuit suivant l'incendie, L. s'est enfin résigné à sortir le cadavre muselé de couches de tissu. Le corps était mou, presque tendre, à cause des matières serrées contre lui. Une heure plus tard, après un effort monumental, le veuf était remis à sa place. Chez lui. Au cinquième étage.

La solution la plus simple, selon L.

Pour ça, L. a été le plus discret possible. Au moment de passer à l'acte, L. redoutait à tout moment l'irruption d'un voisin ou d'un quelconque témoin. Qu'aurait fait L. ? Heureusement, la question ne s'est pas posée. Et puis, L. s'est retrouvé étonné, le corps du cadavre n'était pas si lourd que ça. Grâce aux tissus qui l'enrobaient et à l'adrénaline de la situation, le paquet macabre glissait sur le sol et en dix minutes d'efforts acharnés, le cadavre était de retour à la maison, comme avant, au fond de son très vieux canapé.

Dans le salon du veuf, L. explorait l'appartement pour la première fois. La grande cheminée en pierre, les rares photos de famille sur la cimaise, le vieux buffet en merisier, les trois grandes vitrines en verre de soldats de plomb.

Mais L. n'éprouvait rien. Pas même une once de compassion pour ce vieux type.

Soudain, L. a eu l'idée de laisser un mot qui brouillerait les pistes. Un mot écrit de sa mauvaise main qui dirait : «J'ai tué ce soldat ce salaud parce qu'il appartenait au mauvais camp.»

L. a refermé l'appartement avec les clés qu'il jetterait ensuite au fond d'une bouche d'égout, mais il lui fallait revenir une dernière fois à l'appartement. Et tout passer au peigne fin. Javel, produits décapants, nettoyants coriaces. Tout pour faire disparaître son ADN et celui du voisin.

Au boulot, toute la nuit. Un ménage de printemps à 3 heures du matin, muni de gants avec doublure et d'une charlotte sur les cheveux. L. récurait et astiquait. Et tandis que L. nettoyait, frottait, grattait, L. se repassait les dernières scènes dans sa tête, tous ses projets insensés depuis des semaines, depuis des mois, se demandant pour la première fois comment…

… *elle* avait pu en arriver là.

Dans le bureau du commissariat du 10e arrondissement, Pénélope est assise droite, les genoux serrés, la nuque raide, comme une statue vieille de mille ans.

Face à elle, Chloé la regarde avec sollicitude. La capitaine lui adresse des formules simples, presque douces, prononcées lentement.

— Et après cet incident, vous n'avez pas eu envie de porter plainte ?

— Je n'y ai pas pensé.

— Pas pensé ? se met à répéter Petit Luc assis à la droite de Chloé.

Pénélope lui adresse un regard glaçant pour seule réponse. Mais Petit Luc tient tête. Du trio, c'est bien lui le *bad cop*. La tête dure. Pas d'émotion facile avec lui, même face à une jeune femme ravissante au visage tuméfié par de méchantes brûlures.

— On vous enferme dans une cabine à UV, vous vous persuadez que vous allez mourir, c'est ce que vous venez de nous dire, et vous n'y avez pas pensé ?

Pénélope n'en démord pas, ses genoux sont plus serrés que jamais.

— Non. Je n'y ai pas pensé… Je… n'ai pas souhaité y penser.

La nuance de Pénélope marquée par ce silence vient de percuter la capitaine Delaume. Chloé sait parfaitement que pour les plaignants les plus récalcitrants, il y a toujours une histoire contrariée, de près ou de loin, avec les autorités. Fort à parier que c'est le cas de Pénélope.

La rédaction du procès-verbal se finit brièvement. Pénélope n'a rien vu, n'a rien entendu. Elle répète les mêmes explications laconiques, frustrantes, la cabine, la serviette posée sur le caillebottis, les dix minutes de cabine à UV qui se transforment en vingt, trente minutes. Les coups à la porte. Le manque de respiration. Le malaise. L'effondrement sur le sol. Puis, après un temps interminable, l'esthéticienne qui la délivre d'un geste affolé.

Le reste, trou noir. A peine se souvient-elle de l'heure où l'accident s'est déroulé ou de l'adresse exacte du salon Studio Beauté où Pénélope se rend chaque semaine. Mais l'équipe d'esthéticiennes du Studio a permis de combler les trous quand Sylvain et Petit Luc leur ont rendu une petite visite.

Trente minutes plus tard, Pénélope vient de livrer son histoire, silencieuse, traumatique, fine comme du papier à musique. Chloé ne semble pas plus avancée. La capitaine apprend alors à Pénélope Valmar l'existence d'un fan qui harcèlerait Sélia Bourgeois et qui dans ses messages sous-entendrait qu'il a agi dans le but de lui nuire comme il aurait nui à Elisabeth Belmontet.

Pénélope ne réagit pas. Elle semble… absente.

La capitaine pose sa main sur son gros ventre et renchérit :

— Au cours de sa déposition, Sélia Bourgeois a également fait état de lettres anonymes que vous auriez reçues, ajoute le capitaine, cherchant à creuser un autre sentier.

Pénélope regarde la jeune flic, l'air interdit.

— Oui, j'en ai reçu trois. Au début, je pensais que c'était juste des canulars. La première disait : « Si tu continues de chanter, tu vas le payer. » Je croyais à un internaute débile, un hater, comme on dit. La seconde pareil, quelque chose dans ce goût-là, je sais plus exactement, je l'ai rapidement jetée par la poubelle. Mais la dernière, je l'ai gardée. « Disparais ou tu vas brûler encore un peu plus. » C'est ce qu'elle disait. La personne savait pour mon accident. Elle me menaçait. C'est à ce moment-là que j'ai compris que quelque chose se tramait. Que l'incident de la cabine à UV n'était pas un fait isolé.

Chloé écoute attentivement, Sylvain prend des notes malgré l'enregistrement de l'interrogatoire par webcam.

— Quand avez-vous reçu cette lettre ? demande la capitaine Delaume.

— Ce week-end. Samedi.

— Elle était affranchie par les services postaux ?

— Je ne crois pas.

— Avez-vous gardé l'enveloppe ?

— Je pense. Il faut que je vérifie.

Les épaules de Chloé s'affaissent. Peut-être l'une de ses premières victoires.

— Oui, c'est important, explique la capitaine. Ça nous permettrait d'aller fouiller dans les enregistrements des caméras de surveillance des bureaux de Poste ou d'analyser la salive derrière le timbre.

Pénélope hausse les épaules, façon de penser « si vous le dites ». Puis elle réfléchit quelques secondes.

— Comment Selia savait-elle pour les lettres ?

Sur sa chaise à dos droit, Pénélope pose la question de but en blanc. Elle reformule sa pensée.

— Parce que je n'ai jamais parlé de ces lettres à quiconque. Encore moins à Sélia.

— Pourquoi encore moins, demande aussitôt Petit Luc, absorbé par l'audition du témoin.

Pénélope marque une pause. Il ne faudrait pas jouer les pestes notoires mais tant pis, se dit-elle.

— Elle et moi, c'est pas la grande amitié. Depuis le début, je la trouve fausse. Pas sincère. Elle était là pour remporter le rôle. Je la sentais prête à tout.

— Vous a-t-elle fait des menaces ?

— Non, pas du tout. C'est même le contraire.

Les flics écoutent avec minutie Pénélope pour en savoir plus sur la plaignante qui dans une heure sera à son tour assise face à eux.

— Toujours gentille, toujours souriante. Sélia était avec moi comme une infirmière avec sa patiente. J'avais beaucoup de mal. J'ai toujours pris mes distances. Pas comme Elisabeth qui était très proche d'elle.

— Peut-être qu'elle avait de la peine pour vous après votre accident.

— C'est possible, mais je la sens pas. Et je ne lui ai jamais parlé de ces lettres.

Chloé ne dit rien. Elle note les mots lettres anonymes en gros sur son calepin pour confondre Sélia Bourgeois à ce sujet. La flic pose son stylo, adresse un sourire bref à Pénélope avant de lui faire signe que c'en est terminé. D'un bond, la chanteuse se lève de sa chaise, sans un regard pour les inspecteurs face à elle, récupère son trench laissé sur le porte-manteau et repart du commissariat, toujours silencieuse, un peu plus traumatisée.

— Donc on a affaire à un type qui harcèle une chanteuse connue mais aussi celles qui l'entourent ? pense à haute voix Petit Luc réinstallé derrière son bureau.

— Je pige pas bien non plus. Pourquoi ? Quel intérêt ?

— Je crois que c'est plus complexe qu'une histoire de cyber-harcèlement, affirme Chloé. Le fan voue un amour démesuré à une jeune femme, il est prêt à tout pour elle. Même à faire du mal à celles qui se mettent sur son chemin. Les filles étaient en pleine audition, le fan le savait. D'une manière ou d'une autre, il savait ce qui se passait au théâtre. Et il a fait et fera tout pour que sa Sélia devienne l'élue.

— On s'éloigne du fan transi, là, on est plutôt dans le cas du mec psychotique.

— J'en ai peur, finit par dire la capitaine.

Après le départ de Pénélope et en *brainstormant* avec ses équipiers, Chloé ne souhaite pas en rester là à son sujet. Quelque chose la démange. Son instinct de flic, sûrement.

— Pourquoi diable Pénélope n'a pas appelé la police après son agression ? Après cette lettre où clairement on la menace de mort ?

Il suffit à Chloé de trois misérables recherches sur le portail des suivis de plaintes pour trouver ce qu'elle soupçonnait depuis le départ.

— Janvier 2012. Plainte signée Pénélope Valmar à l'encontre de son petit ami de l'époque. Un certain Lars Johansen. Voie de fait : agression sans interruption du temps de travail.

— Mars 2012. Harcèlements répétés, filatures, après que Pénélope Valmar a quitté Lars Johansen.

— Filatures, répète à haute voix Sylvain pour souligner le caractère fanatique du type en question.

— Novembre 2012. Rebelote, dit Chloé. Agression sexuelle. Un mois d'ITT. Mâchoire fracturée. Lars Johansen est rentré par effraction chez Pénélope Valmar pour lui demander des comptes. Vous en pensez quoi ?

Petit Luc et Sylvain sont pris de court.

— Que cette Pénélope avait affaire à un taré, déjà.

— Oui, un type prêt à tout pour retrouver sa compagne, mais surtout, chaque fois, Pénélope porte plainte et rien ne se passe. Depuis, elle ne fait plus confiance aux flics. Elle sait que c'est vain, que les malheurs arriveront tôt ou tard.

Chloé éteint son ordinateur et se tourne vers Sylvain et Petit Luc.

— Peut-être que cette histoire n'a au départ rien à voir avec Sélia Bourgeois. Il faut qu'on mette la main sur ce Lars Johansen ASAP.

Seule, j'arrive à 11 heures et quart au commissariat dans les bruits métalliques de cet endroit. Les tintements de menottes et de trousseaux de clés. Deux gardiennes de la paix qui circulent à pas lourds dans les couloirs. Des brigadiers qui sirotent un café dans l'entrée en se racontant des blagues potaches. Des portes qui s'ouvrent et qui claquent. La respiration voisée du type à l'accueil, le même que la première fois, avec sa bedaine tendue et sa chemise jaunie au col.

J'avance vers lui.

— Bonjour, j'ai rendez-vous avec le capitaine Delaume.

Le type ventripotent me corrige.

— LA capitaine Delaume. Asseyez-vous là, on va venir vous chercher.

Je m'assois à l'endroit désigné par l'officier, sur une chaise fixée au sol, attachée à d'autres par du ciment, des chaises aux rebords griffés, rognés par les ongles des punis. Au-dessus de moi, des ampoules éblouissent le décor. La lumière est plate et si blanche qu'on a l'impression que l'endroit est coupé du monde. C'est le cas. Personne ne vient ici par plaisir. On vient pour résoudre un malheur, guérir une plaie ou en ouvrir d'autres, finir derrière les barreaux. Victimes ou coupables, personne ne ressort indemne de ce genre d'endroit.

Moi la première, il y a seize ans de ça.

Perdue dans mes pensées, le regard rivé au sol, Pénélope se tient devant moi. Je reconnais ses chaussures, son pantalon de velours côtelé camel qu'elle portait lors de la première audition.

— Salut, dis-je sans conviction. Je ne savais pas qu'ils t'avaient convoquée, ça a été ?

— Je ne savais pas non plus que tu étais harcelée, me répond sèchement Pénélope. A croire qu'à la différence d'Elisabeth et moi, cela ne se voit pas. Tu parais en bonne santé.

Comment répondre à une attaque pareille ? Un étrange mouvement se fait en moi. Une envie de m'excuser, de lui dire que je suis avec elle, que je la soutiens, mais aussi de la remettre à sa place.

D'une voix pondérée, je me contente de lui répliquer :

— Je ne dors plus depuis des semaines. Je reçois des mots tous les jours ou presque. Je suis sur écoute. Je me sens traquée. Alors non, c'est vrai, je ne vis pas ce que tu traverses, ni ce que vit en ce moment Elisabeth, et ça me fait culpabiliser sans cesse, mais je peux aussi te dire que ma santé, comme tu dis, est au plus mal. J'ai peur tout le temps.

Pénélope replace son foulard tout autour de son visage et, indifférente à mon sort, sans prendre la peine de me répondre, disparaît du commissariat.

Quelques minutes plus tard, un homme de petite taille vient à ma rencontre. Il me tend une main ferme, se présente, dit s'appeler lieutenant Luc Briscaut et, d'un pas énergique, me conduit au bureau de sa brigade.

Dans un espace calme, des plantes artificielles posées dans les coins, je rencontre les flics chargés de mon affaire.

Une femme se lève. Elle se présente à son tour, suivie par son collègue assis devant une verrière aux vitres sales. Capitaine Chloé Delaume. Lieutenant Sylvain Grangin. D'un œil, je regarde le ventre de la capitaine et la félicite. Mais la jeune policière ne prend pas la peine de me répondre.

— Vous voulez un café ? me demande-t-elle avec courtoisie.

— Ça ira merci, je suis déjà à bout de nerfs.

La capitaine Delaume allume l'écran de son ordinateur et reprend ma déposition. Dans la salle, je regarde autour de moi. Les plantes artificielles. Les bureaux un peu datés. Et sur les murs les posters de *Trafic*, le film de Soderbergh, et celui de Jalil Lespert, *Le Petit Lieutenant*. Des histoires de flics, encore. Des histoires de crimes, toujours.

— On va tout reprendre depuis le début, d'accord, mademoiselle Bourgeois ?

Le lieutenant Briscaut me regarde yeux dans les yeux et je finis par hocher la tête sans un mot. La capitaine notifie l'heure de la déposition à haute voix et me demande mon accord pour l'enregistrement par vidéo.

— On va reconstituer la *timeline*. Autrement dit, on a besoin de vous, de votre mémoire. Vous vous rappelez quand tout ça a commencé ?

Je commence par le début, selon moi : les premiers messages reçus sur Instagram.

— Des messages de gens bizarres, j'en ai déjà eu par le passé. Mais ceux-là étaient différents. Le type semblait savoir ce que je faisais heure par heure, où j'étais, avec qui, ce que je pouvais dire. Quand il m'a demandé comment s'était passé mon bain, alors que je venais d'en prendre un, c'est là où j'ai compris que quelque chose n'allait pas. Puis il y a eu le tableau et le micro caché à l'intérieur. Je me suis dit que c'était comme ça qu'il savait tout.

Face à moi, la capitaine est tout ouïe. Soudain, elle regarde les pages de son calepin qu'elle tourne les unes après les autres. Elle me dit :

— Vous avez parlé de lettres, aussi, les avez-vous prises avec vous ?

— Non, je n'en ai pas reçu. Ma manager en recevait à son agence, elle me les lisait et c'était flippant. Mais à moi, il se contentait de messages sur Intagram.

La capitaine hoche du menton pour dire qu'elle retient l'information et passe à autre chose.

— Pénélope Valmar nous a dit qu'elle ne vous avait jamais parlé de ces lettres reçues. Comment saviez-vous qu'elle en recevait ? Vous saviez donc qu'elle aussi était harcelée ?

— Pour les lettres, je ne sais plus… Je crois qu'elle m'en avait parlé ou bien, non, je ne sais pas. Je crois que c'est Elisabeth qui m'en a parlé. Mais quand cet accident est arrivé à Pénélope, j'ai craint que ce soit ce type. Un pressentiment peut-être. Et plus j'y pensais, plus je me culpabilisais. Je me disais que c'était ma faute.

— Votre faute ?

— Si ce fan était là pour moi, il semblait décidé à nuire à toutes celles qui m'entouraient.

Les flics face à moi ne disent rien. Ils semblent former un front uni. Je les sens soudés, solidaires. Ils me regardent tous les trois dans le fond de l'œil. Je me sens inspectée. Au sens premier du terme. Leurs regards acérés me déstabilisent mais je dois poursuivre le fil de ma mémoire. Je leur parle de ce fan rencontré il y a des années à Lille, un certain Tony. Les policiers notent l'information. Puis en repensant à la conversation avec Hugo, je glisse le nom de

Louise. Aussitôt une vague de remords se niche à l'intérieur de moi.

— Louise comment, vous dites ?

— Louise Rival. La compagne de ma manager.

— Très bien.

— Je… je m'en veux de vous parler d'elle. C'est une amie. Mais récemment, elle s'est comportée bizarrement. Hugo Bellanger, mon meilleur ami, a insisté pour que je vous en parle.

En deux-deux, le lieutenant Briscaut note le nom de Hugo sur un cahier avant de poursuivre :

— Quelles sont les raisons qui vous ont fait penser que Louise Rival pouvait être impliquée dans cette affaire ?

— Je ne pense pas qu'elle le soit. Mais la dernière fois que l'on s'est vues, elle m'a… embrassée. On se connaît depuis des années. Louise n'avait jamais essayé quoi que ce soit. Puis deux jours plus tard, elle m'envoie un sms. Elle ne m'en envoie jamais.

— C'est votre amie et elle ne vous envoie jamais de textos ? interrompt Chloé, intriguée.

— C'est avant tout la copine de ma manager mais on se fréquente tout le temps. Quand il s'agit de se voir, c'est Diane qui m'écrit. Diane Meyer.

Au tour de Diane de voir son nom inscrit dans la mémoire des flics à qui rien n'échappe. J'ai l'impression qu'ils veulent tout savoir de ma vie.

— Et dans ce texto exceptionnel, que vous a-t-elle dit ? reprend la capitaine.

— Elle me disait qu'elle pensait à moi. Elle m'a appelé jolie déesse. Comme m'appelle ce fan surnommé L.

Les lieutenants Briscaut et Grangin relisent leurs notes en silence, réfléchissent un court instant au sujet de cette étrange coïncidence avant d'enchaîner sur d'autres points.

Si j'ai déjà été suivie. Si je me suis rendu compte de faits étranges ces dernières semaines. J'essaie du mieux que je peux de rassembler ma mémoire. Penser à tout.

Puis, en leur décrivant heure par heure le quotidien de mes deux dernières semaines, je leur tends ce que j'ai en ma possession. Mon téléphone portable. Mon ordinateur.

— Merci pour vos devices. Ils nous seront utiles. On pourra peut-être retrouver l'adresse IP de ce fameux fan, me dit le lieutenant Briscaut.

— Tout à l'heure, vous parliez d'un tableau dans lequel se trouvait un mouchard. C'est bien ça? demande la capitaine Delaume.

Celle-ci jette un œil furtif à son lieutenant comme pour faire front ensemble.

— Oui, un tableau étrange. Je n'ai remarqué la présence du micro qu'après plusieurs jours.

— Le type a eu alors la voie libre pour écouter la moindre de vos conversations pendant des jours, analyse l'un des lieutenants.

— Exactement, dis-je un peu réconfortée. J'ai bien peur que l'individu s'en soit pris à Elisabeth et Pénélope à cause de ces fameuses conversations. C'est comme ça qu'il a eu connaissance des auditions et de tout ça. Il m'a écoutée en parler.

— Vous en parliez beaucoup? se met à questionner la capitaine

— Tout le temps. Tous les jours. C'était une audition importante, un grand rôle dans une comédie musicale.

— Où est ce tableau?

— Comme convenu au téléphone, le tableau est en chemin. Un coursier s'est occupé de le récupérer, il devrait arriver entre vos mains d'une minute à l'autre. Pour moi, il était trop lourd à transporter.

Et sans transition, pensant aux pièces à conviction que je devais leur confier, je leur tends mon journal.

— Vous croyez vraiment que votre journal intime nous sera utile ? me balance au visage le lieutenant de petite taille.

— Je… je ne sais pas.

Honnête, le lieutenant Briscaut m'interroge en palpant d'une main la couverture du cahier en cuir rouge.

— Je me suis dit que si j'oubliais de vous dire quelque chose, le journal vous le dirait. Chaque jour, j'y inscris tout ce que je vis. Il n'y a pas plus fiable que mon journal.

La capitaine Delaume jette un œil distrait au journal et réplique en guise de conclusion :

— Vous avez eu raison. Ne rien laisser au hasard, c'est mieux pour nous. On vous remercie pour votre visite, mademoiselle Bourgeois. On vous tiendra au courant des avancées de l'enquête. D'ici là, rentrez chez vous, ou chez un ami de confiance, en tout cas restez accompagnée. Si c'est bien le même individu qui a causé l'incendie de l'impasse Delepine, il y a des raisons d'être prudente.

J'opine du chef et, après avoir remercié les trois policiers pour leur temps, je disparais du commissariat en pensant au dernier mot de cette jeune femme enceinte jusqu'au cou.

Prudente.

Dans le bureau de Chloé, les choses se mettent en place. Le journal intime dans son sac, que la capitaine lira ce soir chez elle, après avoir appelé ses parents qui s'inquiètent de cette grossesse en *solo*, comme Chloé aime à l'appeler. A présent, la jeune femme réfléchit à comment répartir au mieux les tâches dans cette affaire.

— Franchement, qu'est-ce qu'on en a à faire de son journal ? la ramène Petit Luc alors qu'il cherche encore des images de Sélia sur Internet.

— Ecoute, elle a jugé bon de nous le donner, on le prend en compte, répond Chloé, toujours diplomate.

— Non, mais en y réfléchissant, je me dis pourquoi pas, fait Sylvain en guise de soutien à son capitaine. Y a peut-être des détails qu'elle aurait zappés.

Puis comme si c'était plus fort que lui, Sylvain ajoute en raillant :

— On va peut-être savoir qui est le nom de son mec ou des détails croustillants sur la vie de la star. T'as l'air déjà de vouloir tout savoir, hein Petit Luc ?

Sylvain désigne la page Google sur lequel son collègue est rivé. Des photos d'avant-première et de soirées mondaines où Sélia pose tout sourires, flûte de champagne à la main.

— Te moque pas, c'est moche. Je m'intéresse juste à notre victime. Mais de là à me taper son journal, non merci.

— Arrêtez votre char, c'est pas si con de tenir un journal. Je suis certaine que ça modère les humeurs du quotidien, lâche Chloé.

— Pour une ado de douze ans, oui. Pour une femme de trente-cinq piges, honnêtement… Moi, je trouve ça étrange.

Chloé interrompt la discussion café du commerce et lance enfin la répartition des corvées.

— Petit Luc, toi qui es si fort, tu te charges de réceptionner le tableau à l'accueil et tu m'inspectes le truc. Puis tu passes comme convenu chez Pénélope Valmar récupérer l'enveloppe et la lettre anonyme. Tu contactes Diane Meyer pour récupérer aussi ses courriers de fan les plus suspects. Tu envoies ça direct au labo. S'ils disent qu'ils sont fermés, tu insistes, je veux qu'on agisse vite.

Petit Luc note ses missions comme des devoirs d'écolier. Puis la capitaine se tourne vers son second lieutenant.

— Sylvain, tu vois avec la cellule informatique pour les messages échangés entre Sélia Bourgeois et son fan. Si on peut localiser une adresse, on pourra avancer. Vois aussi du côté des caméras de surveillance. Près de son domicile. Autour du théâtre. Tu passes ses itinéraires au crible. Et bien sûr autour de chez Elisabeth la nuit de l'incendie. Si tu as besoin, demande au petit Malo.

— Le stagiaire geek ?

— Malo n'est pas stagiaire, il bosse là depuis deux ans. Et c'est un pro de la tech. Il peut te filer un coup de main précieux.

Sans demander leur reste, les deux lieutenants se mettent au travail et quelques minutes plus tard, Petit Luc réapparaît avec le tableau dans les mains.

— Il pèse une tonne, ce truc. La chanteuse avait raison.

Sylvain qui n'est jamais dupe des exagérations de son collègue lui prête main-forte avant de répliquer devant Mika, Brice et d'autres collègues passant dans le couloir :

— Tu crois pas que tu en fais un peu trop, gars ? Même à un bras, je te la bouge, ta croûte.

Les collègues se marrent à la dure mais pas Chloé. Les petits concours de virilité sur la place publique, ce n'est pas son truc.

— Vous déballez ça, s'il vous plaît ?

— Je disais simplement que c'était plus lourd que dans mes idées. Je m'attendais à un cadre normal, genre affiche, poster quoi, s'entête à se défendre Petit Luc. Là clairement, le fan a visé gros.

Les deux lieutenants se mettent à défaire l'emballage à bulles.

— Pour un tableau qui lui fait peur, elle a mis pas mal de cœur à l'ouvrage pour l'emballer dit Sylvain, impatient.

— C'est probablement le service de coursiers, imbécile, répond l'autre encore vexé.

La capitaine Delaume reste stoïque devant ses deux bras droits qui, après quelques manipulations et autres coups de ciseaux érigent l'œuvre au centre du bureau.

— Ah ouais, quand même.

— C'est sérieux, ce truc.

— On dirait un test de Rorschach, dit Chloé.

— Un quoi ? demande Petit Luc.

Sylvain rit doucement dans sa barbe sans renchérir.

— Y en a pour tous les goûts, au moins. De l'eau, des arbres, des maisons, des notes de musique.

— Et là, regardez…

Chloé pointe du doigt un détail infime situé sous le grand château peint à l'aquarelle.

— Des flammes.

— L'incendie d'Elisabeth ?

— Sélia Bourgeois a reçu ce tableau la semaine passée, ça colle pas.

— Sauf si c'est un avertissement de la part du fanatique ?

— Peut-être. Il a l'air d'aimer les menaces à en croire ses messages.

— Vous croyez vraiment qu'il faille analyser plus que ça le tableau ? Je me charge du micro, moi.

Sylvain décroche aussitôt l'émetteur scotché sur les clés de châssis situées à l'arrière du tableau.

— Oui, tu vois ça avec Malo et n'oublie pas les messages. Et laissez le tableau ici, j'ai le sentiment que des fragments essentiels de l'histoire sont dessinés devant nous.

D'une nuit à l'autre, je dors chez Hugo ou bien Yann. Mes deux compagnons sont attentionnés, leurs gestes à mon égard sont lents comme ceux d'une mère envers son bébé. Tout ça me met à l'aise. Comme je peux, je me détends dans le calme du soir. Yann me prépare un gratin de courgettes, Hugo m'organise des soirées marathon de nos vieilles séries préférées et à ces deux-là si précieux dans ma vie, je leur dis seulement merci.

Ni l'un ni l'autre ne me posent davantage de questions. L'histoire est terminée, les policiers ont pris la relève. Je ne leur dis pas non plus que samedi, dans un accès de colère, j'ai laissé des messages incendiaires à L.

> Je te hais, je te hais, je te hais, jamais tu n'auras rien d'autre de moi à part cette haine profonde et amère.

Ecrire ces messages m'a fait un bien fou mais je ne dois en parler à personne. Je me le suis promis. En toutes circonstances, je dois rester victime. Ne pas oublier ça. M'en façonner une vérité. Et jour après jour, L. disparaît.

L. n'a pas répondu à mes messages agressifs. Il semble avoir disparu. Plus de connexion à son compte depuis cinq jours, désormais. Mes menaces l'ont-elles fait disparaître, ou bien est-ce l'implication de la police ? Peu importe, L. sait à présent qu'il s'est mis dans de sales draps.

Le soir, je reste chez Yann. J'aime dormir chez lui plus que je ne l'aurais pensé. Ici, je me sens protégée, recluse à l'intérieur d'une forteresse où rien de mal ne peut venir m'arriver.

Sans me le dire, Yann a réaménagé son espace. Il a déplacé les meubles, collé son grand canapé d'angle contre le mur du fond, acheté quelques coussins et un large tapis pour que son appartement soit chaleureux, cosy, plus accueillant. Je sais qu'il a fait ça pour moi. Pour m'accueillir, moi.

Le soir, Yann prend l'habitude désormais de me faire des baisers sur les tempes et ça m'apaise. Pour créer un rapprochement, Yann me parle de la comédie musicale, il sait à quel point ce rôle m'importe et me transporte, il évoque mes tenues de scène, mes coéquipiers et ces chansons que j'interpréterai, et tu crois que tu feras un clip aussi ?

Grâce à la curiosité de Yann, je m'y vois. Je renoue au loin avec ma scène.

— Et tu auras des scènes d'amour, j'imagine ? Tu vas embrasser des beaux princes charmants en collant ? Mais tu les embrasseras en faisant semblant, dis-moi ? Comme au cinéma ?

Yann a un regard d'enfant qui me fait chavirer.

— Ne me dis pas que tu es jaloux. Toi ?

— Moi ? Oui. Non. Pas du tout. Bon, peut-être. Juste un peu. Je l'avoue.

— Ton aveu est touchant, mais tu sais, tout ça sera pour de faux.

— Je m'en doute, mais faut que je m'y prépare un peu. Je n'ai pas l'habitude de voir celle que… De voir ma copine dans les bras d'un autre. Enfin, tu vois, quoi.

Devant l'embarras de Yann, la discussion s'estompe avant le Je t'aime final. Il s'est arrêté à temps, pudique, et pour autant j'ai reçu le message en plein cœur.

Pour ne plus avoir à parler, Yann m'embrasse doucement, encore et encore, comme une caresse, et il me demande de façon répétée, Tu vas bien ? Ces « Je vais bien » sont ces je t'aime qu'il ne sait pas dire, qu'il n'a jamais su dire et quelque part ça me réconforte, ça me montre que je ne me suis pas trompée en continuant avec lui.

— Allonge-toi près de moi, tu es bien, là ?

Les questions de Yann sont si banales, si simples mais d'une sincérité, d'une bienveillance dont j'ai grand besoin. Lovée contre lui, je réponds alors que tout va bien, parce que je suis là avec lui et que rien d'autre ne compte.

— Sélia t'a écrit ? Pas de nouvelles depuis ce midi.

— Elle est chez moi, oui. Moi je suis au boulot. Elle se repose. Elle a commencé à prendre des calmants.

— Des calmants ? Lesquels ? Son médecin ? C'est ça ? Tu sais comment il s'appelle ?

Hugo est sur le qui-vive. Prêt à tout pour sa meilleure amie. Il a besoin de savoir, de connaître le moindre de ses mouvements, d'appréhender Sélia.

— Je vais lui demander pour les médicaments mais t'inquiète pas, c'est léger, elle réagit bien. Elle vient chez toi, ce soir ?

— Non, elle m'a dit qu'elle dormait encore chez toi en mode amoureux.

— Ah oui, t'as raison. J'ai mélangé les dates.

— Je la récupère demain.

— Exactement, je viendrai la déposer en bas de chez toi vers 17 h 30, je suis off demain après-midi, je le passerai avec elle.

De concert, Yann et Hugo se parlent comme des parents divorcés tout occupés à la garde alternée de leur enfant.

— Vous avez prévu quoi, ce soir ?

— J'ai prévu de nous faire livrer. Un repas de chef à domicile. J'espère qu'elle va aimer.

— Il faut qu'elle récupère son appétit. Elle mange de moins en moins.

— Toi aussi, tu as remarqué ?

— Je ne vois que ça, dit Hugo consterné. Elle joue avec sa fourchette, disperse la nourriture dans son assiette pour faire semblant qu'elle y a touché. Il faut qu'on lui redonne des forces. A tout prix.

Au téléphone ou par textos, Hugo est là, présent pour Sélia, comme un grand frère, un parrain, un proche bienveillant. Si Hugo est tant impliqué dans l'accompagnement salutaire de sa meilleure amie, c'est qu'il veut avant tout comprendre. Analyser ce qui se passe. Expliquer toutes ces bizarreries dont il ne sait que faire. Hugo se refait toute l'histoire dans sa tête, comme un policier. Tant de choses lui paraissent étranges, dangereuses et pourtant familières. Hugo est prêt à tout pour mettre le jour sur les zones d'ombre. Quitte à retourner dans le passé.

Quitte à tout faire dévoiler.

— Excusez, je peux entrer ?

Le jeune Malo, vingt-six ans, frappe poliment à la porte du bureau de la capitaine Delaume. Les deux lieutenants le dévisagent. Il faut dire que ce jeune policier détonne dans le décor du commissariat. Lunettes branchées sur le nez, longue mèche blonde sur le front, polo Lacoste couleur jaune poussin, Converse noires aux pieds et cette timidité aiguë qui n'a rien à voir avec l'habituelle personnalité du petit flic.

— Bien sûr, lui répond la capitaine, on allait partir à l'hosto mais dis-nous tout.

Malo s'approche de la brigade, nuque basse, le micro sous pochette plastique dans la main. Chloé lui sourit tandis que les deux lieutenants n'attendent qu'une chose : que le gosse déballe les dossiers.

— J'ai fini d'analyser le micro. Enfin, analyser... J'ai inspecté ce que j'ai pu.

— Et ?? répond de façon impatiente Sylvain.

Malo baisse la nuque. Il ne regarde personne dans les yeux, seulement la pièce à conviction.

Chloé lui fait signe de s'installer à son bureau.

— Pas grand-chose. C'est un modèle très basique. Un mini-micro espion sans fil que tu peux même te procurer sur des sites marchands comme Amazon ou la Fnac.

— Ça nous renseigne sur le côté très amateur du type. Il harcèle et c'est peut-être la première fois, pense Petit Luc à haute voix comme pour prolonger l'enquête.

Malo se met à tousser dans son coude, sans vouloir interrompre Petit Luc.

— Oui, voilà… et en fait, j'ai passé le micro au crible. L'analyse du spectre en analogique et numérique, le possible détecteur de carte Sim, l'analyse de la couche réseau wifi, Ethernet et Voip en entrée et sortie des bureaux pour voir si ce matériel espion capte de l'information et… en fait…

Chloé et ses deux bras droits sont penchés aux lèvres du prodige qui semble prendre tout son temps.

— Le dispositif n'est pas actif.

Silence général.

Chloé reprend la main sans être sûre de comprendre.

— Le micro n'est plus actif, tu veux dire ? Plus actif aujourd'hui ?

— Non. Il ne l'a jamais été. Le récepteur qui viendrait recueillir les informations récoltées par le dispositif émetteur n'a jamais été mis en marche.

— C'est quoi un récepteur ?

Petit Luc, Sylvain et Chloé paraissent confus. Ils espéraient autre chose que ce genre d'infos.

— Cela peut être beaucoup de choses. Un ordinateur, un talkie-walkie, un téléphone. Mais le micro n'a jamais fonctionné, conclut Malo formel. Votre victime n'a jamais été mise sur écoute. En tout cas, pas avec ce micro.

Défaits et incrédules, Chloé se retourne pour faire face à ses deux coéquipiers. Elle n'a pas de réponse à apporter à cette étrangeté. Peut-être que le fan n'a pas su gérer son fameux mouchard. Peut-être qu'il n'en a pas eu besoin. Du reste, tableau et micro deviennent une zone d'ombre que la capitaine Delaume ne veut surtout pas laisser dans l'obscurité.

Gorgée d'espoir, Chloé se rabat sur les messages Instagram et demande à Malo :

— Dis-moi que tu as une bonne nouvelle à ce sujet. On a besoin de quelque chose. N'importe quoi.

Malo se met à sourire. Son front se relève. Ses mains sortent de ses poches de pantalon.

— Oui, répond-il comme un premier de classe. J'ai réussi à isoler une adresse IP. Plusieurs, même.

— Mais c'est génial, ça !

— C'était pas simple. J'avais affaire à plusieurs sources, plusieurs localités, le compte Instagram de L. ne se connectait jamais au même endroit... Mais une adresse IP récurrente s'est imposée. Elle coïncide avec les messages reçus par la victime trois soirées d'affilée.

Un soulagement collectif se fait ressentir chez les trois

flics qui écoutent désormais religieusement le jeune hacker.

— En revanche, reprend Malo, j'ai aussi dégoté l'adresse IP de Sélia Bourgeois.

— Comment ça ? Grâce à ses messages à elle ? demande Sylvain perdu dans cette masse d'infos digitales.

— Non… A trois ou quatre reprises, l'adresse IP de ce « L. » est la même adresse IP que celle de Sélia Bourgeois.

— Tu en es certain ? interroge Chloé, concentrée.

— 100 % certain.

— A croire qu'il est venu chez elle en son absence et lui a écrit des messages, suppose alors Petit Luc…

Chloé ne dit rien. Elle réfléchit selon le flux des informations reçues. Puis elle reprend la parole :

— On n'est pas tellement étonnés que le fan se soit rendu sur place, chez sa victime. C'est monnaie courante, dit-elle.

— Moi non plus, rétorque Malo. Mais qu'il se soit connecté à son fournisseur privé et non à un service de 4G ou de wifi public, cela m'étonne…

— Tu as une explication ?

— Mon idée : L. est l'un des proches de Sélia Bourgeois. Un proche, très proche. Celui qui vient chez elle, connaît ses mots de passe et avec qui tout est normal.

Expliqué comme ça, Malo met le doigt sur quelque chose d'essentiel. Chloé opine du chef, garde l'information précieusement dans un coin de sa tête et interroge une dernière fois son collègue :

— Et cette adresse IP récurrente alors, tu en as extrait quelque chose ?

— Pas de nom. Pas d'info sur l'identité de l'expéditeur, malheureusement.

Déception générale face à Malo.

— Mais… reprend-il, à l'aide d'un script PHP et un outil de recherche de géolocalisation, j'ai réussi à dégoter une adresse physique : 6, rue des Longs-Champs. L'adresse IP de votre cible se situe là-bas.

— Tu dis où ? fait répéter Sylvain alors qu'il tape les premières lettres de l'adresse sur son appli GPS.

Jeune recrue docile, Malo répète la localisation associée à l'adresse IP du harceleur tandis que Sylvain l'interrompt en s'époumonant avec une voix de stentor :

— Bordel, 6, rue des Longs-Champs, c'est pile en face de chez Sélia Bourgeois ! Faut qu'on s'y rende, et fissa !

Je filtre. Je passe ma vie au filtre. On dirait une peureuse les premières heures de sa rentrée. Plus envie d'affronter le monde. Je me sens au plus mal, comme recourbée sur le plancher résineux d'un puits perdu au milieu de nulle part. Alors autant rester claquemurée chez soi et ne pas répondre aux appels. Juste disparaître.

Hugo dit que ce sont les médicaments qui m'assomment. Il n'aime pas me savoir sous calmants. J'en prends peu, juste ce qu'il me faut pour tenir face à un miroir. Hugo me dit, t'en as pas besoin, t'es forte. Mais depuis l'incendie, je n'y crois pas une seconde. Depuis les incendies, j'ai besoin de renfort.

En guise de soutien, Diane m'appelle tous les jours. Elle me laisse des messages. Elle me parle de la production des *Mille et Une Nuits*, de Dove, d'Elliot et de Giuliano qui bossent dur pour reprendre au mieux le travail. Diane me fait le portrait du grand rôle qui m'attend. Mais rien ne se produit en moi. Le frisson, la chaleur, l'enthousiasme semblent envolés. Seule Elisabeth accapare mes idées.

En attendant de revoir la production, je dors. Je tombe dans le sommeil. Je m'évade dans les rêves et les trous noirs sans image. La dernière fois que j'ai hiberné comme ça, je m'en souviens. Et je ne veux pas me souvenir. Son souffle chaud sur moi. Ses doigts fripés. Son envie toujours plus dévorante de m'écraser la bouche, les joues. Il se focalisait sur mon visage et c'était pire que le reste. Elle était à côté. Elle savait tout. Elle laissait faire. Elle rangeait des vêtements dans les penderies. Elle me laissait me faire manger par son ogre de mari. Heureusement, le chant venu de l'autre paroi venait me sauver. Son chant à elle. Ma sauveuse adorée qui me permettait de m'évader de mon corps violé. Sans elle, je serais morte. Bousillée.

Pour oublier cette autre vie, je dors encore un peu plus. Je monte les doses médicamenteuses sans en parler à personne. Je me réveille dans une torpeur moite et la boîte de médicaments posée sur la table de chevet m'appelle du regard. Elle m'épie. Je l'ouvre toutes les quatre heures. Il faudrait espacer les prises mais je m'en fous. Les doses m'apaisent. Elles me font tomber raide dans le sommeil. Comme une longue chute sans douleur. Sans doigts fripés ni baisers volés.

Quand je n'en prends pas assez, mes nuits deviennent lourdes de rêves et d'idées. La maison remplie de chants heureux et de cris étouffés. Des voix de filles partout, des cris, des pleurs, comme autant de joies. Elle apparaît dans l'encadrement de la porte avec sa cuillère en bois. Elle me dit, viens par ici. Mais c'est trop tard. C'est lui qui rentre. Il m'appelle. Il ferme son bureau à clé. Je vais mourir une fois de plus. Disparaître à l'intérieur de moi-même. Je ne suis plus rien. Plus qu'une enveloppe froide et vide. Je vais la laisser tomber par terre comme une flaque. Je ne suis qu'une petite pluie. Je l'entends, la pluie résonne. Elle chante encore. Et d'un coup, tout s'arrête. Les baisers violents et les chansons douces. Dans la grande bâtisse, tout prend feu. Toutes les voix se taisent, prisonnières, elles courent. Et je suis là, je regarde les flammes.

Les flammes qui lui dévorent la peau.

Dans la voiture, alors que Sylvain conduit de façon nerveuse, Chloé fait le récap de l'enquête tandis que, au bureau, Petit Luc continue les tâches. Le téléphone de la capitaine se met à vibrer dans son manteau alors que Sylvain se gare devant le n° 6 de la rue des Longs-Champs.

— Vas-y, je te rejoins, c'était le labo. Faut que je les rappelle.

Sylvain claque la portière et s'engouffre à l'intérieur de cette bâtisse infiltrée de courants d'air. Il inspecte les alentours et regarde par la porte vitrée ce petit coin à l'herbe marron qui fait office de jardinet devant l'entrée. Après un coup d'œil rapide aux boîtes aux lettres, Sylvain note les noms de famille écrits sur les étiquettes, rajoutés au crayon ou rayés de coups de stylo. Cinq minutes plus tard, la capitaine le retrouve dans le lobby.

— Deux mauvaises nouvelles. Aucune trace d'ADN sur la lettre ou l'enveloppe. Pareil sur les dernières lettres envoyées à l'agence de Diane Meyer. Mais on a une écriture. Une empreinte graphologique, c'est déjà ça. Et autre chose. Petit Luc vient de m'écrire un texto. Il a retrouvé la trace de Lars Johansen.

— Le Norvégien de Pénélope Valmar ? Il est où ?

Chloé paraît frustrée. Son visage est raide.

— Eh bien en Norvège, figure-toi. Il s'est tiré d'ici comme une fleur après son histoire avec la chanteuse.

— Je plains la femme là-bas qui se le coltine maintenant.

Chloé ne répond pas. Elle réfléchit. Son corps est tendu comme une corde.

— Il faut vraiment qu'on avance, Sylvain, on n'a rien, là. Juste des miettes.

— On a quand même une femme dans le coma, un immeuble ravagé et des menaces de mort.

— Justement, il nous faut plus d'éléments.

— Ici, reprend Sylvain concentré, y a des dizaines de noms et pas de concierge. Tu sens arriver la séance porte à porte ?

— Génial. On n'a que ça à foutre, franchement.

La capitaine paraît découragée, fatiguée, exténuée par sa grossesse de plus en plus volumineuse. Mais jamais Chloé ne se trouvera d'excuse. Au même moment, une petite dame cachée derrière une visière en plastique sort de l'ascenseur avec son caddie et ouvre la seconde porte blindée.

— Excusez-nous, madame, vous vivez ici ? demande directement Chloé sans faire de politesse.

— Depuis trente-cinq ans, répond-elle, l'air méfiant.

— On est de la police, voilà notre carte.

La carte avec POLICE écrit en gros sous la bande tricolore détend aussitôt la vieille dame.

— Qu'est-ce que vous voulez ? Si c'est pour les tapages nocturnes, mon mari a appelé plusieurs fois, ce sont les coloca…

Chloé lui sourit. Toujours détendre un témoin. Règle n° 1.

— Non, détrompez-vous, interrompt-elle, on aimerait savoir s'il y a eu des départs ou des installations récemment. Des allées et venues qui vous ont semblé étranges.

— Oh, vous savez, des déménagements, y en a tous les mois. Y a beaucoup de jeunes et d'étudiants. Les fameuses colocations, c'est comme ça qu'ils appellent leurs vies en pagaille. Au premier et deuxième étage, il n'y a que ça. Je vous dis pas le vacarme. Notre famille est propriétaire de la plupart des appartements depuis cent ans. Aux troisième et quatrième étages, vivent là encore quelques cousins et leurs familles, on leur parle plus, mon grand-oncle vit lui au cinquième, ma fille est au quatrième avec son mari et leur petite fille.

Chloé Delaume jette un clin d'œil à son partenaire, ravie de ne pas avoir à se coltiner une enquête de voisinage.

— En face de mon oncle Jean, il y a un autre veuf comme lui, à qui on a loué y a vingt ans cet appartement après la mort de sa femme. Il est très discret, on l'entend jamais.

Sylvain attend que la dame termine son listing des habitants et demande :

— Qui s'occupe de la location des appartements?

— Mon neveu, Pierre Legrand, quand il est de retour. Il travaille entre le Portugal et Paris. Mon mari lui donne un coup de main parfois mais avec notre vieil âge... Pierre refuse qu'on cède la gestion à une agence. Trop coûteux, dit-il, et il a raison.

Lancée, la dame rebondit d'elle-même.

— Mais Pierre est rentré. Il repart demain à Lisbonne. Il pourra peut-être répondre à vos questions.

— Volontiers, vous nous y emmenez? demande Sylvain qui tente de feindre les gendres idéaux.

Au quatrième étage, Pierre Legrand ouvre la porte dans une démarche de commercial. Sa vieille tante fait les présentations et le sourire plein de dents de monsieur Legrand s'affaisse aussitôt.

— Rassurez-vous, on vient seulement poser quelques questions au sujet de vos locataires. C'est complexe. On cherche un internaute anonyme qui a vécu ou vit encore ici. Son adresse IP a borné dans votre immeuble.

Pierre Legrand s'imagine une histoire abracadabrantesque de hacking et de piratage informatique. Il déclare d'une voix peu sûre :

— Un pro de l'informatique, je vois pas. La coloc du 2A vient d'accueillir un ingénieur venu de Chine mais il est arrivé avant-hier.

— Il vivait là depuis plus longtemps que ça. Mais ce n'est pas forcément quelqu'un dans l'informatique. On ne cherche pas automatiquement un hacker. Mais plutôt un M. Tout-le-Monde comme vous et moi, précise Sylvain pour aider le possible témoin.

— Honnêtement, je ne vois pas. Il a fait quelque chose de mal?

Sylvain le remercie tandis que Chloé demande à consulter les comptes tenus au sujet des locataires. Pierre Legrand les invite à rentrer, un œil gêné tendu sur le bazar laissé tout autour de sa petite valise de voyage, puis les conduit jusqu'à son bureau.

Pierre ouvre devant eux un fichier Excel.

— Excusez, c'est le bazar ici, ma femme de ménage est en arrêt et je vadrouille entre le Portugal et...

— Vous en faites pas, monsieur Legrand, répond poliment la capitaine. Vous nous aidez, c'est tout ce qui compte.

Sur le fichier Excel, une liste à rallonge de noms, de numéros de téléphone, de garants et de locataires qui ont vécu entre ces murs depuis dix ans. Un travail de fourmi pour la police qui a besoin d'affiner ses recherches.

— Dans vos souvenirs récents, vous n'auriez pas remarqué un comportement étrange de l'un de vos locataires ?

— Non, pas que je me souvienne.

Pierre Legrand adopte un air résigné, hagard, avant qu'une idée soudaine lui traverse l'esprit.

— Ah si, attendez. Il y a bien… la chambre de bonne. On me l'a louée pour trois fois son prix il y a deux mois, je n'ai pas compris.

Les visages de Chloé et de Sylvain s'éclairent en un instant.

— Trois fois son prix ? fait répéter Sylvain.

— C'est qu'une petite piaule pas bien mise en état, mais la personne la voulait à tout prix. Pour je ne sais quelle raison. Elle était prête à m'offrir 2 000 euros par mois. Ça m'a gêné de tirer profit de cette piaule pas jolie. J'ai accepté de lui louer pour 1 500 euros.

— Vous avez un nom ? demande la capitaine au débotté.

— Malheureusement, je n'ai jamais rencontré la personne.

A mesure qu'il raconte l'histoire, Pierre Legrand commence par comprendre l'étrangeté de cette situation.

— Elle a tenu à payer par mandat cash et s'est volatilisée il y a quelques jours, en me laissant une enveloppe remplie de billets à mon nom.

— Et où vivait-elle avant, vous savez ? D'où venait-elle ? Elle vous a dit où elle partait ? Elle vous a laissé un numéro de téléphone ?

— Non, rien de tout ça, malheureusement. Son numéro était caché… Elle vivait au 5A. Sous les toits. Je vous y conduis ? Elle ne m'a jamais rendu les clés mais j'ai un double.

— L'appartement est bien vide ? Sans mandat de perquisition du juge, on ne peut…

— … C'est vide et c'est chez moi.

— Alors on vous suit.

Pierre et sa tante ainsi que les flics prennent l'ascenseur jusqu'au cinquième. L'étage paraît terne, les murs sont moisis à quelques endroits. Un sérieux travail de rénovation serait à faire. L'air semble comprimé. Chloé et Sylvain suivent leurs témoins. Des contractions légères se font ressentir dans le ventre de Chloé qui ne montre rien de sa gêne. Seule compte son enquête.

— C'est ici.

Pierre Legrand désigne d'une main la porte de ce petit studio meublé et minuscule où on ne peut tenir à plus de trois personnes. Chloé lui fait signe de l'ouvrir et fait reculer la vieille dame derrière elle. Les deux témoins restés dans le couloir, la capitaine et son lieutenant pénètrent seuls dans les lieux. Outre l'odeur acide de javel, c'est le mur recouvert de photos à l'effigie de Sélia Bourgeois qui les frappe.

— Bingo, on tient notre gars, répond Sylvain.

Mais derrière lui, Pierre se permet :

— Pas un gars, non. Au téléphone, la personne qui m'a loué le bien était une femme.

— Ils ont retrouvé la trace de L.

Yann bloque au beau milieu de sa cuisine américaine. Tandis qu'une soupe de légumes cuit lentement sur le feu, il se retourne subrepticement, cuillère en bois à la main, et tout ce que je vois, c'est ma mère s'avançant verte de rage sur moi.

— Et il est où cet enfoiré ?

— En face de chez moi. Dans l'immeuble d'en face. Je le savais, putain.

— Tu le savais ?

— Je l'ai écrit dans mon journal. Cet appartement du cinquième étage toujours allumé, même la nuit. Je me sentais regardée. Et figure-toi que les flics viennent de m'appeler en me disant que L. vivait là.

Yann paraît désolé, déboussolé. Les mots lui manquent. Il faut dire qu'il est sorti du commissariat il y a deux heures pour sa déposition. La police n'écarte aucune piste.

— Rien que d'y penser, j'en ai des sueurs froides. L. vivait là face à moi. Face à sa scène. J'étais son spectacle.

Hugo entre dans la cuisine, referme son ordinateur et, comme Yann, il n'en revient pas.

— J'ai toujours dit que tu avais un flair exceptionnel. T'as eu raison de te fier à tes intuitions, dit-il, plus rassurant que Yann.

D'un geste, Hugo se sert du vin comme s'il était chez lui tandis que Yann plonge la cuillère en bois dans la grande marmite en inox et la ressort, dégoulinante et rouge comme du sang.

— Et L., c'est... elle. C'est une femme, dis-je à demimot.

— Une femme ? Attends, quoi ?

Yann réagit d'un rictus soudain et Hugo finit par concéder :

— T'avais pas tort la dernière fois, bravo mec.

Je les regarde, sans comprendre.

— On parlait justement de ça l'autre soir, avant que t'ailles déposer plainte, tu te rappelles pas ?

Je fais un vague oui de la tête, comme si ça apportait vraiment quelque chose.

— Mais comment le savent-ils ? Ils ont son nom ?

— Pas encore. Le propriétaire de la chambre de bonne l'a eue une fois au téléphone. C'est une femme qui a payé la chambre, y avait des photos de moi partout.

— Putain le film de psychopathe. Plus jamais tu mets les pieds chez toi, je te le dis. Bon, et maintenant, on fait quoi ? Tu sais quelle femme pourrait être après toi ?

Hugo semble sur la défensive, prêt à tout pour agir, intervenir dans cette affaire. Je le dissuade de la moindre initiative.

— Aucune idée, non. Et il n'y a rien à faire, à part attendre. Voir ce qui se passe. Et il faut que je me rende au chevet d'Elisabeth.

— Ils n'autorisent pas la visite autre que celle des proches ils t'ont dit, répète Yann de façon pédagogique.

— Oui, mais si Hugo venait avec moi ?

D'un coup d'œil étonné, Hugo se met à rire doucement sans vouloir s'avancer.

— Pourquoi il autoriserait ma venue plus que celle de quelqu'un d'autre ?

— T'es journaliste, je dis que je suis ton assistante. Tu écris un papier sur l'incendie, tu as besoin de voir la victime.

— Sélia... C'est...

— J'ai besoin de la voir, Hugo.

— C'est du délire.

— Hugo, s'il te plaît.

Près de nous, Yann ne pipe mot, il dépose les assiettes et les cuillères sur la table en silence.

— S'il te plaît, fais ça pour moi.

— Laisse-moi y réfléchir, OK ?

Marmite pleine dans les mains, Yann nous fait signe de passer à table tandis que Hugo semble pris d'un dilemme moral.

— Je vais me coucher, dis-je les bras ballants.

— Quoi ? A cette heure ?

— Attends Sélia, reste avec nous, ça va pas te faire du bien de ressasser toute seule.

— Je ne ressasse pas. Je veux dormir. Je suis fatiguée.

Hugo paraît contrarié. Il est venu chez Yann pour me voir et voilà que je lui fais faux bond. Sa meilleure amie toujours enthousiaste et énergique est partie depuis longtemps et je crois qu'elle lui manque.

— Tu as besoin de quelque chose ? me demande Yann. Un peu de soupe ? Je t'en apporte au lit ?

— Non merci, j'ai plus faim. Je vais dormir, ça ira mieux demain.

Je ferme la porte derrière moi, me mets sous les draps et une seule pensée prend place dans mon esprit. Les choses semblent avancer mais comment tout ça va finir ?

Peu importe, je dois voir Elisabeth.

Le reste, comme avant, je suis prête à le subir. L. le sait, la vérité doit éclater.

— On a des nouvelles d'Elisabeth Belmontet?

— Toujours dans le coma, fait Petit Luc résigné.

— J'ai interrogé ses proches après notre visite chez les Legrand, ajoute Sylvain. Et rien de nouveau. Ses parents ne savent rien. Sa petite sœur était en larmes. Elisabeth venait d'arriver sur Paris. Elle ne connaissait personne. Personne qui puisse lui vouloir du mal.

— Personne sauf celui qui voue un culte à notre chanteuse.

— Probable…

— Et l'incendie, alors?

Chloé écoute ses coéquipiers avec attention. Prête à tout pour appréhender le coupable dans les jours à venir.

— Le rapport temporaire parle d'un incendie volontaire dont le foyer se situait dans les parties communes du deuxième, réagit Petit Luc en lisant ses notes. Pile en face de chez la victime. Elle était clairement visée.

La capitaine opine du chef et jette un regard intense à Sylvain pour qu'il enchaîne.

— Selon la reconstitution, ajoute ce dernier, les voisins du premier ont sauté par la fenêtre et seule Elisabeth vivait au deuxième. Elle est sortie de chez elle recouverte d'un drap mouillé. On a retrouvé le drap en lambeaux dans l'entrée de l'immeuble. Elle est donc sortie de chez elle. Selon les techniciens, Elisabeth a couru dans les escaliers mais tout était assiégé par les flammes. Sa jambe droite, ses pieds, le bas de son dos ont sévèrement brûlé à ce moment. Mais selon leurs estimations, Elisabeth a continué, elle n'a rien lâché. Elle a longé le mur. Elle s'est rendue à la porte d'entrée. Mais celle-ci était coincée. A cause d'un petit bout de métal situé dans l'applique de la porte. Un morceau qui a fondu avec la chaleur et qui a bloqué le mécanisme. La victime s'est retrouvée coincée parmi les flammes.

— Porte coincée volontairement, on pense ?

— On le suppose.

— Vu l'intention, ça me semble évident, précise Petit Luc.

— On est loin du bonhomme gentiment fanatique, conclut Chloé. Pardon j'oublie encore : une femme fanatique.

Dans le salon design de Hugo, devant sa bibliothèque déstructurée, parmi ses belles statuettes en argent et ses objets de collection, Diane est là, venue me cueillir jusqu'ici sans me prévenir.

Elle me regarde dans les yeux, l'air chagriné. Presque déçue de mon comportement lâche.

— Excuse-moi de débarquer comme ça, je sais que ça se fait pas mais tu ne répondais pas à mes appels, je m'inquiétais.

— Ne t'excuse pas, c'est moi qui suis désolée.

— Hugo n'est pas là ?

— Il bosse depuis la rédaction, il rentrera tout à l'heure, si tu veux rester dîner…

— Louise m'attend, malheureusement, on doit rencontrer un galeriste norvégien, je te dis pas mon envie, là.

Je me mets à rire et propose à Diane de s'asseoir et de discuter, histoire de crever pour de bon l'abcès.

— Alors dis-moi, qu'est-ce qui ne va pas ?

Diane me regarde comme une marraine au grand cœur, prête à tout pour récolter mes confidences sur canapé.

— Sélia, tu peux tout me dire, tu sais à quel point tu comptes pour moi. C'est la comédie musicale, tu ne veux plus la faire, tu as besoin de plus de temps ? Dove et Elliot m'ont dit qu'ils t'avaient appelée pour une rencontre avec le casting masculin et les premières répétitions dans un mois. Mais tu ne les as pas recontactés. Il faudrait, Sélia. Je sais que c'est dur en ce moment, mais tu ne peux pas faire la morte comme ça. Appuie-toi sur moi, plutôt. Moi, je peux essayer d'arranger les choses, de demander des délais, tu sais, je suis là pour ça. Ne laisse pas filer cette chance-là. Tu t'es tellement battue pour l'avoir.

Devant le discours moralisateur de Diane, la culpabilité me prend. J'ai tout fait pour décrocher ce rôle, Diane a raison, et voilà que maintenant je le fuis comme la peste. Qu'est-ce qui ne va pas chez moi ? Tant de choses si elle savait. Sauf que Diane a beau être à l'écoute, elle ne peut pas écouter ces choses-là. Je ne peux rien dire à personne.

— Tu as raison Diane, c'est une chance. Je vais la saisir, tu peux compter sur moi.

— Tu penses ce que tu dis ?

Face à moi, c'est la manager qui parle. Elle n'est pas convaincue de mes propos. Il faut dire que cela fait des jours que je joue au fantôme auprès de la terre entière, comment lui en vouloir ?

— Je sais que j'ai pas été réglo. J'avais besoin de temps. J'en ai encore besoin, d'ailleurs. Mais rappelle les producteurs et dis-leur que j'ai eu une petite grippe. Rien de grave. Un sale virus qui m'a clouée au lit une semaine.

— Pas de souci, ça je peux faire !

— Et je les rencontrerai dès que possible, je te le promets. On conviendra d'une date très vite. Je serai leur Shéhérazade, tu le sais. Jamais je laisserai passer ce rôle adulé !

Cette fois en confiance, Diane paraît heureuse et soulagée que je reprenne peu à peu mes esprits. Elle me dit qu'elle est impatiente de me voir sur scène, elle sera aux premières loges et elle compte bien dégager du temps dans les mois à venir pour m'accompagner sur les répètes.

— Faut dire que les grands théâtres comme ça, ça me fait redevenir petite fille, moi ! Tu vas devenir mon modèle !

— Mais je l'étais pas déjà ?

Comme avant, Diane rit tandis qu'un semblant de sérénité semble vouloir m'occuper à présent. Peut-être que j'avais besoin de cette visite par surprise pour reposer les pieds sur terre. Sur la table basse de Hugo, le téléphone de Diane se met à sonner mais elle qui à cœur de profiter de chaque seconde avec moi préfère ne pas y répondre.

— Non, je laisse, t'inquiète. Elle me rappellera. Là, c'est toi qui comptes.

Sur l'écran, le nom de Louise apparaît. Aussitôt, elle la rappelle une deuxième fois. Puis une troisième.

— Y a peut-être un souci, tu m'excuses une seconde ?

La main sur la joue, Diane prend l'appel, son visage à demi tourné vers la grande fenêtre et, en un basculement, je la vois se fermer.

— Quoi ? Attends, ralentis ! Je comprends rien à ce que tu dis. Tu es devant qui ?

Quinze secondes silencieuses viennent effacer la moindre expression sur le visage de Diane. Une feuille blanche. Immobile. Confuse. Ses yeux égarés se portent sur moi très brièvement avant de s'exiler loin.

Diane se lève, raccroche, plus confuse encore.

— Il y a quelque chose qui va pas ?

— Non. Je… Je dois y aller. J'ai pas tout compris. Je dois retrouver Louise, désolée. A bientôt Sélia !

Diane s'enfuit d'une façon aussi brusque que son arrivée et, en contemplant la porte fermée, je me rends compte que c'est la première fois que Diane me dit au revoir si froidement, en m'appelant par mon prénom.

Dans le bureau de la brigade, il est à peine 9 heures du matin. Quatre jours se sont passés depuis le début de l'affaire. Alors que la cafetière ronronne, Chloé est embêtée, comme coincée dans une impasse. Tout ce en quoi elle a cru s'effondre, carte après carte, comme un grand château.

— Pas d'ADN sur les lettres anonymes. Pas d'ADN chez Elisabeth puisque tout a brûlé. Pas de micro actif ni de bande retrouvée. Seulement un appartement recouvert de photos et d'une possible piste : une fan de Sélia Bourgeois. Qui est-elle ? Une femme probablement entre vingt et quarante ans, admirative du travail de Sélia Bourgeois. Faut qu'on place une unité de surveillance autour des lieux fréquentés par Sélia. Si on la suit, on risque de suivre aussi celle qui la traque. Mais tiens, comment s'appelle-t-elle déjà… Elle, on l'a convoquée ?

Tout à coup, la capitaine cherche dans ses notes le nom de cette jeune femme. Une certaine Louise quelque chose. La compagne de Diane Meyer qui aurait éveillé la méfiance de la victime. En feuilletant le calepin, Chloé retrouve son patronyme.

— Louise Rival.

— On la convoque ?

— Dans la journée, si c'est possible.

Petit Luc se met un mot sur un Post-it qu'il colle au-dessus de son écran d'ordinateur.

— Et Sélia Bourgeois, demande-t-il, on l'a prévenue? Est-elle au courant qu'on recherche une femme? Peut-être que des choses lui viendront maintenant.

— Je l'ai appelée hier dans l'après-midi, répond la cheffe. Elle n'avait pas l'air surprise que la fan en question soit une femme. Elle m'a aussitôt dit que c'était déjà arrivé par le passé, des femmes qui lui écrivent des lettres d'amour. Mais encore une fois, elle blablatait.

Chloé y repense, voilà pourquoi elle aime tant récapituler et réfléchir à haute voix avec ses deux bras droits :

— Cela dit, Sélia Bourgeois m'a dit autre chose d'intéressant. Elle soupçonnait déjà que cette « L. » vive en face de chez elle.

— Ah ouais? Et sur quoi se basait-elle? Elle a vu quelque chose? réplique Sylvain alors qu'il remplit trois gobelets en plastique de café brun.

— Elle voyait cet appartement en face constamment allumé. De jour comme de nuit. Elle l'aurait écrit dans son journal.

— Son journal? Tu vois qu'il sert finalement à autre chose qu'à y trouver des potins grotesques.

— Et je dois vous avouer que je l'ai à peine feuilleté, ce soir je le lis de long en large.

Chloé confesse sa négligence comme si elle la trahissait. Comme si elle avait manqué gravement à ses missions. Mais ses deux coéquipiers ne relèvent même pas.

— Je le lis direct en rentrant chez moi, dit la capitaine sur un ton expiatoire. Du côté des caméras de surveillance, on a quoi?

Petit Luc attrape l'un des trois gobelets et commence à faire le point.

— Malo se passe en ce moment même les bandes de vidéosurveillance. Au théâtre, on voit arriver Sélia Bourgeois tous les matins et repartir tous les soirs. Personne ne la suit. Pas de présence louche. On la voit discuter avec Elisabeth Belmontet et l'équipe de la comédie musicale. Et aucun comportement suspect aux alentours.

— Et chez elle ? Autour de son immeuble ? demande Chloé sans trop y croire.

— *Idem*. Que des défilés de bagnoles. Ça n'arrête pas. Le travail de visionnage est colossal. Des dizaines de milliers de voitures et de passants. Autant chercher une aiguille dans une botte de foin.

— Le jour où Sélia Bourgeois reçoit le tableau, voit-on qui la livre ?

— C'est quelle date ? Il faut vérifier.

— Enfin Petit Luc, c'est l'une des priorités, dit Chloé en perdant son calme. Et la rue des Longs-Champs juste derrière ?

— Oui, on allait le faire.

— C'est pas encore dans la boucle ? Vous rigolez ? C'est la rue de l'immeuble où on localise la suspecte, on y a une adresse IP, un appartement recouvert de photographies, ça fait vingt-quatre heures que c'est dans les tuyaux et personne lève le petit doigt ?

Chloé pose brusquement son café qui manque de se renverser sur son clavier. Ses yeux s'assombrissent comme la couleur de l'orage.

— J'allais le faire, bredouille Petit Luc sans conviction.

— Mais tu attends quoi, Luc ! Bordel !

Jamais la capitaine de brigade n'appelle son lieutenant Luc. Luc tout court. Sauf quand elle est furax.

— Chloé, je peux pas être partout. Y a des dizaines d'heures de vidéosurveillance. Il nous faut plus de monde.

— On n'a pas plus de monde. Tu connais la chanson.

— Je sais. Je m'en charge tout de suite. J'appelle Malo et je le rejoins. Je vais encore sortir avec des yeux rouges de puceron à force de les éclater sur l'écran.

Sylvain se met à rire et Chloé se calme. La dernière chose à faire est de brusquer ses coéquipiers.

— Faut traquer toutes les ruelles, rappelle Chloé pour diriger ses troupes. L'impasse Delepine. La rue des Longs-Champs. Celle de Sélia Bourgeois. La rue de Miromesnil du Studio Beauté. Dates clés : le jour de la livraison du tableau, la date de l'agression de Pénélope Valmar, la nuit de l'incendie chez Elisabeth Belmontet. Commencez par là. Notre suspecte est forcément sur les bandes. On va la choper.

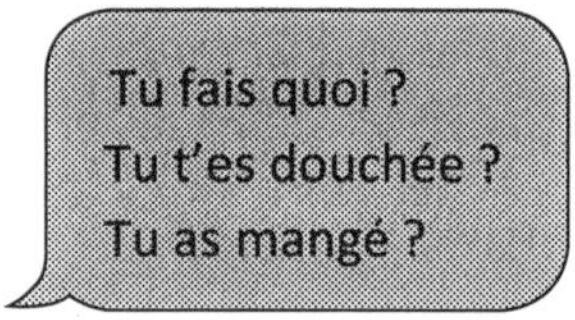

Par texto, Yann prend de mes nouvelles toutes les heures. Impossible de ne pas me sentir surveillée. A ses messages néanmoins adorables, je réponds brièvement, sans force, dénuée d'élan. Quand j'ai le malheur de paraître laconique, Yann m'appelle et je dois encore et encore parler de moi, raconter comment je vais et bla-bla-bla.

Tu veux vraiment savoir comment je vais ? Je vais mal, très mal. J'ai envie de disparaître à l'autre bout de la Terre. Si ce n'est pas six pieds sous terre…

Voilà ce que j'aimerais écrire à Yann, Diane ou Hugo qui s'inquiètent à chaque heure de la journée. Mais pour la première fois de ma vie, j'aimerais qu'on me laisse tranquille. J'aimerais être seule, en paix, sans responsabilité. Sans avoir à veiller sur…

A peine j'y pense que mon téléphone se remet à sonner. Diane, Hugo ou bien Yann ? Je m'approche de l'appareil en pleine vibration sur la table laquée de Hugo. C'est Dove.

Il me rappelle pour reprendre le travail, m'y mettre enfin, dans la peau de Shéhérazade. D'ordinaire, j'aurais sauté au plafond, j'aurais été la première, ponctuelle, devant les grandes portes battantes du théâtre. Mais pour la première fois de ma vie je reste figée, immobile, devant mon téléphone qui sonne et qui sonne, les membres paralysés, la tête ailleurs et tout mon corps sous terre, dans mon puits infini dans lequel je ne vois aucune sortie.

— Sélia ne dort plus, elle ne s'alimente plus, elle est l'ombre d'elle-même. La nuit, son petit ami et moi l'entendons bouger, marcher, s'agiter dans tous les sens. On dirait une somnambule. Sélia n'est pas dans son état normal. Je dois l'aider. Sa phobie tactile s'est amplifiée. Elle refuse même qu'on s'assoie près d'elle, et quand on la regarde trop, ses yeux fuient. Je suis désolée de venir vous en parler comme ça mais vous devez l'aider.

Désemparé par la situation, Hugo fait face à la capitaine Delaume. Après avoir appelé le commissariat après de nombreuses tergiversations, Hugo s'est décidé à rencontrer la flic chargée de l'enquête.

Dans le bureau, Chloé est seule face au proche de Sélia Bourgeois, Sylvain et Petit Luc sont en train de passer les images de vidéosurveillance au crible. La capitaine envisage les propos du journaliste avec sérieux. Mais la première chose à laquelle elle pense c'est que Sélia Bourgeois a de la chance d'avoir un ami aussi loyal à ses côtés. Il faut dire que Chloé a toujours fait cavalier seul. Puis autre chose lui vient.

— Une phobie tactile, vous dites ?

— Oui, mais je ne connais pas le nom scientifique.

Chloé ignorait cette information. Ni Sélia ni ses proches au cours de leurs auditions ne l'ont mentionnée. La capitaine se met à réfléchir. Elle sait que ce genre de peurs enfouies est trop fréquemment liée à des traumatismes d'enfance.

— Vous savez ce qui s'est passé pour elle ?

— Comment ça ?

Hugo n'est pas certain de comprendre.

— L'origine de sa phobie.

Chloé aimerait comprendre. Elle a si peu de choses sur le passé de Sélia Bourgeois. Hugo Bellanger est peut-être sa meilleure piste pour la comprendre.

— Je l'ai toujours connue comme ça. Quand on a fait cette émission de télé, ça s'est vachement intensifié. Le stress, la pression des caméras et du public nous regardant 24/24. Sélia me disait que c'était un TOC et entre deux gens bien névrosés, on s'est vite entendus !

Hugo se met à sourire tandis que la capitaine rebondit.

— Vous savez quoi de l'enfance de Sélia Bourgeois ?

Hugo répète ce qu'il a déclaré lors de son audition.

— Ce que je vous ai déjà dit. Elle vivait avec sa mère à Lyon. Elle a eu une enfance pas simple mais elle n'en parle jamais. Elle faisait du piano à un haut niveau. Le genre enfance studieuse, quoi. Trop studieuse, si vous voulez mon avis.

— Je le veux bien, oui… répond la capitaine dans un élan de malice.

Hugo sourit en pensant Bien joué, la petite flic.

— Sélia m'en a si peu parlé. Je ne peux vous faire part que de mes ressentis. Sa mère l'a terrorisée. Quand Sélia frôle un souvenir d'enfance, elle paraît encore choquée. Elle a vécu des choses pas simples.

— Mais elle ne vous a jamais rien dit ?

— Jamais. Et j'ai toujours respecté ça. Je crois qu'on a le droit à une autre vie après une enfance merdique. Je fais partie de ceux-là.

Hugo Bellanger paraît plus sérieux, plus sombre que d'ordinaire, lui d'apparence si avenante et joviale.

— Je suis inquiet. Je ne sais pas ce qui se passe. Sélia est blanche comme un linge, elle ne se comporte plus comme avant. Je la soupçonne de s'assommer à l'aide de médocs. Depuis qu'elle nous a appris que son harceleur vivait dans cet appartement en face de chez elle rempli de photos sur les murs, je la sens plus terrifiée qu'avant. Y a de quoi. Mais alors comment faire pour l'apaiser, comment faire pour l'aider ? Je ne veux pas la regarder s'abîmer sans rien faire.

La capitaine réagit au quart de tour.

— Attendez, vous dites quoi ?

Hugo est interrompu dans l'étalage de ses angoisses.

— J'aimerais apaiser mon amie, je vous dis. C'est une victime.

— Sélia vous a dit qu'il y avait des photos d'elle dans l'appartement ?

— Oui. C'est le cas, n'est-ce pas ?

— C'est le cas mais je ne lui ai jamais parlé de l'existence de ces photographies.

Hugo paraît embarrassé autant que l'est Chloé face à lui.

— Alors ce sont vos collègues qui lui ont dit, qu'est-ce que ça peut faire ?

Chloé sait qu'elle est la seule interlocutrice de Sélia dans l'enquête, ses collègues n'ont jamais affaire à elle. Mais devant le témoin, Chloé se retient de trop en dire.

— Probablement, oui.

Pour ne pas envenimer les choses, Chloé écoute encore quelques minutes le meilleur ami de Sélia Bourgeois tandis qu'il vide son sac. La capitaine le rassure, les choses avancent mais elle est malheureusement tenue par le secret de l'enquête.

— Promis, on vous tiendra au courant bientôt. En attendant, faites de votre mieux, c'est une mauvaise passe pour tout le monde.

La capitaine Delaume raccompagne Hugo en lui promettant qu'elle fera le meilleur pour la suite. Dehors, Hugo semble préoccupé. Pourquoi autant d'attention sur l'enfance de sa meilleure amie ? Alors qu'il marche sur le trottoir longeant le commissariat, il aperçoit au loin Louise et Diane main dans la main, soudées, grimpant les quelques marches menant aux flics. Les deux femmes sont convoquées devant la capitaine et Hugo se dit qu'il était grand temps qu'elles le soient.

— Tu te fous de ma gueule, Sélia ? Tu te rends compte de ce que tu fais ? Si t'étais là, je crois que je t'étriperais. Ah non, pardon, je retire. Sinon tu vas répéter aux flics que je te menace. J'y crois pas. Tu te rends compte ?

Sur son message vocal, Louise est verte de rage. Sa bouche fusille les mots dans une colère insupportable.

— Chez les flics, Diane ne savait plus où se mettre, elle était pas capable de te croire aussi manipulatrice. Moi je savais que t'étais complètement dingue du bulbe. Mais tu m'as séduite, comme tu séduis tout le monde. Tous tes sourires, tes gestes, tu m'as rendue amoureuse de toi mais c'est terminé, tu me dégoûtes. A cause de toi, j'ai failli tout perdre. Je te jure, Sélia, après toutes ces années... Bref. Oublie-moi. Oublie-nous. Même Diane ne veut plus entendre parler de toi. Va falloir te trouver une autre manager. Et d'autres amies. Tu es *dead* pour nous.

Je la rappelle aussitôt mais Louise filtre et bascule directement l'appel sur messagerie. Dans la chambre de Yann, isolée, je me sens mortifiée. Prise de honte comme jamais. Pas un instant je n'ai voulu que Louise et Diane aient des ennuis. Je me suis laissé influencer, tromper par les mots. Louise m'a embrassée une seconde, elle m'a écrit un message d'amour et à cause de la pression, j'ai perdu pied.

Je dois lui dire. Elle doit comprendre.

Au bout de la troisième tentative, c'est Diane qui décroche.

— Je suis désolée, Diane. Jamais j'ai voulu ça, tu dois me croire.

Au téléphone, mon amie se fait silencieuse. Sa distance est comme une douleur flanquée au fond du ventre.

— J'avais bien dit aux flics que j'y croyais pas à cette théorie sur Louise. Je sais qu'elle ne me voudra jamais de mal mais ils m'ont retourné la tête, ils voulaient des noms, toujours des noms. Pardonne-moi. On se connaît depuis dix ans, on peut pas s'oublier comme ça. S'il te plaît. J'ai besoin de toi.

Pendant trois interminables minutes, j'essaie de plaider ma cause mais Diane reste muette à l'autre bout du fil. Seul son souffle me vient aux oreilles comme une respiration lointaine, une silhouette qui s'éloigne pour toujours.

— S'il te plaît, je t'aime, je vous aime toutes les deux.

— Ce n'est pas vrai.

La voix de Diane surgit comme d'outre-tombe, rauque et abîmée par la trahison.

— Ce n'est pas vrai, répète-t-elle. Si tu avais du respect, tu nous aurais épargnées. Tu n'aurais pas séduit Louise comme ça.

— Je n'ai jamais séduit Louise, tu…

— Laisse-moi parler. Je m'en fiche de ce qu'il s'est passé entre vous. Louise et moi, on est plus fortes que ça. Mais quand la police a débarqué à la galerie, c'est allé trop loin. Tous ses collègues ont vu Louise faire face aux flics. Ensuite, elle s'est fait convoquer au poste parce qu'ils n'étaient pas convaincus. Parce que ma meuf t'a embrassée ! Parce que tu lui as fait perdre la tête ! Comment t'as pu me trahir à ce point ? Tu étais ma meilleure amie. Même si tu t'en fous, sache que Louise est sortie d'affaire, ils ont vérifié nos alibis, c'est fini. Mais c'est fini pour tout, Sélia. Je ne veux plus rien à voir avec toi.

La sentence de Diane est tranchante, froide comme de la pierre. Un trou immense se crée en moi, indélogeable. Et Diane avant de raccrocher me dit d'une voix étrangère :

— Dernière chose, pour la production du spectacle, ne compte plus sur moi, tu peux te trouver quelqu'un d'autre. *Idem* pour ton best of, tu peux te démerder pour négocier avec ton label, j'ai assez ramé comme ça. Ciao.

Au départ de Louise Rival et Diane Meyer, la capitaine Delaume est en pleine effervescence. Elle recoupe les pistes, relit ses notes. Son instinct de flic prend le dessus alors que le commissaire Pingeot passe une tête dans son bureau sans prévenir.

— Vous en êtes où sur l'affaire du cyber-harcèlement ? Je veux un point sur mon bureau dans les quarante-huit heures. Y a d'autres affaires qui attendent, on va pas y passer cent ans.

Pingeot disparaît avant même que la capitaine Delaume ait pu répliquer quoi que ce soit. Petit Luc et Sylvain aux premières loges ne disent rien mais leur regard en dit long sur leur indignation. Certes, Pingeot est une enflure de première classe mais Chloé ne se laissera pas démonter par un type qui déteste les femmes. Elle sera toujours la plus forte.

— Bon, Petit Luc, j'ai du nouveau. Diane Meyer, la manager de Sélia Bourgeois et Louise Rival. On peut les exclure définitivement de la liste des suspects.

Petit Luc qui passe toutes ses heures devant les bandes de vidéosurveillance reprend l'enquête en route. Sylvain poursuit le briefing.

— La nuit de l'incendie, Meyer et Rival étaient à une soirée organisée par la Fondation Taylor. On a vérifié. On les voit à la soirée jusqu'à 6 heures du matin, l'incendie a été déclaré à 2 h 40. Mais elles nous ont dit quelque chose d'intéressant.

Sylvain se tourne vers Chloé qui s'est efforcée tout au long de l'audition de creuser cette piste.

— L'enfance de Sélia, reprend-elle. La chanteuse a été victime d'abus, petite. Mère tyrannique. Une pianiste, apparemment. Enfance compliquée, elle se chope des phobies. Phobie du contact physique. L'haptophobie. Et autre fait bizarre, Sélia savait pour les photos d'elle dans l'appartement de son harceleur.

— Mais comment? interroge Petit Luc.

— C'est là que ça nous pose question. La fille est pas claire. Depuis le début, en fait rien n'est clair.

Petit Luc s'approche du bureau de sa cheffe, attrape une chaise pliante et se met à l'écouter comme un gosse boit les paroles de son maître.

— D'abord, le micro. Pas de récepteur. Il est posé là comme une fleur, à l'intérieur du tableau.

— Comme une mise en garde?

— Non. Parce qu'un micro, ça dit quoi? Ça dit, je t'écoute, attention. Ça le fait croire, en tout cas.

— Mais pourquoi?

Petit Luc est dans le flou artistique.

— Encore une fois, poursuit Chloé, c'est toute l'énigme. Et puis jetez un œil aux messages entre L. et Sélia. Il y a une façon d'écrire que je trouve équivalente. J'y ai passé du temps. Regardez la ponctuation. L'usage des virgules et des exclamations. Et surtout les deux font une faute au même mot. *Auparavant.* Sélia et L. l'écrivent avec un e à la fin.

Chloé désigne du doigt les messages isolés des autres.

> Bonne nuit ma jolie déesse. Auparavent tu étais une star, maintenant tu es une étoile. Sache qu'aucune dans le ciel ne t'arrivera jamais à la cheville. L.

> T'es mort, tu vas payer ! Je disais rien auparavent mais maintenant tu vas payer. Pour Elisabeth, tu vas payer !

— Avouez que la même faute, au même endroit, c'est bizarre, non?

Sylvain relit rapidement les messages consignés sur l'ordi et s'exclame :

— Putain, Chloé, t'es épatante. Tu crois que Sélia écrit ses propres messages? Qu'elle fait croire qu'elle se fait harceler? Mais pourquoi?

— Mon hypothèse : elle fait croire qu'elle a un fan taré à ses trousses qui s'arrange pour faire disparaître ses rivales. Sélia a le rôle, le fan disparaît. De tous, c'est elle qui a le mobile le plus important dans l'histoire. Bourgeois veut réussir. Retrouver la gloire. Et selon l'audition de Diane Meyer, en étant prise dans cette comédie musicale, Sélia Bourgeois bénéficiait d'un best of, condition de son label.

A moitié convaincu, Petit Luc intervient.

— OK, on peut comprendre que ça la rende prête à tout. Mais quitte à foutre le feu chez son amie? J'y crois pas. Même Pénélope Valmar qui ne semble pas apprécier Sélia nous a dit qu'elles sont très amies.

— Oui, ça me paraît difficile à croire aussi, ajoute Sylvain, Sélia Bourgeois n'a selon moi rien d'une sociopathe.

Les trois flics réunis ne savent plus où donner de la tête. Tout est gris autour d'eux. Comme une zone labyrinthique.

— Il nous faut en savoir plus sur elle, renchérit Chloé. La mettre sur écoute, peut-être.

— Il nous faut l'accord du magistrat, ça va prendre des plombes, précise Sylvain.

— Je sais bien.

— Mais on a déjà parlé longuement à ceux qui l'entourent.

Sylvain lit les noms de chaque personne auditionnée pour donner du poids à son argument.

— Hugo Bellanger, Yann Lebreton, Pénélope Valmar, Diane Meyer, Louise Rival, Giuliano Mulat, Agatha Pimms, Luce Picaro, Dove Pira, Elliot Biram, même les coiffeuses-maquilleuses du théâtre et la gardienne de son immeuble. Tous disent la même chose : Sélia est une femme gentille, simple, sincère. Jamais dans la manipulation.

Mais Chloé n'est pas d'accord.

— Louise Rival et Diane Meyer n'ont pas dit ça. Louise s'est sentie séduite par Sélia. Utilisée. Et sa voisine Guillemette Lacroix dit d'elle qu'elle est une jeune femme inaccessible. Inaccessible, je reprends ses mots. Elle disait qu'elle l'entendait très agitée ces nuits dernières.

— Elle est harcelée. Bien sûr qu'elle est agitée ! Et l'écriture de Sélia dans son journal...Ce n'est pas la même écriture que celle des lettres reçues à l'agence de Diane

Meyer. Elles n'ont même rien à voir. Sélia ne s'écrit pas elle-même. Parce que quelqu'un la traque.

Sylvain paraît persuadé de l'innocence de Sélia Bourgeois mais lancée dans sa quête, la capitaine se raccroche à d'autres détails.

— Oui, pas les mêmes écritures. Mais il faudrait un rapport d'expert pour en être sûr.

— Arrête, tu vois bien que toutes les lettres sont différentes. Dans son journal…

— Justement, ce journal. Pourquoi tient-elle à nous le laisser ? interroge Chloé, véhémente. Parce que c'est une preuve de sa bonne foi. De son innocence. Et dans ce journal, il y a tout l'attirail parfait. Ses impressions, ses peurs. Elle parle de son fan en long en large, mais aussi de Pénélope et d'Elisabeth qu'elle soutient, soutient, soutient…

— Trop beau pour être vrai selon toi ?

Petit Luc intervient en un parfait médiateur.

— Je le pense… Tout comme l'appartement du cinquième. Il est nickel, rien ne dépasse, ça sent la Javel à fond. Mais restent toutes ces photos collées au mur. Pourquoi vouloir nettoyer l'endroit et laisser la preuve la plus incriminante ?

— Pour montrer qu'elle est traquée, répond Petit Luc.

— Exactement.

— « Pour montrer ». Une équipe de recherche est sur place. Il faut qu'on puisse trouver n'importe quoi. Si on trouve l'ADN de Sélia Bourgeois, ce sera terminé.

Petit Luc et Sylvain sont abasourdis, Chloé est rarement aussi convaincue de la culpabilité d'un suspect.

— Et ce tableau-là…, ajoute leur cheffe privée de souffle.

Chloé lance un coup d'œil vers la toile qui n'a pas bougé d'un millimètre depuis son arrivée.

— C'est sa vie, son œuvre. Hugo Bellanger m'a parlé de l'enfance mystérieuse de Sélia Bourgeois à Lyon puis de son arrivée à Paris. Y a tout sur cette toile : les berges lyonnaises, les immeubles haussmanniens, les notes de musique… Le Château, aussi. Celui de la Star Academy, ce programme qui la révèle. Et puis les flammes ici me posent question. Et les trois chevelures là. Qui sont-elles ? Sélia vivait seule avec sa mère, selon Hugo Bellanger et Diane Meyer. Où est-elle aujourd'hui ? On n'a ni prénom ni nom de famille. Et ce coin droit du tableau, vous avez vu… Pourquoi le laisser vierge ? Y a mille détails partout, mille couleurs, sauf là. C'est volontaire, je vous le dis.

Les deux lieutenants acquiescent mécaniquement, leur cheffe semble ici toucher du doigt une vérité.

— Mon instinct me dit que quelque chose vient de son passé. En fouillant la vie de Sélia Bourgeois, on va peut-être trouver la clé ultime de notre énigme.

Au 25 de la rue Mogador, je retrouve le théâtre. J'ai l'impression de ne pas y être venue depuis des mois et des mois. Comme si le temps, alors que j'étais enfermée chez moi, s'était multiplié par cent. A l'accueil, le même décor qui s'offre en éclats. Les grands tapis impeccables, les colonnes, les comptoirs de bar et devant, m'attendant impatiemment, avec son téléphone greffé dans la paume, Dove, accompagné de Luce toujours habillée d'un tailleur noir et coiffée d'une queue-de-cheval serrée, les mêmes que je me faisais à son âge quand j'ai commencé la Star Ac.

Le binôme m'accoste d'un sourire.

— Je suis content de te revoir, me dit Dove, comment tu vas ? Je veux dire, malgré les circonstances ?

— Je tiens le coup, ça va. C'est difficile mais ça ira.

— La police nous a tout raconté pour ce fan déséquilibré mental, me répond Dove près de Luce qui d'un coup me regarde de la tête aux pieds, comme une bête curieuse. Tu sais, tu aurais dû nous en parler, Sélia. On est là pour toi. On est ta famille pour plusieurs années.

Tout à coup me voilà soulagée, Dove ne semble pas savoir ce qu'il s'est passé avec Diane. Il me dévisage comme avant, avec la même intensité. Et puis, d'une pulsion un peu maladroite, le producteur me rétorque :

— N'empêche, cette histoire pourrait être une super pièce. La chanteuse harcelée par un fan pendant qu'elle se prépare au rôle de sa vie. Moi, j'adore, tu en penses quoi ?

Gênée, Luce baisse les yeux au moment où son patron me dégoupille sa grenade. Et comme la jeune fille, je regarde ailleurs pour ne pas avoir à répondre.

— Mais c'est peut-être un peu tôt pour y penser, continue Dove sans se désarmer. En tout cas, Elliot et moi sommes très impressionnés. De t'imaginer gérer ce harcèlement jour après jour tout en donnant ton maximum pour les auditions, c'est digne d'une très grande professionnelle, bravo.

— Il n'est pas là, d'ailleurs ? Je sais que lui et Elisabeth…

— Non, m'interrompt brutalement Dove pour ne pas avoir à adresser la question. Pour le moment, Elliot reste dans nos bureaux, on a pas mal de choses à voir avec nos partenaires financiers et nos sous-traitants, une comédie musicale comme celles qu'on produit sont des spectacles de titan.

— Je me doute, j'ai hâte de voir ça.

— Tiens-toi prête, alors…

Dove et Luce me conduisent jusqu'à la grande salle plongée dans un clair-obscur poudré. Sur scène, Agatha et Giuliano m'attendent pour les premières répétitions. Tous deux sont ravis de me retrouver là, dans ce rôle fait pour moi, me dit Agatha d'une voix sincère devant les trois jeunes assistants chorégraphes.

En quelques secondes à peine, je prends conscience que Dove a raison. L'équipe technique et artistique s'est largement agrandie. Une galerie de techniciens s'affaire dans tous les sens et finit par me donner le tournis. Une grande régie générale, une dizaine de machinistes en plein boulot, des ingénieurs son façade et leurs jeunes assistants, des concepteurs son, des chefs op, des assistants son retour, des techniciens lumière, deux poursuiteurs, un pupitreur aussi, et puis Cathy et Myriam en loges ainsi qu'une équipe de trois habilleuses, une femme quadragénaire également, chargée des créations coiffure et Laurent, le superviseur aux costumes qui se présente chaleureusement à moi devant trois grands portants de robes orientales scintillantes et de caftans en mousseline.

Et dans ce monde-là qui tourne autour de moi, je me dis que je dois rester debout, enfiler ma robe aux manches trois-quarts et pour elle, comme promis, devenir enfin la seule et unique Shéhérazade.

Seule, je suis seule et le resterai. Je l'ai toujours été. Envers et contre tout. C'est ma croix, ma malédiction. Diane a raison. Je suis faite pour être seule. C'est tout ce que je mérite.

Au théâtre, les jours de travail passent et la vie reprend comme avant. Comme si Elisabeth n'avait pas existé. Comme si tout ça était censé se produire, telle une évidente fatalité. Je rencontre enfin mes partenaires masculins, notamment Matia qui jouera le roi bourreau des *Mille et Une Nuits*, et mon mari fou d'amour.

Immédiatement, Matia est adorable avec moi. Il sait à quel point notre couple est l'ingrédient phare du spectacle. Faut dire qu'on nous le rabâche à longueur de journée. Alors Matia prend son rôle très à cœur. Il m'apporte toujours un café quand je me fais maquiller et que lui vient de sortir de chez les habilleuses, vêtu de ses toges mordorées, d'un fez ou bien d'un turban. Sans cesse Matia tient à discuter, à se rapprocher, à me suivre comme une ombre au théâtre sous le regard intrusif de Luce et des autres assistants qui se demandent si, comme sur scène, une alchimie prend entre nous.

Mais pas d'alchimie pour moi. Je ne fais que mon travail. Je chante, j'apprends les pas, les positions, les entrées, la tonicité, le rythme des danses orientales. Pourtant, toujours ce même poids terrassant dans la poitrine. Ce sentiment affligeant de culpabilité. Plus les jours défilent, plus mon corps se sent lourd. Rien ne parvient à y changer. L'une des habilleuses m'habille, l'une des coiffeuses me coiffe et sous les lumières, je suis une autre. Je suis celle que je voulais. Je suis l'héroïne pour laquelle j'ai tout sacrifié.

Quand j'en ai fini au théâtre, je retrouve Hugo de plus en plus inquiet. Il me propose de sortir prendre l'air, aller au jardin des Tuileries ou au Luxembourg, mais je suis éreintée par le rythme effréné des répétitions et je n'ai plus envie de me divertir.

— Tu as des textes à apprendre, alors ? Je te donne la réplique comme avant, tu te rappelles ?

— T'inquiète, avec Agatha et ses assistants, j'ai de quoi faire la journée, t'occupe pas de moi, Hugo, je vais bien, je te promets.

Mais Hugo sait que je ne suis pas dans mon état normal. Il traque le moindre rictus, le moindre signe de nervosité sur mon visage, alors un soir, comme je finis plus tôt que prévu la répétition du premier grand tableau, Hugo accepte finalement la faveur que je lui avais demandée il y a quelques jours.

— Tu veux aller à l'hôpital voir Elisabeth ? J'en suis, si tu y tiens.

Je suis à deux doigts de sauter au cou de mon meilleur ami mais ma phobie m'arrête net dans cet élan. Je me contente simplement d'un merci minuscule.

Vingt minutes plus tard, Hugo et moi partons en taxi à l'hôpital du 12e arrondissement. Le chauffeur met la radio à fond, une émission agressive avec des gens agressifs parlant de sujets agressifs. J'étouffe. En plus, il fait une chaleur épouvantable dans cette voiture et le type refuse de baisser les vitres. Hugo est à deux doigts de faire un scandale mais finalement garde son calme.

Devant la grande bâtisse claire à deux étages cernée par une pelouse décorée de roses rouges, Hugo marche lentement et derrière lui je suis là, à trembler comme une feuille. Un frisson terrible à l'idée de voir Elisabeth. D'entrer dans ces lieux.

— Tu es sûre? Certaine? On peut repasser un autre jour?

Hugo prend les pincettes nécessaires mais il faut me faire violence. Pour continuer, je n'ai pas le choix.

A l'entrée, Hugo rode son discours.

— Je suis journaliste chargé de l'affaire sur l'incendie qui a touché une de vos patientes, Elisabeth Belmontet. Je dois me rendre à son chevet pour un papier de toute urgence.

Sans chercher plus d'explications, la standardiste nous indique le chemin et au service des brûlés, une infirmière nous arrête net.

— Les visites se terminent dans quinze minutes. Vous venez pour quel patient?

— Elisabeth Belmontet, dis-je d'une voix douce, dans l'espoir de ne pas avoir à faire demi-tour.

— Vous êtes de la famille? Ses parents sont partis il y a moins d'une heure.

— Non... Je... Il est journaliste.

Je lance à Hugo un regard de détresse comme une bouée de sauvetage et ce dernier répète son discours. Mais l'infirmière n'est pas dupe.

— Je ne sais si pas j'ai l'autorisation de vous faire entrer. Ma cheffe n'est pas là et je suis nouvelle dans le service...

— S'il vous plaît, Mélissa... supplié-je en lisant son nom sur la petite plaque dorée punaisée à sa blouse.

L'infirmière hésite longuement et puis me pose cette question si familière :

— Vous êtes Sélia, n'est-ce pas ? La chanteuse Sélia ?

Je hoche du menton, un sourire au coin des lèvres, les yeux plus suppliants que jamais.

— Oh mais j'adore vos chansons. Je vous adore. Bon c'est d'accord, allez-y, mais vous devez partir dans quinze minutes.

— Merci infiniment.

— Je vous en prie. Allez-y vite, chambre 208.

— Avant j'aimerais savoir. Comment elle va ?

L'infirmière se met à chuchoter.

— Pas très bien, elle a été brûlée au deuxième et au troisième degré, elle a été très intoxiquée, on craint pour ses poumons. Il a fallu la placer dans un coma artificiel.

A ces mots, je manque de m'effondrer.

— Dépêchez-vous maintenant, ma cheffe va revenir d'un moment à l'autre.

Au bout d'un interminable couloir peint d'un rose saumon, la chambre 208 est là. Une porte jaune comme tant d'autres mais, derrière celle-ci, Elisabeth se repose. Je fais signe à Hugo de m'attendre dehors. Je dois faire ça seule.

Dans la chambre plongée dans la pénombre retenue par les stores dépliés, je m'approche d'Elisabeth. Elle semble dormir calmement dans ce lit blanc. Elle dort, c'est ce que je dois me dire. Elle ne fait que dormir. Sans bruit, je m'avance jusqu'à elle et je la distingue de plus en plus. Ses paupières fines, sa bouche dessinée, son souffle lent frôlant le silence. Et puis tout à coup, je vois les brûlures. Je les vois comme avant. Une partie de la chevelure devenue poussière. Son bras droit posé le long de son corps qui paraît fondu comme du plastique au soleil. En la voyant dans cet état, je manque m'effondrer. Ma gorge se noue et mes larmes coulent, entières.

— Pardon Elisabeth, pardon. Je suis désolée. Je suis désolée. Je ne voulais pas. C'est allé trop loin, je... Je t'aime, pardonne-moi.

Le visage d'Elisabeth ne bouge pas. Tranquille à jamais comme l'eau d'un lac. Mais je me convaincs qu'elle a tout entendu. Qu'elle va pouvoir se réveiller maintenant. Se battre pour sa vie tandis qu'il me faudra disparaître de la mienne.

Une minute plus tard, on frappe à la porte et le visage de la jeune infirmière apparaît dans l'embrasure.

— Il est temps, vous devez y aller, je vais avoir des ennuis, sinon.

L'infirmière ne me laisse aucune seconde pour faire mes adieux à Elisabeth et sans pouvoir me retourner, je lui redis «Je t'aime» alors que, d'un geste brusque, l'infirmière referme la porte de mon endormie.

— Vous êtes sûre ? Sélia Bourgeois ? Vous l'avez reconnue ? La chanteuse préférée de votre adolescence, je vois. Et elle a dit ces mots-là, « Pardonne-moi, c'est allé trop loin » ? Vous êtes sûre? D'accord. Vous seriez capable de me redire tout ça dans le cas une déposition? Tout de suite ? Je peux vous envoyer une voiture ? 17 heures, c'est parfait. Merci mademoiselle.

Petit Luc et Sylvain adressent un regard interrogatif à leur capitaine alors qu'elle remercie la centrale d'avoir transmis l'appel aussi vite.

— Il se passe quoi ? demande l'un d'eux

— Il se passe que j'avais raison. Putain. PUTAIN.

La capitaine ne parvient pas à se contenir mais s'assoit brusquement pour ménager ses efforts.

— C'était l'une des infirmières du service chirurgie plastique et reconstructrice et des grands brûlés. Sélia a rendu visite à la jeune Belmontet. A son chevet, Selia lui aurait dit qu'elle s'excusait que tout ça soit allé si loin. Sélia s'en voulait. Pour moi, il y a de l'aveu dans cette phrase, il faut vite la confronter.

Sylvain se fige d'un coup tandis que Petit Luc baisse le regard, comme si cette piste hasardeuse qu'ils suivaient n'était pour eux qu'un chemin impossible.

— J'arrive pas à y croire…

— On fait quoi, capitaine ?

Pour seule réaction, Sylvain se cramponne au protocole, un sentiment de justice coulant de plus belle dans ses veines.

— On part l'appréhender tout de suite. L'infirmière sera là dans une heure.

— Une confrontation ?

— On verra. Peut-être que ce sera inutile. Peut-être qu'une seconde fois Sélia Bourgeois avouera.

Veste attrapée en un élan, les trois flics déguerpissent de leur bureau, tous trois éberlués par cette vérité terrible à laquelle personne ne voulait croire : la chanteuse adorée du public a bel et bien commis le pire.

— Capitaine Delaume, c'est l'agent Vergara de l'accueil, on vous demande au téléphone, je transfère?

— Je suis en route, je peux pas parler.

— Apparemment c'est important et ça ne peut pas attendre, une femme dit vous connaître.

— Donnez-moi son numéro, je la rappelle.

— Accrochez-vous, j'ai pas compris grand-chose mais elle parlait d'un crime.

Alors que Petit Luc roule gyrophare éteint en direction de l'appartement de Sélia Bourgeois, Chloé compose le numéro. Peut-être que la chanteuse a appelé pour confesser ses actes, pense-t-elle.

— Capitaine Delaume, c'est vous? C'est vous, merci! Je... je... j'arrive pas... à parler... Je viens de... J'ai vu...

Au bout du combiné, une voix de femme.

Une voix familière.

Mais ce n'est pas celle de Sélia Bourgeois.

Chloé interrompt avec tact son interlocutrice et lui demande de décliner son identité.

— Nicole Dugain. On s'est vues... avant-hier. Avec mon neveu Pierre Legrand, vous vous rappelez?

— Pardon, madame Dugain, bien sûr. Que se passe-t-il?

A la question posée, la voix de madame Dugain se rétracte de plus belle. Aucun son ne sort. La vieille dame est en état de choc.

— Calmez-vous. Respirez lentement.

— Chez moi. Je viens de… rentrer. Je suis passé voir monsieur Oster.

— Qui est monsieur Oster ?

— Mon voisin, je vous en avais parlé. Il donnait plus de nouvelles. Comme il n'a pas de famille, il vient boire le café tous les mardis de la semaine. Il est pas venu ces deux derniers mardis. Je vous ai parlé de lui, vous vous rappelez ? Il a perdu sa femme, monsieur Oster. C'est un homme adorable. Il me fait penser à mon frère.

Madame Dugain fond en larmes et tout ce qu'entend Chloé c'est un larsen de souffle et de détresse.

— Nicole, parlez-moi. Parlez-moi.

— J'ai frappé chez lui, hier soir, j'ai attendu, puis je suis revenue ce midi. J'ai frappé encore, il répondait pas. J'ai pris les doubles de mon mari, j'étais inquiète. Bernard était là. Je l'ai vu… Son visage recouvert de tissus... Le canapé. Bernard était comme sous une grande couverture. Il bougeait pas. J'ai dit, Bernard, c'est moi, Nicole. Il bougeait toujours pas. La télé était allumée sur la 1, c'était le JT et… Bernard est mort.

Chloé écoute la nouvelle sans faillir, pour épauler la vieille dame.

— Je suis là, Nicole. Vous avez appelé une ambulance, quelqu'un ?

Chloé tente de garder son calme pour faire parler Nicole Dugain.

— Je vous ai appelée, vous. Bernard est mort. Il est mort. On l'a tué.

— Qu'est-ce que vous dites ? C'était un homme âgé, Nicole. Il a dû…

— Sa couverture… C'était pas une couverture. Il était enroulé dans de grands tissus. Il était enveloppé de tissus. Comme un ver à soie.

Chloé ne comprend rien. Un ver à soie ? Mais Nicole Dugain pleure de nouveau, bruyamment, sans s'interrompre.

— Et ce mot… Ce mot.

— Quel mot, Nicole ?

— Près de son corps. Près de Bernard. Je l'ai ramassé et je vous ai appelée.

— Vous avez ce mot ? Lisez-moi ce mot, Nicole.

Nicole Dugain prend une pause. Un silence d'or se fait sur la ligne. Puis un souffle léger réapparaît enfin.

— « J'ai tué ce soldat ce salaud parce qu'il appartenait au mauvais camp. » C'est ce que dit le mot.

Nicole pleure, effondrée à la lecture de ces quelques mots… Chloé veut l'épauler mais tout ce à quoi elle se raccroche à cet instant est son gobelet en plastique de café froid. Elle l'attrape et dit.

— J'arrive tout de suite, madame Dugain.

Après avoir été déposée au pied de l'immeuble, la capitaine se rend au chevet de Nicole Dugain avant de constater la mort de Bernard Oster dans une mise une scène macabre.

Voyant le vieux monsieur emmailloté dans ses couches de tissu, la capitaine retient sa stupeur du mieux qu'elle le peut, en une interminable apnée.

— Des collègues arrivent, madame Dugain. Il faut rester chez vous. C'est une scène de crime. Il faut la laisser la plus intacte possible.

En face, Chloé Delaume aperçoit la fenêtre de l'appartement au quatrième étage de ce bel immeuble cossu : celui de Sélia Bourgeois. A l'intérieur de l'immeuble, Petit Luc et Sylvain montent les étages, se retrouvent sur ce paillasson aux motifs feuilles de vigne et tambourinent. Ils cognent encore et encore mais Sélia Bourgeois n'est pas là.

— Chez son meilleur ami ! Hugo Bellanger, se rappelle Sylvain.

— Bien vu, Chloé a son numéro, appelle-la et on file !

Dans le salon de Bernard Oster, Chloé ne touche à rien. Elle s'imprègne des lieux et cherche une explication. Le voisin aurait-il surpris Sélia en flagrant délit ? Aurait-il découvert quelque chose? Sélia serait-elle vraiment capable de meurtre?

Pile au-dessus de l'appartement du macchabée, l'équipe de recherche est toujours affairée dans le studio. Chloé entend les bruits de pas et lui revient leur présence. En montant le dernier escalier laborieusement à cause de son ventre lourd, Chloé demande à voir la cheffe de l'unité.

— Vous allez pas le croire mais j'ai un homicide en dessous.

La collègue croit à une très mauvaise blague. Mais le visage de Chloé est impassible.

— Je pense que c'est lié, je pense que le vieux d'en dessous a perturbé notre suspecte dans ses plans.

La cheffe de l'unité lui fait part d'une autre nouvelle.

— On vient de passer l'appartement au Bluestar, on a retrouvé du sang partout. Regardez, on dirait une peinture d'enfant. Y en a des murs de la salle de bains jusqu'au sol de la pièce principale.

— Comme si la victime avait été traînée... Puis elle a été sûrement emballée comme un vulgaire morceau de viande.

— Emballée? demande la collègue.

— Je vous laisse voir en bas. C'est pas joli joli.

Chloé Delaume n'arrive pas à y croire. Elle qui s'imaginait une histoire d'Instagram, de likes intempestifs et de coups de cœur, voilà qu'elle est en pleine scène d'homicide.

De l'autre côté de Paris, Petit Luc et Sylvain ne savent rien de la tournure inattendue des événements. Chez Hugo Bellanger, ils sonnent trois fois et Sélia Bourgeois leur ouvre la porte. Elle pleure. Comme si elle les attendait.

J'ouvre la porte. Les deux lieutenants sont là et c'est terminé. Ni interdite ni désarçonnée, je les regarde en sanglots, c'est la fin pour moi, la fin de Shéhérazade, la fin de ma carrière. Et puis, surtout, la fin de mon supplice. J'en éprouve presque un soulagement terrible.

Derrière mon épaule, Hugo me demande ce qu'il se passe. Il parle fort, il ne comprend rien, sa voix est grave et alarmée. Mais je lui dis que je l'aime et que tout va bien se passer.

— Je pars avec les deux policiers. Tout va bien se passer. Je te le promets.

Deux heures plus tard, une lumière faible au-dessus de moi, je répète mon histoire. Je la joue, plus vraie que nature, comme tout ce qui s'est produit, ou presque.

Face à moi, la capitaine sait y faire. Elle compose en nuances, en gammes comme une pianiste de renom, pour reconstituer l'histoire et récolter enfin mes aveux. Mais inutile pour elle et ses lieutenants de prêcher le vrai du faux, de me tendre des pièges ou des incohérences. Je dis tout. Je commence par le début. Je parle de ma mère, sa folie, sa sévérité. Mon enfance de petite orpheline.

— Vos amies Diane Meyer et Louise Rival nous ont confié qu'au cours de votre enfance, vous étiez battue.

— Je l'étais en effet. Régulièrement. A chaque séance de piano. Chaque exercice raté. Chaque désillusion de ma mère.

De nouveau, j'ai huit, dix, douze ans et je raconte l'histoire comme je l'ai vécue, ou presque. L'histoire officielle. Celle qui m'aura rendue instable, peureuse, dans une compétition infernale avec moi-même.

— Alors oui, avec cette audition, ce rôle immense, j'ai perdu les pédales. L. m'a poussé dans un précipice. L. était intarissable. D'une voix cruelle, L. répétait que ma carrière commençait à sévèrement ralentir, que mes fans étaient de moins en moins au rendez-vous, que mes concerts se raréfiaient, alors j'ai fait ce que L. m'a appris. Je me suis battue. Je n'en suis pas fière, vous savez. Mais il fallait satisfaire L.

Les lieutenants et leur cheffe au milieu, comme un rang de trois procureurs, regard perçant et dents longues, m'écoutent l'air stupéfait. Ils ne prennent plus de notes. Seule ma parole compte.

— Cela n'excuse en rien ce que j'ai fait. Je ne l'ai pas voulu. Pour Elisabeth… Mais c'était pas moi. C'était L.

Je m'effondre dans un bassin des larmes.

— C'était un accident. Je vous le jure. L. a juste voulu lui faire peur. Au début, L. s'est arrangée pour mettre Elisabeth en retard. La montrer peu fiable aux yeux des producteurs… L. a trafiqué ses compteurs électriques, c'est vraiment puéril de sa part mais L. était ravie du résultat.

La capitaine place ses mains fermement contre ses hanches alors qu'elle reste figée sur sa chaise.

— Sélia, c'est vous qui avez fait tout ça. Pas votre fan. Pas ce L.

— Non, c'est elle. C'est L. Moi j'ai écouté les consignes, j'ai su ce qu'il se passait en gardant le silence. J'aurais pu ne pas laisser faire mais j'avais peur. Et j'avais envie de remporter l'audition. L. s'occuperait de tout, c'était le deal.

Désarçonnée par mes propos, la capitaine me laisse raconter même si elle semble ne pas croire en un de mes traîtres mots.

— Tout ça a dégénéré, L. n'a pas su contrôler la situation. L'incendie n'était pas programmé ainsi. L. a appelé les pompiers en quittant les parties communes. Ils devaient arriver à temps. Ils devaient la sauver depuis la fenêtre de sa cuisine donnant sur la cour herbeuse. L. voulait seulement déstabiliser Elisabeth, qu'elle rate l'audition et qu'on lui offre le rôle secondaire de la pièce.

Alors que la phrase résonne dans la pièce, l'image de la main carbonisée d'Elisabeth me vient en mémoire. Et moi, en immonde criminelle.

— Et pourtant votre rivale n'a pas été sauvée à temps. Selon nos experts dépêchés sur les lieux, la porte était coincée avec un petit bout de métal. Comme pour l'empêcher de sortir.

— Un bout de métal ?

Je perds pied. L. n'a jamais bloqué la porte d'Elisabeth. Jamais je n'aurais voulu qu'Elisabeth se retrouve prisonnière des flammes. L. non plus. L. n'est pas méchante. Et puis d'autres habitants sont sortis avant Elisabeth, la porte fonctionnait.

La capitaine marque un silence. Elle sait que j'ai raison. Par la porte, le couple et leur bébé du premier sont sortis avant le brasier comme leur voisine à la retraite. Ils ont témoigné à cette place que j'occupe à présent.

— Si ce n'est pas vous, Sélia, connaissez-vous le nom de L. ? Qui est-elle ?

— C'est elle. L. Elle n'a pas d'autre existence que ça.

Face à moi, les flics sont perplexes puis la capitaine change de cible.

— Elisabeth Belmontet avait une liaison avec Elliot Biram, le producteur de la comédie musicale. Vous le saviez n'est-ce pas ?

— Non.

— Agatha Pimms, la professeure de chant et vous, les avez surpris lèvres contre lèvres en coulisses. Agatha a été mal à l'aise par cette situation, elle nous l'a dit. Et vous étiez là, n'est-ce pas ?

— Je n'étais pas là !

La capitaine paraît lassée.

— Et rappelez-moi quand toute cette découverte a lieu ? La veille de l'incendie. Alors évidemment ça vous met en rogne. La jeune prodige avec le producteur. Vous criez intérieurement à l'injustice, au favoritisme. Prête à tout pour faire payer Elisabeth.

— Non, c'est faux. L. n'aurait jamais permis ça.

Les lieutenants regardent leur capitaine, l'air interdit, comme si cette histoire devenait pour eux trop incohérente.

— Elle était seulement ma rivale. Oui, je me doutais pour Elisabeth et Elliot Biram. D'ailleurs, Elisabeth comptait m'en parler. Mais elle avait le droit de sortir avec qui elle veut. Jamais je me serais vengée comme ça !

— Vous dites souvent qu'Elisabeth Belmontet était votre rivale. Mais il y a eu Pénélope Valmar également. Elle aussi, bizarrement, s'est retrouvée bloquée, coincée, enfermée dans une pièce par plus de 50 degrés dans ce Studio Beauté. Ne me dites que c'est une coïncidence.

Tout doucement, Chloé sourit et son sourire ressemble aux portes de l'Enfer.

— Pénélope a toujours été affreuse avec moi et L. le savait, L. s'en est occupée. Tout le temps, les regards de Pénélope me rabaissaient. A ses côtés, je me sentais toujours moins que rien. Alors L. est intervenue. L. a bloqué la porte de Pénélope pour qu'elle hérite d'un vilain teint cramoisi mais L. savait qu'une esthéticienne du salon allait lui venir en aide. Sa vie n'était pas en danger.

— Que voulait L. ? Juste lui offrir un teint cramoisi comme vous dites ?

Et avec franchise, je réponds :

— Oui, pour la mettre hors jeu. Qu'elle ne ressemble plus à Shéhérazade le temps des prises de décision.

— A vous croire, tout était bon enfant. Pénélope, Elisabeth. Et monsieur Oster alors ?

Un coup de massue cogne contre mes omoplates.

— Monsieur Oster ? Qui est monsieur Oster ?

C'était une erreur de L. Une énorme bêtise. Sa pire bêtise. Mais je ne serais jamais capable d'en parler.

Trois heures que la capitaine et ses coéquipiers interrogent Sélia Bourgeois. Pourtant, chaque fois les mêmes détails de sa part. Pas d'hésitation. Tout est clair depuis le début. Sa version reste la même et Sélia retourne donc en cellule, escortée de maître Lanvin, un avocat maigrelet.

— Rien ne change dans sa version, c'est étrange, interroge Chloé. L. apparaît comme une sorte de présence physique, puis une force de l'esprit. Un soutien, une faille. On ne sait jamais alors que Sélia raconte sans cesse la même chose.

— Le plus étrange c'est qu'elle paraît sincère, répond Sylvain.

— Vos impressions, alors ?

— Remets l'enregistrement où elle parle du veuf Oster, demande Petit Luc. Celui où elle parle de L., ça me fait froid dans le dos.

La voix de Sélia réapparaît dans la pièce plongée dans la pénombre comme celle d'un fantôme.

— C'est L. C'est ce fan. Je n'y suis pour rien. Monsieur Oster a eu à faire à L. Pas à moi. Il a voulu l'intimider, sûrement. Je ne sais pas. J'étais pas là.

— Alors dites-moi une chose, mademoiselle Bourgeois, comment avez eu vent de ce terrible accident concernant monsieur Oster ?

— Mais je n'en savais rien, c'est vous qui me l'apprenez ! Je ne connaissais pas ce fichu repaire de taré !

— Comment expliquez-vous alors vos propos à votre meilleur ami Hugo Bellanger sur la présence de posters dans cet appartement dont vous ne connaissez pas l'existence ?

— Parce que L. est une fan capable de tout, collectionneuse, tarée, obsédée, je connais bien ça.

Maigre défense.

Pourtant, Chloé change de fusil d'épaule.

— A aucun moment, vous ne semblez surprise. Choquée. Selon vous, L. a tué quelqu'un. Un homme. Un vieil homme innocent poignardé à trois reprises. Cœur, poumon, carotide. C'est un crime abject et vous n'exprimez rien. Aucune tristesse.

Sélia baisse la tête. Ne répond rien.

— Si je vous écoute, c'est votre fan qui a commis cet homicide, et… qui pourrait vous faire la même chose. Et ça ne vous fait toujours rien ? Pas même un petit malaise ? Vous qui aviez si peur, selon votre journal que j'ai lu attentivement.

— Bien sûr que j'ai peur mais pas de L. Je connais les méandres de la folie.

Cette phrase de la bande magnétique est mise sur pause. Chloé la laisse infuser en elle. Elle se dit que cette phrase est un indice essentiel pour comprendre la personnalité de Sélia Bourgeois.

Petit Luc rappuie sur PLAY et la bande reprend. On entend Chloé perdre enfin sa patience légendaire.

— Arrêtez vos histoires à dormir debout, L. n'a jamais existé. Cette fan, vous l'avez créée de toutes pièces. Vous avez tué le voisin du quatrième comme vous avez voulu nuire à Elisabeth Belmontet et Pénélope Valmar pour réussir. Monsieur Oster s'est retrouvé devant vous au mauvais moment. Il a vu votre appartement. Le mur des photos. Puis il vous a reconnue. Il a vu que ça n'allait pas bien. C'est vrai, n'est-il pas ? Dites-nous la vérité, Sélia.

— C'est faux. Jamais. C'est L. C'est ELLE.

Silence sur la bande.

La voix du capitaine refait surface.

— Ça suffit les faux-semblants, vous êtes intelligente. Vous savez que L. n'existe pas, il faut commencer par reconnaître cela, reprend la capitaine d'un air plus pédagogue.

— Je vous dis que L. existe, pourquoi vous ne me croyez pas ? Vous avez lu ses messages autant que moi. L. me parle. Relisez ses horribles messages !

— Les messages, vous les avez écrits vous-même. Avec les mêmes fautes, les mêmes intonations. On a même relevé votre adresse IP à plusieurs reprises concernant les messages de L. Comment expliquez-vous ça ?

— Parce que L. savait tout. L. a fait ce tableau pour moi. L. s'est immiscée dans ma vie.

— Vous avez peint ce tableau, Sélia, comme tout le reste depuis le début.

— Vous rigolez ? Je n'ai jamais peint de ma vie. Jamais j'aurais pu faire un truc pareil. Je vous dis que c'est L. C'est elle.

— Alors à quoi ressemble L. ?

Chloé tente autre chose. Faire décrire à Sélia cette personne sortie de son imagination. S'ensuit étrangement le portrait d'une jeune femme absolument familière.

— Je ne veux pas parler de L. Je n'en ai pas le droit. Mais si vous insistez, je peux seulement dire qu'elle est jeune, mais elle ne dit pas son âge, elle est secrète, elle n'a pas beaucoup d'amis, elle s'accroche à moi. Elle a les cheveux châtains, de beaux yeux, la taille fine, elle aurait pu être une femme libre mais elle a préféré rester dans l'ombre.

Pour la capitaine Delaume, ça ne fait aucun doute. A quelques détails près, Sélia Bourgeois se décrit. Plus jeune, plus naïve, comme dix ans en arrière. L, c'est elle. Elle-même. Mais le fait-elle sciemment ? Est-ce que Sélia agit dans l'intention de tromper son auditoire et de s'en sortir encore une fois ? Ou bien…

— … on a affaire à un dédoublement de la personnalité ? Une psychose bipolaire ? Vous y croyez, les gars ?

Petit Luc et Sylvain paraissent circonspects, l'un se gratte nerveusement la nuque quand l'autre soupire face à l'affiche du film de Soderbergh.

— Honnêtement, cela me paraît un peu facile, affirme Sylvain… Mais pourtant, regardez où on en est. L'appartement, les photos, les messages. On n'a trouvé aucun suspect à part Sélia sur les milliers d'heures de bandes de vidéosurveillance. Les témoins n'ont rien. Rien sauf Selia, sur le devant de la scène, tout le temps. Et je crois que si elle joue la star traquée, elle mérite tous les oscars de la terre.

D'un geste, Chloé fouille dans son sac à main et en extirpe le carnet relié de cuir. Le journal intime de Sélia Bourgois.

— Regardez, quelque chose cloche dans ce journal. Sélia écrit comme si elle pressentait qu'on la lirait. Tout est extérieur à elle. Elle dit qu'elle a peur. Tout le temps. Qu'elle se sent épiée. Mais ça s'arrête là. Elle repart sur ses récits d'audition. Regardez là, et là.

Chloé se met à lire à haute voix les passages.

« Près de moi, je jette un œil sur ma pseudo-rivale. La belle Pénélope au visage enflé, lourd, tuméfié qui n'a rien demandé, qui essaie simplement de se remettre droite, de chanter, de gagner sa place. La regarder me meurtrit en mon for intérieur. C'est bien ce que je craignais depuis ce moment où j'ai posé mes yeux sur Pénélope. Je le pressentais comme une intime conviction. C'est L. qui a causé l'accident de Pénélope. Et c'est ma faute. Rien que ma faute. »

« Dans la voiture, le chauffeur me scrute. Ses yeux sont noirs, presque torves, et quoi faire ? Quoi dire ? Je suis terriblement mal à l'aise. Pour éviter son regard inquisiteur, je passe le trajet à regarder par la fenêtre. »

— Ici, on sent sa paranoïa, dit Petit Luc. Une forme psychotique ?

Chloé lit toujours.

« J'ai peur et je l'écris. Je note la moindre idée noire, la moindre pensée, le moindre état. Ce frisson de froid. Cette chair de poule qui me parcourt le dos tandis que je marchais à vive allure dans la rue. Je veux qu'elle parte. Alors je l'écris pour prendre le dessus. Je dois prendre le dessus. »

— *Je veux qu'elle parte*, répète Sylvain. Bizarre. Vous croyez que Sélia est persuadée que L. existe même si L. n'existe pas ?

— C'est possible.

— En même temps, on dirait qu'elle se défend. Qu'elle se défend déjà. Comme si elle savait qu'on la lirait. Ecrit-elle ce journal pour nous duper depuis le début ? Pour nous convaincre de sa folie ?

— Elle liste tout, avec précaution, comme autant de preuves de sa duplicité. En le lisant, vous avez son histoire de A à Z, celle qu'elle nous a livrée sans jamais faire erreur ou se tromper.

— Maladie mentale ou comédie ?

— Pour moi, elle joue la comédie, suppose Chloé. Tout ça est une farce, une histoire cousue, sa propre pièce de théâtre pour réussir. En tout cas, cette fille n'est pas celle qu'on croit.

Chloé vise juste, les lieutenants sont extatiques. Les mains de la capitaine tremblent comme deux feuilles d'arbre.

— On a affaire à une femme duale. Double. Une partie de sa tête est la jeune star traquée. L'autre, c'est l'actrice qui fera tout pour réussir son audition. Entre les deux, il y a L. Elle tout entière qui la contrôle et domine ses pensées.

Dans le bureau de la brigade, on n'entend plus que les mouches voler.

— Les traumas de l'enfance l'ont rendue vulnérable, ajoute Petit Luc. Borderline. A la limite toujours. Alors comment la croire ? Comment savoir ?

Sélia est-elle schizophrène, malade, atteinte de psychoses dans lesquelles elle n'a plus de prise avec la réalité ? Par le passé, la capitaine a géré quelques affaires où s'entremêlaient crimes et troubles cliniques. Il est vrai que dans le cas de Sélia, bon nombre de cases sont cochées. Obsession, paranoïa, convictions irrationnelles, etc. Sans pouvoir trancher, Chloé éteint la bande de l'interrogatoire de Sélia. Il a commencé à 13 h 05 et s'est terminé à 16 h 02.

— Maintenant pour démêler le vrai du faux, il faut que le juge requière une expertise psychiatrique.

En attendant, Sélia Bourgeois est placée en garde à vue.

Les jours passent et les preuves à charge s'accumulent. La police a retrouvé une cagoule, trois perruques blondes et des palettes de lentilles de couleur au fond de la benne à ordures à l'angle de la rue des Longs-Champs et de l'avenue Perotti.

Sur les images de vidéosurveillance la nuit du meurtre de monsieur Oster, on aperçoit une femme sortir de l'immeuble précipitamment et disparaître dans la nuit. On perd sa trace quelques minutes plus tard, sur le boulevard des Maraîchers. La jeune femme est blonde. Fine, élancée. On retrouve la même silhouette blonde, petite et athlétique, au sortir du Studio Beauté à l'heure où Pénélope Valmar est enfermée dans sa cabine. Et, plus confondant, cette jeune femme porte un lourd paquet dans la rue de Sélia Bourgeois le jour où elle reçoit le tableau. Son visage est chaque fois caché. Pas sa blondeur.

— C'est vous, Sélia, fanfaronne le lieutenant Briscaut. Chaque fois ! La même allure, le même regard. Vous portiez une de ces perruques que l'on a retrouvées et qui vous a servi à masquer votre image de chanteuse notoire. Vous vous êtes déguisée. Avouez.

Encouragée par maître Lanvin, Sélia nie les accusations.

— Ce n'est pas moi sur les bandes. Jamais ! C'est L. !

— Le jour de l'agression de Pénélope ou la nuit de l'incendie chez Elisabeth, vous n'avez pas d'alibi, vous étiez seule. Vous ressassiez et vous avez commis ces crimes. Regardez de plus près alors, Sélia. Brisez l'armure. Et cessez de parler d'une femme qui n'existe pas. Vous allez être soulagée. Parce que cette femme-là qui court sur cette image, nuque basse, elle semble avoir votre taille, votre silhouette, avouez que c'est flagrant.

— Ce n'est pas moi, répète-t-elle. Vous devez me croire, je dis la vérité.

Maître Lanvin, ce ténor reconnu du barreau maigre comme un clou rouillé, s'en mêle avec emphase.

— Cessez d'amadouer ma cliente par des voies persuasives honteuses. D'une ma cliente n'est absolument pas reconnaissable sur ces vidéos de piètre qualité. De deux, ma cliente est de bonne foi. Elle a avoué que cette tierce personne, « L. », la contrôlait et que c'est elle qui a commis ces délits. Ma cliente est sous contrôle. Elle ne pourra rien de plus pour vous. Ma cliente n'est pas responsable. Elle a besoin de repos et de calme.

Sur la scène du crime dans cet immeuble du dernier étage de la rue des Longs-Champs, autre chose coince pour la brigade du 9e. Là-bas, on trouve l'ADN de monsieur Oster. Celui du propriétaire Pierre Legrand aussi sur la poignée de porte et à divers endroits. Mais pas l'ADN de Sélia Bourgeois. Nulle part, ce qui ravit son avocat. Pas de preuve de la présence de Sélia sur les lieux. Ni sur les autres scènes de délit. Ni sur les perruques. Ni sur les lettres anonymes. Plus étrange : sur les sols de la chambre, dans la salle de bains, sur l'évier de cuisine de la chambre de bonne, et sur les montants de fenêtre, on relève de fines particules d'un autre ADN. Inconnu des fichiers de police.

Pour ce qui est des « indices graves et concordants » qui permettent de désigner la responsabilité d'un coupable, on en est loin.

— Il est possible que cet ADN étranger soit celui d'un autre locataire, pense à haute voix Petit Luc après l'audition de Sélia.

— Petit Luc a raison, dit Sylvain. C'est une chambre de bonne. Y a du passage.

— Sans, on est mal, se dit Chloé. Cet ADN, ça me conforte dans l'idée que…

— Que quoi ?

— Que Sélia n'est pas cette personne fragile possédée par ce L., cette voix ou ce fan. C'est à n'y rien comprendre. Sauf si, tout simplement, elle bénéficie d'un ou d'une complice, et qu'elle n'a pas agi seule.

Chloé y pense depuis des jours. Elle se rejoue l'histoire dans sa tête, intimement convaincue que ça ne colle pas. Que ça ne colle pas aussi simplement que ça.

— Sur les relevés téléphoniques de Sélia Bourgeois, on retrouve les numéros de Diane Meyer, Hugo Bellanger, Yann Lebreton, les habituels proches de Sélia, dit Chloé, mais en recoupant tout, il y a un numéro qu'elle appelle tous les soirs depuis trois mois. Un numéro différent chaque jour. Un numéro qui, chaque fois, appartient à une ligne anonyme sans nom, devenu non attribué.

— C'est souvent le cas des téléphones jetables, se dit Petit Luc.

— Exactement.

— Et tu crois que ces numéros disparus appartiennent à qui ?

— A L., répond Chloé sans ménagement.

Petit Luc et Sylvain n'en reviennent pas. Toute cette histoire leur donne un tournis vertigineux.

— La fan de Sélia ? Au début, tu étais persuadée qu'elle n'existait pas. Qu'elle avait tout inventé.

— Je ne sais plus. Peut-être que L. existe, finalement. On a un ADN étranger. Une femme blonde à de multiples reprises sur les bandes. Une écriture sur les lettres qui n'est pas celle de Sélia, l'expert graphologue l'a confirmé. Alors peut-être que L. existe mais n'est pas celle que l'on croit. Pas une fan complètement machiavélique. Peut-être que L. est la complice de Sélia et que celle-ci fait tout pour la protéger.

Trois mois plus tard, Sélia Bourgeois est en détention provisoire. Le monde entier est désormais au courant. Ses fans pleurent sa mémoire comme si la chanteuse qu'ils avaient tous connue n'était plus qu'un lointain souvenir. Une invention de leur adolescence.

Tandis que dans tout Paris, des colleurs tapissent les murs de l'affiche des *Mille et Une Nuits*, « l'exceptionnelle création musicale », les comptes de la chanteuse sur les réseaux sociaux sont désertés comme un navire quitté par les rats. Parfois on poste sur ses pages des cœurs ou des têtes de mort. Des messages d'amour ou de haine. Peu importe, Sélia n'est plus là pour les lire.

Mais ce que Sélia lit à présent, après des heures d'audition et d'entretien, c'est le rapport psychiatrique tombé sur le bureau du juge et de son avocat.

Anamnèse psychiatrique	Symptômes psychotiques, épisodes paranoïaques, récurrence de L. comme élément néfaste dans sa vie Haptophobie, possibles agressions physiques lors de l'enfance par une mère violente Pas de traitements précédents connus dont médicaments et hospitalisations
Anamnèse sociale	Très bon niveau d'éducation et scolarité Historique du travail : sentiment de pression permanente, peur de l'échec, impression nourrie de réussir pour vivre Modèle de vie sociale et familiale : grande solitude, pas d'attache familiale, mère absente, jamais nommée
Anamnèse familiale	Diagnostics inconnus
Conduite quotidienne	Idées délirantes autour d'un fan persécuteur, hallucinations affectivement neutres (ni menaçantes, ni bienveillantes), discours désorganisé et comportement automatique, souci de la propreté, symptômes négatifs tels que l'émoussement de l'affect et le sentiment de nullité
Risque de se blesser ou de blesser les autres	Pensées, projets et tentatives criminelles inconscientes du sujet, prise en charge médicale plus que souhaitée

Puisque Sélia s'en est tenue à sa version, le rapport est formel. Sélia Bourgeois est atteinte de troubles bipolaires schizo-affectifs et troubles dissociatifs de l'identité. Sélia est folle, les experts le croient. Alors dans vingt-cinq jours, rapport à l'appui, Sélia sera officiellement placée au sein du service psychiatrique, section pénitentiaire, de l'hôpital Sainte-Anne.

Sur les murs de Paris, les riverains, eux, découvrent le visage de Shéhérazade. La star des *Mille et Une Nuits*.

Celui de Pénélope Valmar.

— Alors elle s'appelle comment, la petite bouille ?

— Ellie.

— Elle te ressemble tellement.

— Toute ma famille me le dit, merci les gars d'être là, en tout cas.

— C'est normal. Tiens, on t'a ramené ça, c'est aussi de la part de Mika, Malo, Brice, et tous les autres au commissariat.

Sur son lit à la maternité, la capitaine ouvre l'emballage cadeau et découvre un ours en peluche lumineux ainsi que quelques bodys, tétines et autres accessoires pour bébé. Chloé est touchée mais cherche à se contenir. Elle ne souhaite surtout pas devenir aux yeux de ses collègues masculins la flic jeune maman qui s'émeut d'un rien, en particulier d'une jolie peluche qui clignote.

Sur son lit, Chloé se redresse. Elle se plaint de son sentiment de privation de liberté ici où les plateaux-repas arrivent à heure fixe et où le personnel de la clinique est sans cesse aux petits soins.

— Insupportable, j'ai l'impression d'être coincée dans un EHPAD, je vous jure.

Puis Chloé en vient aux faits.

— Vous avez lu le rapport, alors ?

— Le rapport ? demande Petit Luc rivé sur la petite Ellie endormie dans sa bulle en plastique.

— Celui de Sélia Bourgeois, qui d'autre ?

— Bien sûr, et on avait raison de penser à une schizophrène, rebondit Sylvain. La miss Bourgeois va cuver tranquillement dans une petite chambre toute blanche et tout ira bien.

Sauf que cela démange tellement Chloé qu'elle en oublierait presque les premières heures de sa maternité.

— Au risque de me répéter, je pense qu'elle n'a pas pu faire tout ça toute seule. Sélia le dit elle-même, c'est L. qui fait tout. Sélia, elle, fomente les plans et son complice exécute. On a affaire à une femme très organisée, ça fait partie des caractéristiques de ses troubles. Sa voisine Guillemette Lacroix a témoigné qu'elle l'entendait s'affairer toutes les nuits. Tout ça est écrit dans le rapport, sauf que les experts n'ont pas compris que la version de Sélia est une manipulation de plus.

— Les experts n'ont pas compris ?

Sylvain se met à sourire. Il ne voudrait pas offenser sa cheffe mais tout de même…

— Quelqu'un l'aide, j'en suis intimement convaincue. Selia est un visage connu. Le moindre pas dans la rue et on la salue, lui demande des autographes. Comment une chanteuse de grande notoriété pourrait commettre tous ces actes malveillants et n'être vue de personne ? Impossible. Elle a un complice. Plutôt une complice. Ou alors retrouvez-moi nettement le visage de Sélia sur les bandes, placez-la sur les scènes de crime et on oublie cette L.

Les deux lieutenants se marrent. Pour changer de sujet, ils font des gazou-gazou à la petite qui vient à peine de se réveiller dans son petit duvet blanc crème imprimé de nuages.

— Mais qu'elle est adorable, avec ses grands yeux de tragédienne, regardez-moi, ça, coucou Ellie, coucou !

Pas intéressée par une séance de papouilles, Chloé l'annonce de but en blanc.

— J'ai un aveu à vous faire, les gars...

Sylvain et Petit Luc se détournent du nourrisson pour envisager cette jeune mère qui, décidément, ne lâche rien.

— J'ai continué d'enquêter sur la vie de Sélia Bourgeois. J'ai voulu retrouver la trace de sa mère. Et figurez-vous. Rien. Pas de mère, pas de père, pas d'oncle ni de tante. Elle a bien une famille, cette fille. C'est pas possible.

— Pourquoi tu t'obstines, Chloé ? L'affaire est bouclée. T'es en congé mat, profite.

— Parce que cette Sélia est plus complexe qu'on ne le croit. On ne sait pas tout. Il faut la comprendre sans nos certitudes d'inspecteur et notre rationalisme à deux balles. Sélia Bourgeois n'est pas quelqu'un de rationnel. Elle est au-dessus de tout ça.

— Elle est folle, c'est tout, Chloé. Le rapport est formel. Tu veux que je te prenne quelque chose à la machine à café ? demande Sylvain à tout hasard.

— Non, je ne crois pas qu'elle soit folle, renchérit plus intensément la capitaine.

Petit Luc, irrité par l'obsession de sa cheffe pour cette jeune femme, finit par rétorquer :

— Ne tombe pas dans son piège, Chloé. Les bipolaires sont de grandes séductrices, du moins terriblement séduisantes, tour à tour secrètes, franches, vulnérables. Elle est en train de t'avoir. Comme elle a réussi à duper cette pauvre Louise Rival pour qu'elle devienne suspecte dans l'affaire. Et puis, regarde ce qui s'est passé aussi avec

Elisabeth. En sortant du coma, rappelle-toi ce que cette jeune femme nous a avoué.

Chloé se rappelle de cette unique rencontre avec Elisabeth Belmontet. Son regard digne, sa noblesse dans l'allure, malgré l'accident terrible qui a ravagé son corps toujours alité à l'hôpital.

— Elisabeth éprouvait quelque chose de fort pour Sélia Bourgeois, réagit Sylvain. Une amitié à nulle autre pareille… Et c'est pour cette raison délirante qu'elle ne lui en veut pas. Toujours pas.

— Tu te rends compte? répète Petit Luc. La jeune femme est brûlée aux deuxième et troisième degrés et elle ne lui en veut pas.

Si Chloé est d'accord avec tout, elle voudrait comprendre l'origine de ce comportement aussi fascinant que terrifiant.

— J'aimerais comprendre qui est Sélia. Cette obsession pour les flammes. La chaleur. Les brûlures et les incendies. Son tableau le montre, ses actes aussi. Et les trois chevelures? Elle ne dit rien non plus à ce sujet. Elle cache des choses. Elle cache l'essentiel. Parce que le cerveau de Sélia est comme un magnétophone. Il a enregistré une histoire et se contentera de la répéter et la répéter sans jamais en changer. Et nous, les flics, les psys, les juges, les avocats, on est condamnés à réécouter encore et encore la même rengaine, comme un vieux vinyle rayé.

— Tu veux que l'on fasse quoi au juste?

— M'aider à mettre la main sur sa mère.

Les deux acolytes de Chloé restent cois dans cette petite chambre de la maternité. Sylvain finit par mettre fin à ce silence.

— Mais pourquoi? demande-t-il. Qu'est-ce que ça changera?

— Pour savoir qui est sa fille, se défend la capitaine. Je ne crois pas en sa folie. Sélia est une femme qui sait ce qu'elle fait. Elle a fait semblant d'inventer L. pour tous nous duper sur sa responsabilité. Avec ce genre de parade, n'importe quel avocat plaidera la folie. Au procès, elle sera reconnue irresponsable de ses actes et donc restera libre dans quelques mois, placée dans un établissement où on essaiera en vain de la soigner. Sélia sera libre, je ne peux pas permettre ça.

Alors qu'Ellie se met à pleurer en petites secousses automatiques, Chloé extirpe délicatement son sein de sa blouse rayée, sous les yeux intimidés de ses deux équipiers à qui elle demande de se retourner. Chloé n'en perd pas le fil de ses idées.

— La mère de Sélia Bourgeois est une pianiste. On doit écumer tous les conservatoires de France, elle doit bien exister quelque part. Chercher aussi du côté des incendies. Des grands faits divers d'incendies volontaires. Seule cette femme pourrait nous expliquer le comportement versatile de sa fille Sélia.

— Dans le rapport, il est écrit que Sélia refuse de parler de sa mère. Elle ne lâche aucune info. Même pas son nom. Sélia ne veut pas qu'on la retrouve.

— Comme elle ne dit rien de concret sur L. C'est exactement pour ça qu'il nous faut fouiller dans son passé.

Sylvain, d'habitude si modéré, finit par s'agacer.

— Chloé, tu délires, c'est fini, Sélia est malade, elle n'était qu'une starlette en manque de notoriété, tu sais comment la gloire peut rendre les gens prêts à tout? Arrête de creuser et occupe-toi de ton bébé.

Chloé semble vouloir faire les deux. Rien ni personne ne pourra l'arrêter.

— Tu crois vraiment qu'elle a créé son histoire, sa mère tyrannique, son enfance brisée, pour échapper à la justice ? Ce serait la plus grande des psychopathes.

— Ou une sublime victime, on ne sait pas tant qu'on n'a pas compris qui est Sélia. Elle est comme une enfant réfugiée dans le mensonge. Elle ment, joue Shéhérazade, écrit son journal pour se sauver de la justice, de sa mère. De notre société. Elle seule sait qui elle est. Il faut m'aider à la retrouver.

— Oublie ça, répète Sylvain. Pingeot acceptera jamais et j'ai pas envie d'en être. Désolé sur ce coup, ce sera sans moi.

Dans le miroir au-dessus du minuscule évier en inox, j'affronte mon reflet. Dans les méandres de mon esprit, je ne me reconnais plus. Chaque jour passe dans cette cellule fermée à double tour comme une lenteur de plus. Mes joues se sont affaissées. Mon visage s'est creusé, tissé, marbré. En prison, j'ai l'impression d'être une vieille dame traînée par le sort.

Au parloir, Hugo me rend visite. Il est le seul. Il n'a pas jugé ce qui s'est passé. Il m'aime comme je suis, dit-il.

— Et si tu as besoin d'aide, je serai là. Avec la vie, tout se guérit.

Hugo m'a posé des questions sur L. Il a cherché à comprendre, à connecter les points entre eux. Comme à la police, je lui ai répondu ce que je pouvais. Et Hugo après des mois s'est lassé. Il a accepté ma vérité.

L. aussi me passe des coups de fil de temps à autre, toujours munie de téléphones jetables. L. est brève au téléphone. L. se fait passer pour mon avocate ou ma psy. L. joue encore des rôles, c'est plus fort qu'elle. Aujourd'hui, L. a peur qu'on la retrouve, qu'on vienne l'enfermer à son tour, comme nous deux. Je la rassure, je lui dis que jamais je ne l'abandonnerais. Et L. raccroche, réconfortée.

Souvent je questionne Hugo sur Yann. Parce qu'il me manque. Parce que j'ai besoin de lui à mes côtés pour affronter la tempête médiatique et judiciaire. Mais l'épreuve est trop difficile pour lui. Il a besoin de temps, me dit mon meilleur ami. Et je crains de ne plus jamais le revoir. Tant pis, c'est ma punition. Mon verdict.

Mon avocat se félicite du rapport psychiatrique. Il me dit que c'est sans équivoque, à notre avantage pour le futur procès et le jugement citoyen. Hugo, lui, ne sait pas quoi en penser, un peu déstabilisé. Alors, pour détendre l'atmosphère, je lui dis :

— Je t'ai toujours dit que j'étais folle, tu ne m'as jamais cru, mon capitaine.

Mais Hugo prend le bon parti des choses.

— Tu verras, l'hôpital, c'est mieux que la prison. Tu seras bien traitée, mon bateau. Je pourrai venir te voir plus souvent.

— Déjà que la détention m'a abîmée, je vais me retrouver avec les fous, j'ai peur, Hugo. Pour mon transfert demain, tu sais si Yann va venir ?

— Il m'a dit ne pas être sûr d'être là… Mais tu sais à quel point c'est difficile pour lui d'encaisser toute cette histoire.

— Je sais. Heureusement que je t'ai mon capitaine.

— A demain, mon bateau.

Hugo raccroche et je me retrouve seule avec des centaines de détenues autour de moi. Pour la clinique qui m'attend, un sentiment doux-amer s'enfouit dans ma peau. Je vais renouer avec sa vie. Son rythme. Celui qu'elle vit depuis seize ans. J'ai tellement imité sa vie que je finis par m'y retrouver.

Un coup du sort.

Une fatalité qui s'est enfin vengée.

Le lendemain, jour du transfert, je renoue avec la lumière. Escortée par deux policiers en blouson de cuir et jean, je marche sous le grand ciel, un pas après l'autre, dans la grande allée bitumée ceinte de barbelés. Je respire. C'est comme une immense promenade. Je fais mes adieux à la prison, à ce monde parallèle inhumain peuplé de voix égarées, écrasées, qui ne demandent qu'à être aidées. Moi, je me suis aidée moi-même. Pour m'en sortir, j'ai fait le nécessaire.

Dehors, une petite voiture grise est garée sur le vaste parking faisant face à la prison des femmes. Rien à voir avec les camions blindés transportant les prisonniers dans les films. Sur le parking, des caméras sont là, prêtes à filmer une image, une expression du visage de la célèbre Sélia maintenant déchue. Alors, avançant dans les flashs, je fais profil bas. J'avance comme un animal traqué et pourtant je la vois dans la foule. Avec sa perruque blonde, ses faux yeux bleus. L. est là.

Elle me sourit.

Elle me regarde m'éloigner de ma vie.

Je lui adresse un regard très bref mais je me rends compte tout de suite que quelque chose a changé sur le visage de L. Ses pommettes sont plus hautes. Sa bouche paraît repulpée et ce visage me tord tout à coup. Il me ressemble. Il me ressemble de plus en plus ou peut-être est-ce l'isolement carcéral qui me fait perdre la tête.

Avant de monter en voiture, je la cherche du regard une dernière fois. Mais L. n'est plus là et je ne veux pas être la folle qu'on croit ou celle que j'ai fait croire. Je ne sais plus.

Avant mon intégration au service pénitentiaire de la clinique, mon avocat a obtenu une halte à l'institut. Tenu par le secret professionnel, maître Lanvin n'a pourtant pas cherché à savoir. Il savait qu'il valait mieux ne pas être mis au parfum. Une heure plus tard, sur cette route tant de fois parcourue, les deux policiers se garent devant l'établissement et m'accompagnent jusqu'à l'entrée où m'attend le docteur Viard.

— Elle vous attend, me dit-elle. Elle est en forme. Elle parle.

Dans sa chambre, Juliette est là, à constituer tant bien que mal un puzzle à l'effigie d'une bibliothèque enchantée. Juliette a toujours adoré les livres. Sur les murs, des dessins ont été accrochés. Ses personnages préférés. Ses contes. Ses légendes. Et puis, Juliette a dessiné une grande maison cachée derrière une forêt. Notre maison devant laquelle nos trois visages rient ensemble. Notre sourire à toutes, immense, qui nous reliait les unes aux autres, comme un fil incassable.

— Dix minutes, me disent les policiers en sortant de la chambre, suivis de près par le docteur Viard.

Juliette se retourne. Son air de fillette est comme une caresse à l'intérieur.

— Sélia, qu'est-ce qu'il se passe ?

Ma sœur me dévisage, inquiète, comme si ses craintes à mon égard l'avaient rendue lucide et moins malade.

— Tout va bien, ma sœur chérie. Je suis là.

— Les docteurs m'ont parlé. Tu as fait quelque chose de mal?

Des années que Juliette ne m'avait pas posé une question aussi précise, elle qui est prisonnière de son monde médicamenteux qui la rend si éteinte et si absente.

— Non. Tout va bien Juliette, ne t'inquiète pas. Mais je suis venue te voir pour te dire que je n'ai pas réussi, ma sœur chérie.

— Pas réussi quoi Sélia?

— A être ton héroïne.

Sans comprendre, la bouche à moitié ouverte, Juliette regarde en l'air, à gauche, là où ses dessins forment ses plus belles histoires.

— Et Sélia? Je rechante depuis peu et je ne pense plus du tout à maman ni au professeur Jeanssain...

— Chut, il n'existe plus. Rappelle-toi.

— Je sais. On parle pas des morts. Encore moins des salauds. C'est toi qui dis ça.

— Voilà, ma sœur chérie.

— Tu refais de la peinture, toi?

Avec bonheur, je redécouvre la voix de ma sœur, pure, lucide, claire comme avant, quand les médicaments n'avaient pas endommagé son corps et fait de sa bouche un cimetière.

— Un peu, lui dis-je, mais pas beaucoup. J'ai fait seulement une toile récemment. Elle est très belle. On apparaît ensemble, toutes les trois. Je t'enverrai une photo.

— Tu peins si bien. C'est ton don.

— Et toi c'était le chant, Juliette.

Juliette sourit, fière.

— Tu chantes aussi bien que moi, Sélia, me dit-elle dans un souffle.

Et je lui dis pour qu'elle ne cesse jamais d'y croire :

— Juliette, tu es la chanteuse la plus incroyable que je connaisse. Quand je chante, c'est pour toi, tu le sais. Pour te rendre hommage. Mais ni moi ni personne ne t'arrivera jamais à la cheville. Tu me chanteras quelque chose bientôt ? Tu me promets ? La prochaine fois ?

La prochaine fois... En prononçant ces mots, je manque m'effondrer. Mais je dois tenir bon. Être forte pour celles que je protège. Devant Juliette, je me fends d'un sourire. Tout va bien. Dans ma tête, j'y pense comme un drame déjà entamé, qui ne peut plus s'arrêter. Quand cette prochaine fois aura-t-elle lieu ? Nul ne le sait. J'ai bien peur que ce soit la dernière fois que l'on m'octroie le droit de voir ma sœur adorée. Ma sœur qui pendant des années m'a tant sauvée.

— J'ai pas chanté devant toi depuis si longtemps, me confie Juliette, prise dans ses souvenirs. Des années et des années. Depuis l'incendie.

— Juliette... Parle moins fort. Ça n'existe plus l'incendie, tu m'entends ? C'est du passé.

— J'y pense tous les jours. Je les ai tués.

— Tu m'as sauvé la vie, ma sœur. Sans toi, je n'existerais plus. Il m'aurait enterrée.

Le visage grimaçant, Juliette pose la pièce de son puzzle au bord du cadre. Elle est ailleurs mais elle y repense. Toutes ces fois où Jeanssain, après lui avoir prodigué ses cours de chant, me faisait du mal. Chaque fois qu'il félicitait Juliette pour sa voix, ses harmoniques, son talent inné et qu'il repartait dans son bureau en me prenant à l'écart, sous le regard anesthésié de la mère Jeanssain qui savait tout et ne faisait rien.

— Pourquoi maman n'aimait pas que je chante? Elle me trouvait nulle?

— Elle était jalouse, c'est tout.

Juliette est songeuse. Elle est repartie dans le passé. Et moi aussi, contre mon gré. Maintenant je dois la sortir de cet épisode sans causer trop de dégâts.

— Elle préférait que tu fasses du piano, Juliette, et tu n'aimais pas le piano.

— Non, je n'aimais pas. Elle était trop violente. Elle voulait une autre fille que moi.

— Alors tu as chanté, Juliette, et tu as eu raison de chanter, parce que tu es la plus grande chanteuse du monde.

— Mais j'ai chanté et tout s'est transformé en cauchemar.

Juliette repense à l'incendie, elle ne l'a jamais quitté. En boucle, elle vit avec depuis seize ans. Dans les flammes et les cris. Ce soir où celle qui avait seize ans, c'était moi, moi qui une fois de plus était ce soir-là condamnée aux mains du dégueulasse père adoptif. Juliette avait quatorze ans et elle n'en pouvait plus. Depuis des mois, elle savait ce que le professeur m'infligeait. Elle voulait que ça s'arrête. Juliette chantait pour me donner du baume au cœur. Toutes les nuits, tous les matins. Mais elle me voyait de plus en plus abîmée, de plus en plus recroquevillée. Alors, ce soir-là, à l'aide d'une allumette, alors que son cours de chant venait de se terminer, notre père reparti dans son bureau, Juliette a commencé par embraser sa bibliothèque. Elle criait à Jeanssain, laisse ma sœur, laisse-la, et la mère Jeanssain lui disait de la fermer, parce que ce n'était pas ses affaires. Le feu a commencé à prendre.

De rage, Juliette a craqué une seconde allumette. Les livres se sont enflammés puis les meubles. Le grand canapé dans lequel le professeur s'asseyait le soir avant de nous envoyer au lit. Puis les portes ont cramé, les lattes du parquet, les vieux tableaux en bois, les murs, les chandeliers fondus comme du beurre dans une poêle. Juliette tambourinant à la porte de son bureau où j'étais retenue prisonnière. Elle me criait de sortir. Elle me disait de courir. Je me suis échappée de lui et j'ai couru. J'ai récupéré la petite qui jouait dans la cuisine et qui avait rejoint notre foyer depuis quelques mois à peine.

Le professeur est sorti à son tour, il a vu les flammes, il a crié qu'on irait en prison, Juliette et moi, et il est monté à l'étage à la rescousse de sa femme, elle qu'on n'appelait plus maman mais madame Jeanssain avec sa cuillère en bois, ses yeux sévères, sa jalousie, et lui n'était plus que le professeur de chant. Il n'était plus mon père adoptif. Et d'un coup, les flammes ont mis fin à la tyrannie. Le professeur et sa femme sont tombés raides asphyxiés.

La petite dans mes bras, Juliette et moi sommes parties nous écrouler dans les herbes jamais coupées devant la forêt et on a regardé les flammes manger la maison avant d'entendre au loin la sirène des pompiers.

Dans la chambre de ma sœur adorée, Juliette continue son puzzle. Il ne me reste plus que deux minutes avant d'être récupérée par les deux agents et de disparaître. Avant de faire mes adieux à celle qui m'a maintenue en vie.

Alors je dois tout lui dire.

— Juliette chérie, tu te rappelles de Shéhérazade ?

— C'est mon héroïne préférée.

— Je sais, ma chérie.

— Parce qu'elle sauve la vie des femmes.

— Je sais, ma chérie. Comme nous on s'est sauvées, c'est ça ?

— Oui, on a réussi, on a gagné.

— Je t'avais dit que je deviendrais Shéhérazade pour de vrai. Tu te rappelles ?

— Je me souviens. Tu me lisais encore *Les Mille et Une Nuits*.

— Mais je n'ai pas réussi à être Shéhérazade. Je n'ai pas réussi, j'ai essayé, de tout mon cœur, de toute mon âme, mais je n'ai pas réussi à être ta belle héroïne. Pardonne-moi.

Juliette me regarde, incrédule, et à la porte trois coups se font entendre, secs et rapides, comme les coups de la cuillère en bois sur nos doigts. Juliette se met à frémir, je la rassure d'une caresse.

— Ce n'est rien, je dois partir, Juliette.

— Déjà ? Tu reviens quand ?

— Bientôt, je te le promets.

Dans ma gorge, un sanglot s'évanouit à tout jamais tandis que, dénuée de force, je lui répète :

— A bientôt Juliette, promis. Et puis Luce va venir te voir, tu sais. Alors tout va bien, tu me dis que tout va bien ?

— Tout va bien.

— Luce sera là dans quelque temps. Dans quelques nuits, quelques dodos.

— Oui, mais c'est pas pareil. C'est pas comme avant quand on était toutes les trois. On était ensemble, on était heureuses.

— Un jour, on sera réunies comme le destin l'a voulu.

Dans une voiture blanche aux phares noircis par le temps, L. regarde l'institut au loin. Cette grande bâtisse carrée qu'elle visite régulièrement depuis seize ans.

Au volant, L. a retiré sa perruque blonde, ses faux yeux bleus, son attirail passe-partout. L. attend comme elle a appris à le faire depuis des mois, quand Sélia et elle se sont mis en tête de fomenter leur conquête.

L. doit rester dans la voiture, ne pas être vue, entendue, considérée mais Luce a l'habitude maintenant. Elle a l'impression d'être un fantôme, de n'exister pour personne, petite âme invisible coincée dans cet appartement recouvert de photos de sa sœur de cœur. Mais L. accepte, pour elle, c'est le prix à payer. Sélia lui a sauvé la vie lors de l'incendie, Luce n'avait que cinq ans, elle venait d'être adoptée comme ces deux filles avant elle et si les flammes n'avaient pas terrassé ce couple de parents, Luce aurait vécu les mêmes atrocités à son tour. Celles dont Sélia et Juliette ne parlent jamais.

Non loin de la petite voiture grise des flics, Luce fait attention de ne pas être repérée. Elle imagine Juliette et Sélia réunies et ça lui met du baume au cœur. Elle aurait aimé être là aussi mais elle ira à son tour bientôt. Elle ira voir sa sœur. Ses sœurs.

Avant que Sélia ne finisse en prison, Luce s'est arrangée pour récupérer son journal dont chaque page a été minutieusement photocopiée par les policiers. Luce tient à présent le précieux cahier dans ses mains. Au milieu de cette rase campagne aux champs de colza, Luce lit l'histoire que Sélia a écrite, cette histoire que Luce vit. Le chant, le piano, l'enfance unique. Ce n'est pas l'histoire de Sélia, c'est celle de Juliette. Tout est à l'envers, à côté, inexact ou presque. Leur mère est une grande pianiste qui n'existe pas. Madame Bourgeois n'existe pas. Parce que Sélia, Juliette et Luce ont eu des mères il y a longtemps, qui n'ont pas eu d'autre choix que de les abandonner, et Luce est en paix avec ça, maintenant elle a des sœurs de cœur et c'est plus fort qu'un lien de sang.

Dans le journal, Luce est fascinée par le comportement irréprochable de sa grande sœur, prête à tout pour tromper son monde. Le père Jeanssain devient l'adorable professeur de chant de Sélia, elle parle de lui comme un homme formidable, aimant, qui lui a permis de découvrir le chant alors que Sélia s'est mise à chanter après que Juliette avait disjoncté les mois suivants l'incendie. Sélia a arrêté de peindre pour chanter, dans l'espoir que Juliette revienne à elle et guérisse. Mais ça n'a pas fonctionné. Juliette est partie dans la maladie comme une petite fleur est emportée malgré elle dans une rafale de vent.

Dans le journal, Sélia a pris à son compte la maladie de sa sœur. Ses visions cauchemardesques, son corps intranquille, ses petites voix dans sa tête qui la meurtrit et qui disent que c'est sa faute et que les psys n'ont rien vu, que Sélia a été plus forte. Elle l'était pour Juliette.

Au volant de sa petite voiture, Luce est ébahie de voir à quel point Sélia a su jouer la comédie. Ça l'inspire. Elle en est presque envieuse. Ecrire, vivre, mentir à ce point. Pour n'éveiller aucun soupçon. Et surtout laisser Juliette à l'abri. C'est digne d'un amour transcendant.

Pour Luce, tout a commencé il y a six mois. Luce vivait de petit boulot en petit boulot sur la côte Atlantique. Elle ne supportait plus la vie à Paris, les visites à Juliette le week-end, la solitude la semaine. Sélia avait sa carrière, ses fans, son entourage, elle n'avait pas le temps pour elle. Sélia tenait avant tout à ne pas mélanger sphère publique et sphère privée. Ses sœurs étaient son plus grand secret, l'histoire sombre de sa vie. Personne ne savait qu'elles existaient et Luce le vivait mal. Depuis l'incendie, Luce avait vécu dans un autre foyer, placée ailleurs, dans une famille, comme un objet encombrant. Sélia est devenue majeure, Juliette fut placée à l'institut et elle, si petite, n'avait pas d'autre choix que de vivre loin de ses sœurs de cœur. Quand elle a grandi, Luce a eu envie d'exister. De faire partie de la vie de Sélia. Etre enfin sa petite sœur aux yeux de tous. Mais Sélia avait refait sa vie. Sa vie où Luce n'avait aucune place.

Près de l'Océan, après s'en être allée de la capitale, Luce se sentait un peu plus heureuse, elle venait d'avoir vingt et un an, sa vie débutait. Elle recevait parfois quelques lettres de Sélia. Elle lui disait qu'elle lui manquait, elle racontait comment Juliette se portait mais Luce n'en était plus affectée. Elle commençait à se bâtir un sentier à elle, dans l'ombre de personne. Mais un matin, tout s'est écroulé. Sélia lui a envoyé un mail avec le texte des *Mille et Une Nuits* en pièce jointe.

Pour Luce, ce fut comme une justice. Elle manquait à sa grande sœur, sa sauveuse, son idole. Il fallait maintenant tout quitter pour la retrouver.

Au volant, Luce lit les pages du journal et elle pleure. Elle n'existe nulle part dans ce cahier. Elle est L., juste elle, cette fan incontrôlable et parfois Luce se demande si elle ne l'est pas. Si ce comportement fanatique, excessif n'est pas le sien. Elle a tout fait pour sa sœur. Pour être aimée, considérée d'elle. Tout. Y compris tuer monsieur Oster cette nuit-là.

Luce sait qu'elle ne sera jamais Juliette. La pauvre Juliette envahie de démons. La Juliette à la voix cristalline qui a permis à Sélia de chanter, de faire vivre sa sœur malade loin des traitements de l'hôpital.

De retour à Paris, Sélia lui avait dit une chose :

— Aide-moi à devenir Shéhérazade, c'est le livre préféré de Juliette, elle le lisait tout le temps chez les Jeanssain, tu étais trop petite pour t'en souvenir mais elle ne jurait que par Shéhérazade, alors je dois devenir Shéhérazade, ça ferait tant plaisir à Juliette, je suis sûre que ça l'aidera, que ça sera comme un remède pour elle, que quelque part ça la guérira.

Luce était si jeune, si naïve, elle croyait si fort à sa grande sœur parfaite dont les yeux brillaient d'émotion. Alors elle a accepté. Toutes ses missions. Tous ses sacrifices. Vivre dans cet appartement minuscule sous les toits. Devenir invisible. Se mettre dans la peau du fan. Luce s'est appelée L. C'était facile à retenir. Presque un diminutif. Sélia a tout de suite été d'accord. Dans l'appartement, Luce vivait telle une recluse. Elle passait des jours et des jours à trouver des articles de magazines et découper les articles, les photos, les interviews de Sélia. Pour décorer la soupente de la chambre de bonne, Luce a découpé plus de cent clichés. Cent fois, le visage de sa sœur. Son sourire, ses traits, sa présence qui envahissait le moindre recoin de la petite tanière.

Puis, il a fallu se faire engager par l'équipe de production Broadway and Co. Inventer un CV. Des références en Angleterre dans les plus beaux théâtres de West End. Se plier aux moindres caprices des producteurs, dire oui à tout, servir le café, dormir quatre heures par nuit, flatter Dove sur son apparence toujours jeune, Elliot sur son professionnalisme à toute épreuve. Pour enfin commencer le travail : recueillir les informations sur Elisabeth et Pénélope. Préparer la réussite de Sélia.

Cela amusait beaucoup Luce. Jouer, faire semblant, prétendre. Envoyer les messages de L. sur Instagram préparés à l'avance par Sélia. Lui envoyer des fleurs. La contacter sur un site de peintres amateurs pour que Sélia puisse peindre dans l'anonymat sa grande toile. Luce était une comédienne admirable. Elle avait l'impression de ressembler à Sélia. Au théâtre, Luce adorait encore plus faire semblant. Elle était l'assistante face à la star et le monde les regardait ensemble. Elle se trouvait parfaite dans ce rôle, Sélia lui faisait parfois des clins d'œil et c'était comme des ovations générales.

Après la première audition, tout s'est accéléré. Il fallait agir vite, disait Sélia. Luce devait maintenant s'occuper du reste. Les lettres anonymes sagement découpées dans les magazines, l'achat du micro, des perruques, des habits noirs, la filature de Pénélope et Elisabeth jusqu'aux drames. Mais Luce était prête à tout. Elle se sentait heureuse comme jamais, Sélia avait besoin d'elle, elles se voyaient tout le temps, désormais. Au théâtre, Luce la regardait chanter et jouer, elle était proche de sa grande sœur parfaite qui le soir lui disait merci, merci pour tout Luce, tu es ma petite sœur chérie, sans toi rien de tout ça ne pourrait exister. Alors Luce se sentait plus forte que jamais, elle prenait son rôle à cœur, trop à cœur. En ouvrant la porte ce soir-là, quand ce vieux type aux yeux menaçants s'est engouffré chez elle, Luce a vu tous ses efforts réduits à néant et Luce s'est juré de ne rien faire capoter. Comme ses sœurs avant elle, Luce a tué le vieux monsieur, elle a tué monsieur Oster, elle l'a tué vite, sans regarder, c'était comme tuer à son tour monsieur Jeanssain. Mais étrangement, ça lui a fait du bien, Luce a adoré tuer. Ça lui a fait comprendre que, depuis l'incendie, toutes les trois étaient trois âmes déchues unies à la mort.

La mort du vieux, Sélia l'a mal prise. Luce était folle, inconsciente, tu te rends compte ce qu'on risque ? Ça allait beaucoup trop loin, Sélia ne voulait faire de mal à personne. Luce avait beau expliquer, il m'a poussée à l'intérieur de chez moi, son ventre me frôlait, j'ai eu peur. Sélia l'écoutait. Il était sévère, il ressemblait tant au professeur, disait Luce. Et immédiatement, Sélia a fait taire sa colère. Quand même, tu aurais dû trouver un moyen, l'éloigner, l'amadouer, tu réalises ce qui peut se passer ? Sélia demeurait indignée, Luce était pétrifiée de douleur, ou, encore une fois, le feignait-elle.

Les jours suivants au théâtre, Sélia a pris ses distances. Elle était froide, elle lui disait à peine bonjour, Luce se disait que c'était injuste, elle faisait tout pour elle. Mais quand Luce lui a révélé qu'Elisabeth et Elliot se fréquentaient, Sélia en a été chamboulée. Elle s'est rapprochée de sa petite sœur dévouée. A cette information cruciale, Sélia a pris peur. Pour une coucherie facile entre le producteur et la Lolita, le rôle allait lui passer sous le nez. Non, impossible. Après tant d'efforts, ce n'était pas possible. Et pour Juliette, l'impossible n'était pas envisageable. C'était une question de vie ou de mort. Luce lui a dit, je m'en occupe cette nuit. Sois prudente, s'il te plaît, tiens-toi au plan, a répondu Sélia. Luce a promis mais Luce détestait Elisabeth. Elle détestait les regards qu'elle attirait chez Sélia, toutes ses attentions, leurs fous rires à deux. Au grand jour

Elisabeth devenait la petite sœur de Sélia et Luce implosait à l'intérieur. Pour le bien de tous, pour le bien de Sélia, il fallait faire disparaître Elisabeth. Luce s'est jurée de faire le nécessaire et Sélia s'en remettrait. C'était elle, la petite sœur, personne d'autre.

Aux flics, Sélia a imposé L. comme une invention de l'esprit. Luce avait les jetons, elle avait peur d'être vendue, offerte en pâture. Mais elle savait que Sélia était une femme d'honneur, elle qui avait passé sa vie à protéger Juliette. Luce voulait à son tour être protégée après les bêtises qu'elle venait de commettre. Comme une preuve d'amour. Un amour à la Juliette.

Alors, le front haut, Sélia a continué son histoire devant la police, les juges et les psychiatres, et elle a accepté la sentence, la fin de sa carrière, l'internement. Reste à l'abri, disparais, lui avait dit Sélia, maintenant je m'occupe de tout. Luce avait dit d'accord. Elle avait eu sa preuve.

Maintenant, Luce en est sûre. Elle est hors de danger. Luce ignore que la flic chargée de l'affaire remue terre et mer pour dénicher la vérité. Tout comme Hugo qui pourrait tôt ou tard faire craquer celle qu'il connaît comme personne. Mais Luce se convainc que tout va bien se passer. Ses deux sœurs sont à présent enfermées pour de bon, vulnérables, fragiles. Luce sourit. Plus que jamais, Sélia aura besoin d'elle. C'est tout ce qu'elle souhaitait.

Luce redémarre le moteur avant que les policiers ne repartent en chemin vers le service pénitentiaire de l'hôpital où Sélia passera de longues années. Un dernier coup d'œil au rétroviseur, Luce se regarde et dans ce reflet elle projette de nouvelles pommettes, une bouche fine, les traits de Sélia, celle qui pourrait être sa sœur vraie de vraie, sa sœur chérie qui a passé sa vie à la cacher comme un déchet.

Luce reprend la route. Elle allume la radio. Un flash info sur Sélia, la chanteuse internée atteinte de troubles sévères et suspectée de meurtre. Apaisée, Luce écoute l'info jusqu'au bout comme une musique à son oreille. Elle n'a plus qu'à attendre son tour et apparaître sous les lumières.

Dans le bureau du commandant Pingeot, la capitaine Delaume ne tressaillit pas. Son bébé dans les bras, la poussette rangée le long des grandes armoires à dossiers, Chloé compte se faire entendre sans heurts. Simplement faire imposer ses droits.

Au fond de son fauteuil en cuir, Pingeot souffle. Il ne prend même pas la peine de regarder la petite ou de complimenter sa capitaine pour cette belle nouvelle. Son visage est grimaçant comme un clown acariâtre. Chloé vient de lui demander une extension de son congé. Six mois. Chloé en a le droit, comme toute jeune mère célibataire, elle peut cesser temporairement ses activités. Pingeot accepte à contrecœur, il a besoin d'elle mais n'a pas le choix. Face à lui, Chloé sourit en exagérant, caressant la tête de sa petite fille endormie pour mieux le faire enrager.

En repartant, elle laisse un mot sur le bureau de Petit Luc. Elle dit à ses lieutenants préférés de l'appeler au plus vite, de lui rendre visite là-bas quand ils le pourront. Un week-end ou pendant les vacances de juillet.

Chloé quitte temporairement la capitale avec Ellie, leurs affaires de mère-fille, une seule valise pour deux, ça leur suffit. Le train a dix minutes de retard, Chloé peut prendre son temps, acheter un magazine au Relay, faire une photo de sa petite, elle qui se promettait de ne pas faire comme les autres et de ne jamais encombrer son iPhone de centaines de photos de bébé. Son téléphone en compte déjà plus de 300.

Bébé dans les bras, Chloé monte dans le train, heureusement une femme l'aide pour monter ses affaires. Elle est lyonnaise, vous connaissez Lyon, lui demande-t-elle ? Chloé répond que non. Elle part découvrir la ville. Elle part surtout pour y débusquer un mystère. La vérité sur une femme qui a vécu à Lyon elle aussi. Mais ça, Chloé n'en parlera jamais.

C'est une affaire qu'elle souhaite régler seule.

Sur la route brumeuse bordée de tilleuls, la voiture m'éloigne de toute forme de vie. Je retiens mes larmes. Je dois rester forte. Pour elle. Pour elles. Comme je l'ai toujours fait.

Une heure plus tard, l'hôpital m'accueille et c'est calme, ça se fait en douceur, l'équipe me sourit et d'un coup ça me fait froid dans le dos. Parce que tous me sourient comme les docteurs sourient à Juliette.

Dans le bureau du directeur de service, on m'explique mes prochains jours ici. Le règlement intérieur, les consignes, les horaires de tel atelier, telle activité. Au loin, j'entends des cris sourds, des plaintes lancinantes de patients égarés, confus, malades, comme je suis censée l'être aussi. Le vieux monsieur à la tête du service me tend des affaires, un oreiller, un cahier de pages blanches, une blouse bleue au col blanc qui pique au toucher. Le psychiatre passera vous rendre visite cet après-midi, il vous parlera du traitement qu'il souhaite mettre en place, me dit-il. Je hoche la tête, comme une enfant docile qui une fois de plus acceptera tous les sévices.

Ensuite, deux infirmiers costauds m'escortent en silence jusqu'à ma chambre. Une petite cellule à la fenêtre aussi étroite qu'une meurtrière. Un lit, une armoire, une table de chevet. Pas d'objet, d'affiche, de vie, rien. Comme l'endroit de Juliette. Vous savez, au début, c'est normal, on fait attention à votre sûreté, vous pourriez vouloir vous faire du mal. Je ne réponds rien, je m'assois avant de dire : et mon tableau, je croyais que j'y avais droit… ? Le vieux directeur s'en souvient. Il avait donné son accord à maître Lanvin. Il fait signe à l'un des deux policiers d'aller récupérer le gros paquet.

Le tableau à mes côtés, on me dit qu'on reviendra bientôt me voir, maintenant reposez-vous, vous devez être fatiguée. On me parle lentement, avec une diction fouillée, précise. On me regarde comme si je n'existais plus, comme si tout ce que j'étais n'était plus qu'une tare effrayante, une maladie contagieuse.

Tour à tour, les policiers disparaissent. Le directeur et les infirmiers font de même, verrouillant la porte à leur passage. Je suis seule dans cette geôle que j'ai bâtie de mes propres mains. Comment vivre là ? Comment faire ? J'ai déjà tout perdu. En jouant le rôle de la folle, je me suis épargné la prison mais j'ai perdu tout le reste. L'amour des gens, la confiance, l'estime, la liberté aussi. Seuls Hugo et Luce me soutiennent mais jusqu'à quand ? Luce me disait tout le temps que j'allais m'en sortir, qu'il fallait y aller à fond dans cette histoire qu'on a montée ensemble, ne pas éprouver de pitié, tout faire pour réussir et décrocher le rôle, c'est ton rêve, Sélia, tu en as besoin, pense à Juliette, pense à ta carrière au point mort. Ses mots étaient vrais mais durs, elle parlait comme la mère Jeanssain. Luce visait juste, en plein cœur, il fallait me battre, réussir, retrouver l'amour des fans et de Juliette, alors je disais amen à tout, comme aveuglée, déjà prisonnière.

Le tableau appuyé sur le mur du fond de la cellule, je le contemple longuement comme la carte postale de ma vie terminée. Le temps semble figé ici, seul le tableau est mon horloge. Je regarde les touches de couleur comme autant de toiles que je peignais petite. Et ces notes de musique au centre du tableau. Ces notes qui semblent voler au ciel les unes après les autres, comme la voix de Juliette arrachée par la maladie. Toutes ces couleurs, ces vies, nos vies. Les péniches rouges et vertes que je peignais à l'aquarelle pendant que Juliette et Luce gambadaient sur les berges non loin des Jeanssain. L'immense forêt de notre enfance. Ces arbres d'un vert sombre, cette maison grise en briques ternes, et ces trois chevelures côte à côte, unies, soudées, au lien indéfectible, comme un amour fanatique.

Dans la pièce d'un blanc clinique, le coin vierge du tableau prend toute la place. Alors, sans pouvoir sortir de pinceau et de crayon, je me remets au travail. Mentalement. Dans ma tête, je termine le tableau. Je remplis l'ultime vignette de ma vie. Moi qui me voyais tant dessiner une superbe scène de théâtre, des balcons à l'italienne, un public, des éclats irisés de lumière, je dois changer de fin. Changer d'histoire. Mentalement, je dessine alors cet hôpital. Sa cour de gravier plantée d'acacias, son grand toit plat, son damier de chambres à barreaux. Je suis dans l'une d'elles et c'est fini. Plus d'art, plus de vie. Le tableau comme mon existence est terminé. Dans ma tête, je repose le pinceau dégoulinant de gris et regarde mon œuvre. Je ne suis pas fière de tout mais j'ai fait ce que j'ai pu.

Pour autant, je ne peux baisser les bras comme ça. Parce que plus je dévisage cet immense tableau, plus je visualise toutes les épreuves de ma vie. Tous les barrages que j'ai fait sauter, toutes les montagnes qu'avec mes sœurs j'ai déplacées. Alors surtout je dois continuer. Ne pas rester abattue.

Ne pas accepter la sentence. Préparer la suite. Inventer ma prochaine peinture et ma prochaine vie. Dans ma tête, je prends du jaune, comme le soleil ou comme la liberté, et je me le promets comme je l'ai promis tant de fois à Juliette : quoi qu'il m'en coûte, je dois tout faire pour sortir d'ici.

Retrouvez Laëtitia Milot
sur les réseaux sociaux

laetitiamilotofficiel

lmilotofficiel

laetitiamilotofficiel

lmilotofficiel

laetitiamilotofficiel

Pour en savoir plus
sur les Éditions Plon
(catalogue, auteurs, vidéos, actualités…),
vous pouvez consulter
www.plon.fr
www.lisez.com

lisez!

et nous suivre sur les réseaux sociaux

Éditions Plon

@ÉditionsPlon

@editionsplon

MIXTE
Papier issu de
sources responsables
FSC® C003309

L'éditeur de cet ouvrage s'engage
pour la préservation de l'environnement
et utilise du papier issu de forêts gérées
de manière responsable.

CET OUVRAGE A ÉTÉ ACHEVÉ D'IMPRIMER SUR ROTO-PAGE
PAR L'IMPRIMERIE FLOCH À MAYENNE EN AVRIL 2021

N° d'impression : 98261
Imprimé en France